U0917254

欢愉

Euphoria

Lily King

[美] 莉莉·金——著

马韧——译

CNS PUBLISHING & MEDIA 湖南文艺出版社 HUNAN LITERATURE AND ART PUBLISHING HOUSE 博集天卷 CS-BOOKY

献给我的妈妈温迪
给你我所有的爱

N
荷属新几内亚
新几内亚
领地
巴布亚领地
阿拉弗拉海
托雷斯海峡
澳大利亚
凯恩斯

新几内亚
（在本书故事发生的那个年代）
拉包尔
俾斯麦海
拜宁
特罗布里恩群岛
所罗门群岛
斗布岛
尔斯
比港
塞皮克河中段
安戈拉姆
钱布里湖
俞尔特河
悉尼
* 塔姆部落所在地
+ 基奥纳部落所在地

为女性争执是新几内亚原始世界的基调。

——玛格丽特·米德

与普遍观念相反的经验多半是想象。

——露丝·本尼迪克特

1.

离开孟般亚的时候，有人朝他们的方向抛来个东西。那东西呈淡棕色，落在离他们船尾几米远的地方，在水里漂着。

“又是个死婴。”芬说。

这时他已经把她的眼镜摔坏了，所以她也看不出他是不是在开玩笑。

前方，深绿色的大地呈现出一道弧形，弧的正中央有个明亮的缺口。船正朝缺口开过去。那儿吸引了她全部的思绪。她没再转过身去。岸边的沙滩上，几个孟般亚部落的人正敲着锣唱着歌为他们送行，她也没朝他们看上最后一眼。四名桨手站在船上，正跟自己的族人和其他船只大声打着招呼。每当他们一齐划动船桨，疾风便会一阵阵袭上她湿润的皮肤。她的伤口变得灼热起来，而且在收紧，似乎想趁着这短暂的干燥天气赶快愈合。风停了又起，起了又停。她能感觉到自己的知觉和意识已经不再同步，她知道自己又发烧了。这时，桨手们停下了手中的桨，从河里扎起一条蛇颈龟来。那只龟被拽上船之后，还在痛苦地挣扎扭动。在她身后，芬正轻声为那只龟哼着忧伤的挽歌。声音很低，除了她，别人都听不见。

在俞尔特和塞皮克两河汇合之处，有艘汽艇正等候着他们。除了驾驶员，艇上还有两对白人乘客。驾驶员叫明顿，芬是在澳大利亚的凯恩斯认识他的。艇上的两个女人都穿着笔挺的裙子和长丝袜，男人们则身穿晚礼服。他们并未因为天气炎热而满口抱怨。这说明他们已经在这儿住惯了——可能是农场或矿山的管理人员，也可能是为那些人提供保护的执法者。他们最起码不会是传教士。今天要是又碰上传教士，她一定会受不了的。其中一个女人有一头亮丽的金发，另一个的睫毛则像黑色的羊齿草。两人都带着用珠串装饰的钱包。她们光滑的白色胳膊看上去跟假的一样。她忍不住想在离她近的那个女人的胳膊上摸一把，她想把她的袖子往上推，想看看那光滑的白色到底能往上延伸多远。不管她到哪个部落，那里的人都会在初来乍到的她的胳膊上那样摸一下。她和芬上了汽艇，他们手上拎着脏兮兮的旅行包，眼里一副饱受疟疾煎熬的神情。从两个女人打量他们的目光里，她觉察出了一丝同情。

汽艇的马达启动了。那声音太响，实在让人受不了。她不禁像孩子一样，抬手捂住了双耳。见芬也有同样的举动，她本能地笑了。可他却不乐意自己胆怯的样子被她瞧见，把她晾在一旁，自个儿跟明顿搭话去了。她于是来到船尾，在女人们身边的凳子上坐了下来。

“你们这是干吗去呀？”她问叫蒂莉的金发女人。倘若她也有这么一头金发，部落里的人一定会围着她摸个没完。长着这样的头发，你没法到部落里去。

在马达的轰鸣声中，两个女人仍然听清了她的提问。她们都笑了。

“今天是平安夜，傻瓜。”

此时刚过中午，但他们俩今天已经喝过一轮了。幸亏她在芬那件睡衣上罩了一条脏得要命的宽松的棉布直筒裙，不然的话，管她叫傻瓜就更顺理成章了。她身上有好几处伤：手上有道口子，是被西谷椰子上的刺划的；右脚的踝关节发虚，使不上力；胳膊上的所罗门神经炎则是老毛病了；脚趾又痒又疼，但愿不是癣菌复发了。平时，一旦工作起来，这所有的不适她都能应付过去，可眼下，瞅着这两个浑身都是绸缎和珠玉的女人，那种不适之感顿时变得强烈起来。

“你觉得博斯韦尔中尉会去吗？”蒂莉问另外那个女人。

“在她心目中，他可是魅力非凡。”那个叫伊娃的女人对内尔说。伊娃身材高挑，气度华贵，手指裸露在外头。

“我没有。你不也是吗？”蒂莉说。

“可你已经是有夫之妇了，亲爱的。”

“那也不能指望人家一戴上婚戒，就不再留意别的男人了吧。”

“我干吗要指望，可你丈夫绝对会的。”

这时，内尔正在心里写作：

脖子上、手腕上和手指部位都戴有装饰品；

油彩只涂在脸部；

着重突出嘴唇（暗红色）和眼（黑色）；

用腰带来凸显臀部；

谈吐冲动而且急躁；

最有价值的东西是男人，不是说非得有一个，但必须有能够吸引到男人的魅力。

她一旦开始，便欲罢不能。

“你是不是一直都在部落里考察？”蒂莉问她。

“她从浮宫的暮光球中来。”伊娃说道，她的澳大利亚口音更重一些，和芬差不多。

“是。”她说，“从七月开始的。我指的不是今年，是去年七月。”

“在那么点儿大的鬼地方待了整整一年半？”

“先是在这儿北面的山区和阿纳帕人待了一年。”内尔说，“接下来五个半月待在俞尔特河流域的孟般亚部落。我们离开得比原计划要早，因为我不是很喜欢他们。”

“喜欢他们？”伊娃说，“我倒觉得你该把目标定得更实际一些，就是先保证你脖子上的脑袋不被砍掉。”

“他们吃人吗？”

如实回答这个问题恐怕不太安全，因为内尔不知道她们俩的男人究竟是干什么的。“不。新颁布的法律他们都懂，也都遵守。”

“那些法律已经不新了。”伊娃说，“四年前就出台了。”

“我觉得对一个古老的部落来说，它无论如何都是新的。但他们都还算守法。”他们之所以那么不走运，就是因为杀人案变少了。

“他们之间也聊吃人的事吗？”

她搞不懂为什么每个白人都会问起吃人这件事。她想起有一次，芬出去打猎打了十天，回来后原本想瞒着她，可最后还是忍不住说了出来：“我也尝了，他们说得没错，味道确实像老猪肉。孟般亚部落有个笑话，说是传教士的肉的味道和猪肉差不多。”

“他们聊这些的时候可都是满怀渴望的噢。”

两个女人，甚至个子更高胆子也更大一些的伊娃，都明显有些害怕了。

蒂莉接着又问：“你读过那本写所罗门群岛的书吗？”

“就是那个连娃娃们都可以在树林里任意性交的地方。”

"伊娃！"

"我读过。"内尔忍不住问她，"你很喜欢那本书吗？"

"哦，我不知道。"蒂莉说，"我只是不懂这种事有什么可大惊小怪的。"

"有人大惊小怪吗？"内尔问。她对这本书在澳大利亚引起的反响毫不知情。

她本来还想问问那些大惊小怪的人都是谁，说了些什么，但这时，有个男人走了过来，手里拎着个大酒瓶和几只杯子。

"你丈夫说你不能喝。"他略带歉意地对内尔说，因为他没给她准备杯子。

尽管芬背对着她，但光从他弓着背微微踮起脚的姿势，她也能猜到此刻他脸上的表情。他用男人味十足的坚毅眼神使人们忽略了他身上那件皱巴巴的衣服和他所从事的古怪职业。他脸上不会有一丝笑容，除非是他自己开了个什么玩笑。

啜了几小口酒，蒂莉的胆气又壮了起来，她开始继续发问："关于这些部落，你想写些什么呢？"

"我脑子里现在还是一锅粥。等回到纽约，坐在自己的办公桌前，我才会知道。"她知道自己争强好胜的冲动又发作了。她知道，想象自己在纽约办公的场景一定能帮她在这几个打扮得干干净净、漂漂亮亮的女人跟前占据上风。

"你现在是要回纽约吗？回你的办公室？"

她的办公桌。她的办公室。她那扇往外能看到阿姆斯特丹大道和第118街的斜窗。有时，距离能让人生出幽闭症般的恐惧感。“不，我们下一站先去维多利亚，去考察澳大利亚土著。”

蒂莉把嘴一噘，说：“真可怜。你看上去已经累得不行了。”

“你想了解那里的土著？那你问我们俩不就行了。现在就可以开始。”伊娃说。

“其实也就是最后这五个月，最后这一个部落。”她不知该怎么形容那种感觉。只要与孟般亚沾上边，她和芬就没有一件事是看法一致的。他根本不听她的意见。他那种不容分说的样子她此刻回想起来很是惊讶。蒂莉正用醉汉一样肤浅的眼神看着她。“碰上一个让你伤心的部落，这种事也是常有的。”她良久才说出这么一句。

“内尔，”芬在叫她，“听明顿说，班克森还在。”他朝河上游挥了挥手。

他当然还在，她心里这么想，可嘴上却答道：“就是把你捕蝴蝶的网兜偷走的那位吗？”她开了个玩笑。

“他没偷。”

他的原话是什么来着？那是在他们坐船从所罗门群岛回来的路上，他们俩最初的几次交谈中提到的一件事。当时，他们聊起了各自以前的教授。芬说，哈登挺喜欢他的，但却把自己捕蝴蝶的网兜送给了班克森。

他们的计划全都被班克森搅黄了。他们早在一九三一年就到了这里，原打算去新几内亚岛的两个部落考察。可当时班克森已率先到了塞皮克河流域。他们只好再往北，去了在山区的阿纳帕。他们原本以为过上一年半载，等他们从山上下来的时候，他差不多也该走了。那样，他们便可以选择一个自己最中意的靠近河流的部落来考察。靠近河流的那些部落，文化相对不那么闭塞，艺术、经济和宗教方面的传统也更深厚。然而，班克森居然还待在那儿没走。于是，他们只好朝着与他正在考察的基奥纳部落相反的方向去了。塞皮克河上有条叫俞尔特河的支流。正是在俞尔特河的南部区域，他们发现了孟般亚部落。可在那个部落才待了一个星期，她就知道他们选错了地方。最终她花了整整五个月的时间才说服芬从那里离开。

芬走到她身边，说道："我们该去见见他。"

"真的？"以前他可没这么建议过，为什么偏偏在他们准备去澳大利亚的时候提出来呢？尽管他和哈登、班克森，还有他捕蝴蝶的网兜一起在悉尼待过四年，可她并不觉得他们之间有很深的交情。

班克森所在的基奥纳部落骁勇善战，他们曾经统治着整个塞皮克河流域。可那是在澳大利亚政府开始实施镇压之前。后来，政府把村庄分隔开，把他们不想要的土地分派给部落里的人，并把反抗者关进了监狱。虽然孟般亚部落不乏勇猛之士，可那里居然流传着一些关于基奥纳人如何英勇的传说。这也是他想到班克森那儿去看一看的原因。河对面的部落看上去永远要比你身边的出色一些，她常这么告诫他。眼睁睁地瞅着别人地盘上的部落，想不心怀嫉妒是不可能的。同时，你自己的部落看上去永远都是一团糟，除非你真的下功夫把你对它的了解全都诉诸笔墨。

“你觉得我们在安戈拉姆能碰到他吗？”她问。他们不能老跟在班克森后面转悠。他们已决定要去澳大利亚了。他们兜里的钱顶多能再撑半年，而到澳大利亚之后，先要寻找当地的土著部落，然后安顿下来，这起码得好几个星期。

“我看够呛。像安戈拉姆这种有政府机关的地方，他是不会沾的。”

汽艇快得让人头晕。“芬，我们得赶上明天开往莫尔斯比港的那班船。古奈部落对我们来说也是个不错的选择。”

“我们去孟般亚的时候，你也是这么说的。”他边说边晃了晃空杯子里剩下的冰块。他欲言又止，然后回到明顿和其他男人那边去了。

“结婚很久了吗？”蒂莉问道。

“到五月就两年了。”内尔说，“出发上这儿来的前一天办的婚礼。”

“你们这蜜月度得可够时髦的。”

他们都笑了。这时，装着杜松子酒的那个瓶子又被递了过来。

接下来的四个半小时，内尔一直在看那两对衣着光鲜的夫妇在她面前喝酒、打趣、调情、受伤、嬉笑、道歉、分开，然后再重归于好。她在看他们那年轻而不安的脸，她能看到他们脸上那层自信是如此之薄，当他们觉得没人注意自己的时候，那层自信便会轻易地脱落。蒂莉的丈夫偶尔会抬手指着陆地上的东西让大家看：两个拿着渔网的男孩，像布袋一样软塌塌地倒挂在树上的袋鼬，快速滑向自己的巢的鱼鹰，还有一只模仿他们船上马达声的红色鹦鹉。她尽量不去想那些正在掠过的村庄、凸起的屋舍和生火的灶坑，还有那些举着鱼叉在茅草丛中捕蛇的儿童。她正与所有那些失之交臂，她永远都不会再有机会去了解那些部落，去聆听那里的语言。她怕的是，此时他们正在驶离的这个部族正是她最该去考察的那一个，她本应该大显身手，将它不为人知的创造力公之于世。更何况那里的生活方式很可能刚好合乎她的心意。可她终归只是继续瞅着那几个西方人，瞅着芬，听他跟另外那几个男人唇枪舌剑。他在刨根问底地打听别人从事什么职业，可当人家回问他的时候，他又支支吾吾地拿话搪塞。一路上，他也过来找过她几次，可对她来说，他的到来无异于惩罚，因为他总是挖苦她几句，然后猛然起身而去。他来了这么四五趟，把他的沮丧全撒在了她头上。而且，他全然没意识到自己的这种行为模式。因为是她提出要离开孟般亚的，所以他一直都在惩罚她，到现在都还没结束。

“你丈夫很帅，不是吗？”趁旁边没人，伊娃说，“他看着就是个挣大钱的。”

船速缓了下来。夕阳下，水面闪着鲑鱼般的粉色波光。他们到了。三个年轻的码头工身穿白裤蓝衫，戴着红帽，从安戈拉姆俱乐部里跑出来，把船系住。

“当心点儿，”明顿操着一口洋泾浜冲他们叫道，“Isi，isi。”

几名码头工之间相互讲着他们的部落语言，很像是泰维部落的语言。而对那些正在下船登岸的旅客，他们说的却是“晚上好”，用的是很清脆的英国口音。她真的很想知道他们有多了解英国。

“你今晚还好吗？”她问年纪最大的那个男孩。

“我很好，谢谢您，夫人。”他令她想起他们在阿纳帕部落拍摄过的一个孩子。很有自信，总在微笑。

“今天是平安夜，我听说。”

“是的，夫人。”

“那你们庆祝吗？”

“哦，是的，夫人。”

看来，传教士已经来过这儿了。

“那你想要些什么礼物呢？”她问第二大的那个孩子。

“渔网，夫人。”他本想像前面的大孩子一样答得简洁而不动声色，可他的话却直接蹦了出来，“就像我哥去年得到的那张一样。”

“他第一网下去就把我给捞上来了。”最小的那个大声嚷道。

三个孩子全笑了。他们的牙齿白得发亮。在孟般亚部落，像他们这么大的男孩，因为自然腐坏和经常打斗，牙齿都已经所剩无几了。即使还有几颗，也已经被他们嚼的槟榔染上了猩红的色斑。

年纪最大的男孩正要向内尔解释，芬从坡上叫她。看样子，另外两对已经上岸的白人夫妇正在看他们俩的笑话：瞧这女的，穿着一身脏兮兮的男式睡衣，只顾着跟几个土著搭腔，而她那个脸色憔悴、留着一把大胡子的澳大利亚男人，则一边拎着行李，一边在催他老婆快走。天知道他有没有大捞一笔。

她对那几个孩子说了声“圣诞快乐”。他们觉得很好玩，也纷纷回祝了她。如果可能，她倒真想和那几个孩子一起在码头蹲上一整夜。

芬并没生气。她看得出来。他将两个包换到左肩，然后把右胳膊伸出来让她搭手，好像此刻她也穿着晚礼服一样。她把左臂伸过去，他再把胳膊夹紧。她那个部位的伤口被夹得有些痛。

“今天是平安夜。看在上帝的分儿上，你那工作就不能歇歇吗？”他此刻的口气更像在逗她，甚至带着些歉意。“我们已经到了。”他一边用胳膊紧紧搂着她一边说，“孟般亚的事已经过去了。”他吻了吻她，她身上的什么地方又被压痛了，可她并没有埋怨。他不喜欢她太强，也不喜欢她太弱。几个月前，持续不断的病痛令他心烦气躁。发烧的时候，他会出去走上六十公里。后来，他腿上的皮肤底下长出了一条很粗的白虫子，他自己拿着削笔刀把它给剜了出来。

他们的房间被安排在二楼。从楼下俱乐部餐厅里传来的音乐声把地板震得直抖。

房间里有两张单人床，她伸手摸了摸其中一张。有人收拾过，上面铺着笔挺的床单，还放着一个蓬松的大枕头。她把最上面裹得紧紧的那条床单扯开，钻了进去。这只是张又旧又窄的行军床，可她却觉得自己仿佛钻进了云朵里，光滑、整洁、浆洗过的云朵。睡意向她袭来，是那种格外浓郁、童年才会有的睡意。

“这主意不错。”芬一边脱鞋一边说。旁边明明还有张床，他却偏偏要往她床上挤，紧挨着她。她只好侧着身子，面朝他躺下，才不至于掉下床去。“繁殖期到了。”他淡淡地说。

他伸手从她背后脱掉了她的棉布内裤，然后抓紧她臀部的肉，将她的下腹朝他这边摁。这让她想起，长大以后，她就是这样把那些尚未扔掉但已经不再喜爱的纸娃娃们压在一起的。可芬这招却没见效，于是，他抓住她的手往下移，等她把它完全攥在手里，他又把自己的手盖在她的手上，引导着她的手上下移动。尽管她对那个动作的节奏已非常熟悉，但他还从没让她自行操作过。他的呼吸很快变得急促而吃力，但又过了许久，那东西才稍稍显示出变硬的迹象。它像海蜇一样在他俩的手下软塌塌地耷拉着。这时间本来就不太合适。她的生理期马上要到了。

“操，”芬咕哝了一句，“该死。”

不知这股愤怒向他那儿输送了一股什么东西，那玩意儿忽地从他们手中挣脱出来，变得又大又硬，涨得发紫。

“插进去，”芬说，“赶紧把它插进去。”

跟他从来就没理可讲：什么里面还太干，时间不合适，或者她正在发烧。还有，她身上的伤口经不起在床单上这么折腾。他们肯定会把床单弄得血迹斑斑。那些泰维部落来的女佣会把那当成是经血，出于迷信，她们一定会把那条漂亮整洁的床单给烧掉。

她把它插了进去。她下面痛得厉害。不痛的那一小部分估计已经坏死，或者麻木了。芬在她身上抽插着。

完事之后，他说了一句：“好了，你的小宝宝成了。”

“至少有一两条腿成了。”她刚缓过来，便回了一句。

他笑了。孟般亚部落的人认为，一个完整的宝宝不是一次就能造出来的，而是要经过很多次才能完成。“那晚上我们接着造胳膊。”他把脸转过来贴在她脸上，吻了她。“接下来我们得去参加聚会了。”

远处的角落里摆着一棵巨大的圣诞树，看上去跟真的一样，仿佛它是他们专门从新罕布什尔州运来的。房间里人头攒动。大多是男人，有公司老板和经理，有河上的放木工和巡警，有捕鳄鱼的猎人和浑身散发着怪味的标本制作师，还有商人、走私犯和几个一直在喝酒的牧师。刚从船上下来的几个漂亮女人在人群中熠熠生辉，她们每人身边都聚集了一圈男人，将她们围在当中。身着白色围裙的来自泰维部落的侍者正端着托盘递送香槟。他们有着修长的四肢，长而窄的鼻子上并未穿孔戴环，也没有伤疤的痕迹。她心想，也许他们这儿跟阿纳帕不同，并不那么好战。假如有一天，他们在俞尔特河流域也设立一个总督行署，天知道会引发什么乱子。那些孟般亚部落的人，你想给他们身上系条白色围裙都办不到。你胆敢一试，当心他们在你脖子上割一道口子。

她从伸到面前的托盘上拿了一杯酒。在房间另外一头，在托盘和端着盘子的泰维男侍的胳膊后面，她看见圣诞树旁有个人。那人也许比那棵树还要高，正用手指摸着树枝。

在没戴眼镜的她看来，我的脸应该和其他人的脸没什么区别，只不过是众多模糊的粉红色块中间的一个。可我刚抬起头，她就好像认出我来了。

2.

三天前，我还在河里寻死来着。

你真想这么干，安迪？这个问题没多久就会冒出来一次，令我浑身如遭重击。有时，它以我自己的声音出现，有时则以我某个兄弟的声音出现：马丁的声音会满带嘲讽，而约翰的尽管多了些关心，却也不无惊诧。空气中有一丝异样。我穿过村寨西北方向的树丛，朝河边的空旷处走去，离伦敦又近了几步，仅仅几步。妈妈，你还好吗？妈妈，永别了！妈妈，我很爱你，真的，在你把我从地球另外那该死的半边赶走之前。我不能确定自己是否还在吸入氧气。我感觉不到自己的舌头。什么？他连舌头都感觉不到？我甚至能听到马丁朝约翰大喊的声音，他的嗓门和当年我们家的厨师玛丽一样大。约翰笑得没法搭腔。那些石头也变得奇怪起来，它们蹭着我的大腿，发出清晰的啪嗒啪嗒的响声。于是，我的兄弟们又开始嘲笑起我那件亚麻布夹克来。那是父亲的，上面还有鸡蛋的印渍，这件事马丁肯定还记得。我把衣服上的污渍指给他看，他马上说，这衣服他穿着挺合身，不是吗，安迪？我吃力地拍打身旁茂密的灌木丛，试图辟出一条路来。而我的两个兄弟则在我身后夸张地模仿我的动作。约翰一边学还一边对马丁说，别逗他了，他的尿都快笑出来了。泰凯特的一个儿子就是在我现在这个位置被毒蛇咬了。他很快就死了，呼吸系统完全停止了运转。有些家伙就是这么走运，嗯？马丁说。有趣的是，当你已经拿定了主意，痛苦便会离你而去，它会藏起来。像蜡一样长期缠在我心头的那种感觉不见了。我现在感觉格外愉快，我的幽默感也回来了。我甚至觉得我的兄弟们比以往任何时候都离我更近，仿佛他们马上会真的再次开口说话。也许所有自杀最终都是幸福的。也许在最后一刻，你会意识到，自打你降生到这个世界上，在所有事情之中，最最重要的就是死去。死是预先为我们每个人安排好的宿命，我们迟早会被带到那里去，谁也无法无限期地躲开它。即使是我那早已故去的父亲，也不得不同意这点。马丁去皮卡迪利时也是这么想的吗？反正我一直都这么觉得，他不是走，不是跑，而是庄严地迎上去的，就像约翰迎向那场吞噬了他的战争那样。还有那把枪，被他从口袋里掏出来，然后举到耳边。不是太阳穴，而是耳朵。不知何故，他们特意强调了这一点，似乎他原本只打算不再听下去，而不是不再活下去。不知道枪身碰到他的皮肤没有？不知道他有没有略微停顿一下，感觉金属的那股冰凉？还是整个动作一气呵成？当时他是不是在笑？只有在这种时候才能见到马丁笑。对马丁来说，没有什么事是格外严肃的。一个年轻人在皮卡迪利拿枪对着自己的耳朵，这种事当然也不例外。这也正是校长过来把我从法语课上叫出去，通知我这件事的时候，我会感到那么困惑的原因。马丁为什么单单在这件事上那么严肃呢？他就不能换别的事来较真吗？我感觉绝望重新降临，那是一种精神上的窒息感。假如跟我同办公室的老普劳尔听说了我自杀的消息，也会生出和我当时在校长办公室里相同的感受：一边盯着外面窗台上的羊齿蕨，一边怀疑马丁不可能会这么认真。而普劳尔，他可能连该笑还是该哭都不知道。该死的班克森不在了，他投河自尽了，普劳尔只会在走廊里语无伦次地对着麦克斯利和海宁不住地念叨。然后，肯定会有人笑出声来。他们怎么可能不笑呢？但无论如何我也不能再回去，不能再独自回到那个满是蚊子的房间里。如果我刚才没朝河边拐过来（从那些和盘子一样大的鲜绿的树叶的缝隙间，我已经能隐隐看到河水了），我会一直朝前走，最终走到派贝部落去。我还从没遇到过这个部落的人。那儿有一半的人因为不遵守新颁布的法令被关进了监狱。

我继续往河边走。我使劲儿咬了咬自己的舌头，再使点劲儿。连血都咬出来了，可我还是感觉不到它，它就像块金属，而非人体器官。我径直走进河中。是的，动作极其连贯，就像从口袋里掏出枪，举到耳边，砰的一声。河水很暖和，我身上那件亚麻布夹克没漂起来。它重重地垂着，紧贴在我身上。我听到身后有动静，也许是鳄鱼。今天是我头一次不怕它们。被鳄鱼吃掉总比在皮卡迪利广场拿枪轰自己的头要强。对基奥纳部落的人而言，鳄鱼是神圣的。也许，我将因此成为他们部落神话的一部分：一个郁郁寡欢的白种人变成了鳄鱼。我往水里沉了下去。那一刻我的心情并不平静，却也不悲伤。不凑巧的是，我生来就擅长屏住呼吸。马丁、约翰和我当年常常相互比试。我是我们三个人中年纪最小的那个，肺却长得最大，我能一直憋到快要昏厥才罢休，他们俩觉得非常好笑。安迪，你有点像“昏倒羊[①]”，父亲以前常这么说。

我刚呛了一口水，他们就把我一把揪起，揪得又快又狠。我的身体再次回到空气中，但我仍然无法呼吸。他们两人伸出胳膊架起我的肩膀，把我拖回到岸上。他们将我的身子翻过去，像做西米煎饼似的在我背上一阵猛拍，然后才把我从地上拉起来重新扶稳。在整个过程中，他们一直在用他们的语言教训我。他们发现了我口袋里那些石头，马上把它们掏出来。那两个人身上已经快干了，因为

---

① 美国田纳西州的一种羊，一紧张就会四肢僵硬，腿软倒地，由此得名“昏倒羊”（Fainting goat）。

除了系在腰间的一根绳子外，他们身无寸缕，而我身上还穿着湿漉漉的衣服。他们把我口袋里那些石头码在沙滩上，然后改用基奥纳语跟我聊了起来。他们那口基奥纳语比我的还糟。他们解释说，他们知道我是泰凯特的朋友，从南垓来。他们说，那些石头很漂亮，但也很危险。即使想要收集，下水游泳之前也得把石头留在岸上。而且，不能穿着衣服下水，那同样很危险。还有，不要一个人下水。一个人行动早晚会出事。他们还问我知不知道回去的路怎么走。他们的话严厉而简洁。

“好了，”我告诉他们，“我没事了。”

“我们不能再往前走了。”

“没关系。”

我开始往回走。我能听到他们跟在我身后，也在往河的上游走。他们在交谈，说得又快又响，他们讲的是派贝部落的语言。我听懂了其中一个词，taiku，在基奥纳语里是“石头”的意思。其中一个人说了一遍，接着另一个人也说了一遍，声音更大。然后两人一阵大笑，是那种乐得肚皮发颤的笑。战争爆发之前，英国人也经常那样笑。那时候，我还是个孩子。

看样子，我命中注定要活过这个圣诞节了。于是，我收拾行囊，跑到设在安戈拉姆的行署，和那帮醉鬼一起过节去了。

3.

“天哪，班克森，见到你真高兴，伙计。”

在我的记忆中，斯凯勒·芬威克是个脾气暴躁、紧张易怒的家伙，他从来就没喜欢过我。可当我把手朝他伸过去时，他却将它推到一边，张开双臂给了我一个拥抱。作为回应，我也拥抱了他。这一幕把旁边那些喝得醉醺醺的巡警逗得大笑起来。这出人意料的温馨一幕令我嗓子眼一阵发烫。我的情绪尚未平复，他已开始向他的妻子介绍起我来。

“这就是班克森。”他说。听他的口气，就好像我一直都是他们日夜谈论的唯一话题。

“内尔·斯通。”她自我介绍道。

内尔·斯通？芬和内尔·斯通结婚了？虽然他喜欢恶作剧，但眼下这架势似乎是认真的。

以前听别人谈到内尔的时候，从来没有人提过她是如此瘦小，或者说孱弱。她把手朝我递来，手掌上有一道刚刚愈合的伤口。握住的话她会疼的。尽管她带着自然的微笑，可脸上其他部分却透着一股蜡黄，眼眸也似乎被疼痛所笼罩。她有张小脸，烟灰色的大眼睛像极了袋貂。那是一种小型有袋类动物，常常被基奥纳部落的小孩们当宠物养。

“你受伤了。”我差点儿说成你病了。我轻轻碰了她手一下，立刻就移开了。

“伤而未死。”她想笑，却没能笑出声。在她疲惫不堪的脸上，那嘴唇格外动人。

让我躺下，让伤口静静地流血。那首民谣在我脑中流淌。然后，我会重新站起来，和你并肩战斗。[1]

“你居然在这儿，真是太好了。”芬说，“我们还以为你早就走了呢。”

---

① 英国古老民谣中的一段歌词。

“我是该走。我要真滚蛋了，基奥纳部落会庆祝一个星期。可总是有一块拼图要硬挤进来，尽管这块拼图的形状压根儿就不对。”

他们都会心地笑了。那是感同身受，是惺惺相惜，抚慰着我内心被撕裂的伤口。

“出外考察经常会有这种感觉，不是吗？”内尔说，“可回来以后重新再看，一切又都是吻合的。”

“是吗？”我说。

“是，如果你把工作做到家了的话。”

“会吗？”我必须掩盖住我声音里的傻气，“我们去拿些喝的和吃的吧。你想吃点儿什么吗？你必须吃点儿。我们坐下谈好吗？”我的心在嗓子眼里突突直跳，满脑子想的都是怎样把他们留住，怎样把他们留住。我的孤独犹如肿大的甲状腺，从我身体里凸显出来。在他们面前，我根本不知如何掩饰。

在屋子最里头，有几张桌子还空着。我们穿过厚厚的烟雾，朝角落里那张桌子走去。那张桌子正好夹在一群白人巡警和一群淘金者之间，他们一边互相大声嚷嚷，一边痛饮。乐队奏起了《西班牙女郎》，却没人起来跳舞。我叫住一个侍者，冲那张桌子指了指，让他给我们拿些晚餐过去。他们俩走在我前面，芬领头，已经把我们落下很远。内尔左脚踝有伤，走路不太利落。我紧跟在她身后。她那件蓝色棉质连衣裙背后因为身体的弯曲添了几道褶皱。

在我的想象中，内尔要更老一些，应该像个上了年纪的已婚主妇。我尚未看过最近令她声名鹊起的那本新书。那本书出来之后，一提到她的名字，人们首先想到的是热带海滩上那些淫荡色情的画面。而我脑海中闪现的却是一位美国主妇在所罗门群岛经历的性冒险。可眼前这位几乎还是个女孩，长着细细的胳膊，背后垂着根粗辫子。

我们在小桌旁坐了下来。墙上挂着一幅拙劣的国王画像。此时，国王正从上方俯瞰我们。

“你们这是从哪儿来？”我问。

“我们最开始是在山里。”内尔说。

“是那片高地吗？”

“不，是托里切利山。”

“一个连名字都没有的部落，你们竟然在那儿待了一年。”

“我们用那里的一座小山给它取了个名字，”内尔说，“叫阿纳帕。”

“那里的人比死人还要乏味。”

“他们很友好，很温和，可是营养不足，虚弱得很。”

“你是想说，笨得令人窒息？”芬说。

“芬出去打猎足足打了一年。”

“只有这样我才能保持清醒。”

“我呢，整天和女人、孩子待在园子里。园子里种的东西勉强够村里人填饱肚子。”

“你是说，你们刚刚从那儿来？”我想弄清楚她究竟是在什么地方，又是怎样被折磨成现在这副样子的。

“不，不。我们从那儿离开是在——”芬朝她转过身去。

“七月。”

“从山上下来，离这儿近了一点儿。然后在俞尔特河那边又发现了一个部落。”

“哪一个？”

“孟般亚。”

这名字我没听说过。

“令人恐惧的骁勇民族。”芬说，“我敢打赌，它跟你的基奥纳有一拼。整个俞尔特河流域的其他部落都畏之如虎。”

“我们也是。”内尔说。

“不，是你自己，内尔。”芬说。

侍者给我们拿来了食物：牛肉、土豆泥和我曾经发誓再也不会碰的又粗又黄的英国黄荚种菜豆。我们一边狼吞虎咽，一边继续聊着，无须顾及说话时（嘴里若有食物）要先把嘴捂上，或是要等别人把话说完再开口等规矩。我们可以打断对方，可以随意插话。我们提了一大堆问题来挑战对方，或许因为他们是两个人，所以更多的是他们在挑战我。从他们问的问题（芬的是有关宗教、宗教图腾和仪式、战争以及系谱，而内尔的更多是在经济、粮食、政府、社会结构和儿童抚养方面）我看得出来，他们把各自的领域划分得泾渭分明，这让我心里不由得泛起一阵忌妒。每次给剑桥我所在的系写信，我都会要求他们给我派一位搭档来。比如一个刚刚起步、需要有人指点的年轻人。可是每个人都希望自己能独当一面。或者，可能他们从我的信中察觉了我思想的混乱和工作的停滞不前，因此没有搭理我这茬儿。尽管我不乐意承认这点，但这确实有可能。

“你的脚怎么啦？”我问她。

“在阿纳帕崴的。”

“什么？崴了有十七个月了？”

“当时他们得用竿子抬着她走。”芬说。那段回忆把他给逗乐了。

“他们用香蕉叶把我裹了起来，我看上去就像一头被捆得严严实实、准备作为晚饭的猪。”她和芬都笑了，笑得很突然，很来劲儿，仿佛他们是第一次因为这件事而笑。

“我头朝下被吊在竿子上好半天。”她说，“芬自己提前一天赶到了那儿，可他没给我发回一点儿消息。最后，他们用了两百多个脚夫才把我们的所有装备都运了过去。”

“我是唯一一个有枪的。”芬说，“有人事先警告过我们，在那里，被部落的人伏击并不罕见。部落里物资匮乏，而我们带去了很多食物。”

“它肯定断了。”我说。

“什么？”

“你的踝关节。”

“是的，”她看了看芬，表情有些迟疑，然后说，“我也觉得是。”

我注意到，在那以后，她就没再吃东西，不像芬和我一直都在吃。她把盘子里的食物推到了一边。

忽然，我身后的一把椅子倒了。两个巡警正互相撕扯对方身上的制服，他们喝得红光满面，步履蹒跚，就像一对醉酒的舞伴。最后，其中一个人将手臂抽出来，挥起拳头，又快又狠地砸在另外那个人的嘴上。等到旁边的人过来把他们拉开时，他们的脸已经像被园子里的钉耙耙过一样，手上也都沾上了对方的血。屋里突然热闹起来，乐队指挥为了鼓励大家起来跳舞，开始演奏一首欢快响亮的乐曲。可还是无人响应。屋子另一头也有人在撕打。

“我们走吧。”我说。

“走？去哪儿？”芬说。

“我带你们到河上游去。我那儿地方大，足够你们住。”

“可我们已经在楼上订了房间。”内尔说。

“在这儿你们没法睡觉。要是他们一不留神把东西给点着了，你连张床都没有。这帮家伙已经连着喝了五天了。”我又指了指她的手，还有我刚才在她左边胳膊上发现的伤口，“我那儿有治这些伤的药。看来它们还没被处理过。”

我犹豫地站起身，等他们回应。来吧，快来吧。我需要你。我需要你。我决定改变策略。我对芬说：“你不是说想看看基奥纳部落吗？”

“是，是很想。可我们明天一早就要出发去墨尔本了。”

“怎么？”我们才在一起待了几个小时，他们并未提到要离开新几内亚岛呀。

“我们想上那儿试试，看能不能从埃尔金手里抢一个部落过来。”

“千万别。”我本来没想这么说，至少不是用如此莽撞的口吻说。“干吗要去那儿呀？”就为了那里的土著？不能让他们上那儿去。

“那孟般亚呢？你们在那儿刚待了五个月。”

芬看着内尔，意思是让她来解释。

“孟般亚我们没法再待了。”她说，“我无论如何也待不下去了。我们想，也许在澳大利亚能找到一片尚未有主的地方。”

“有主”这个词终于让我明白了。我想，她也知道我明白了。“无论如何，你们都不必因为我而离开塞皮克。它并不是我个人的，我也不想占有它。人类学家的总人数是该死的纳瓦霍印第安部落人数的八十倍。有那么多人，他们难道会把这条一千多公里长的大河给我一个人？从来没人敢靠近这里。因为他们都以为这里是属于‘我的’。其实我并不想要它！”我觉察到自己的声音里几乎带着哭腔。可我不在乎。如果有必要，让我下跪我都愿意。“请留下来吧。明天我就帮你们找一个部落。这里有上百个这样的部落。如果你们愿意，可以和我离得很远。”

他们很快就同意了，快到都没顾上相互看一眼。事后，我怀疑他们可能一直都在跟我演双簧。不过没关系。也许他们不能没有我，可我更不能没有他们。

他们回楼上房间收拾行李去了。趁着等他们的工夫，我把塞皮克河上下游所有我听说过的部落都在脑子里过了一遍。头一个跳出来的是塔姆部落。为我提供研究资料的泰凯特的表妹就嫁给了一个塔姆人。每次谈起那个部落，泰凯特都会用“安静”一词来描述它。我自己也曾见过几位在集市上以鱼易货的塔姆妇女，我注意到她们已经有了简单的商业头脑。当基奥纳人气势汹汹地跟她们讨价还价时，她们居然毫不畏惧，换了别的部落的人，早就举手投降了。可塔姆湖离这儿实在太远了。我得想一个近点儿的。

他们拿着行李下来了。

“你可别告诉我你们就这么点儿东西。”

芬笑了笑说：“不，当然不是。”

“其余的已经运到莫尔斯比港去了。”内尔说。她换了一件白色男式衬衫和一条棕褐色长裤，仿佛打算明早赶回来上班似的。

“我可以让人带话过去，让他们把东西再运回来，当然，如果你们决定留下的话。”趁他们还没改主意，我帮他们拎起两个包，抬脚便往外走。

在屋外突如其来的寂静中，我耳朵里似乎仍有轰鸣声在响起。灯光从总督府倾泻而出，音乐声已逐渐变小，脚下是精心修剪过的草坪。我们仿佛正置身于剑桥，在一个温暖的夜晚刚刚跳完舞出来。

我不禁转过身去。芬正牵着她的手。

我领着他们横穿车道，过了码头，从灌木丛中的一道断口穿过去，来到一片很小的滩头。我把我的小划艇藏在这儿了。虽然四周一团漆黑，我还是看见他们的脸色顿时沉了下来。我知道，他们原本肯定以为我有条像样的船，带座椅和靠垫的那种。

“这是我赢来的，是条打仗用的划艇。因为我杀了一头野猪，他们奖给我的。”为了弥补他们的失望，我表现得格外活跃。把他们的行李扔上船后，我又回到滩头去取马达。马达被我藏在了一棵很粗的无花果树后面。

见到马达，他们的脸色舒缓了不少。刚才他们一定在想，我是不是真打算带着他们一直划到我住的村寨去。那得划上一整夜，第二天上午的大部分时间也得搭进去。

“哇，这玩意儿我还从没见过。”我正忙着把马达固定好，芬在一旁说道。

我把搁在船头的行李重新摆放了一番，权且充作一张“床”，让内尔可以躺下。我叫她坐过去，让芬坐在中间，然后将划艇往河里推了几米。我跳上船，拽起绳索，猛地发动了油门。即便此时他们仍犹疑不决，在马达的轰鸣声中，我也听不见了。船载着我们穿过河面上漆黑的波纹，朝南垓疾驶而去。

4.

当其他人在上帝、神或者鳄鱼的陪伴下长大时，我则是在科学的氛围中长大的。

假如你瞄准地球仪上的新几内亚使劲儿射出一箭，箭头很可能会从地球仪另一边一个叫格兰切斯特的地方穿出来。这个小镇在英国剑桥的郊区。我自幼在一座名为赫姆斯利的宅子里长大。班克森家族的科学家们在这座宅子里前后住了三代了。那里每张桌子、每只抽屉、每个壁橱，无不带有科学的痕迹：有小望远镜、试管、指秤、袖珍放大镜、寸镜、指南针、铜质望远镜，还有一盒盒的显微镜玻璃载片、固定昆虫标本用的针、异质晶簇、化石、骨骼、牙齿、石化的木头、镶在框里的甲虫和蝴蝶，以及数以千计的零散的昆虫残骸，只要轻轻一碰，它们就会变成粉末。

我父亲在剑桥的圣约翰学院读了动物学，后来不出众人所料成了那儿的研究员和理事。他和我母亲于一八九七年相识，当年六月便结了婚，膝下有三个儿子，依次相差三岁：约翰、马丁和我。

我父亲留着大胡子，胡子后面总藏着浅浅的微笑。我要到长大以后才会懂他的那些幽默，可那时候他的幽默感已经没了。在那之前，他每句话我都当真，他因此常常被我逗得乐不可支。在我整个童年时期，他一直都对鸡蛋很着迷。他最初是把它们拿到外婆屋里去孵化，后来外婆不让了，他又把它们挪到外面的仓库棚里。等到快孵出来时，他会把鸡蛋一个个拿起来，在上面写明是哪一栏哪只鸡在哪一天所下，然后把蛋壳剥掉，仔细研究里面的胚胎。他还养过老鼠、鸽子、豚鼠、山羊，还有兔子；为了研究，他还自己种过金鱼草和豌豆。对孟德尔的热爱和痴迷贯穿了他的一生。他认为达尔文的理论存在缺陷，因为对于表型如何从一代传到下一代，必须有个合理的解释。就连达尔文本人也这么认为。他还从波或振动的图像中悟到了基因的概念。他一生中从事过的职业更是五花八门，有的令人不屑，有的却又像英雄一样为人景仰。所有这些都是拜他的好奇心和骨子里勤学好问的天性所赐。他是科学的信徒，他要为所有疑问找到答案，他希望他的儿子也成为那样的信徒。

一九三一年刚到新几内亚的时候，我才二十七岁。那时，我们家已经只剩下我母亲和我了。对我来说，母亲已成了一个巨大的心理负担，她需要人关心，可又专横跋扈，就像只剩下一个臣民的暴君，不知道自己该索取什么，该付出什么。以前的她可不是这样。在我童年的记忆里，她温柔、甜美，还很年轻，尽管我是我们三兄弟中最小的一个。我记得，无论什么情况她都对我们的父亲言听计从，每件事都让他拿主意，对我们几个男孩提出的问题和请求，即使是有百利而无一害的，她也不会擅自应允：我们能把关在罐子里的蜘蛛带进房间吗？我们能把果酱抹在石头上，看那些寄生蚁是如何驱赶别的蚂蚁，把果酱搬走的吗？我和她之间有种特殊的感情，因为她不想让我长大，而我也正好不想长大。因为我的两个哥哥没让我看出长大是件多好的事。约翰对父亲的话百依百顺，而马丁却几乎一句也不听。在我看来，这两条路的前景都不怎么光明。所以，我也就乐得继续赖在母亲膝前了。

我童年第一段比较难忘的记忆是一九一〇年夏天我们去看望我父亲的妹妹多蒂姑姑时的情景。我们有好几个尚未出嫁的姑姑，她只是其中之一，也是对我来说最有趣的一个。她有一套精美的甲虫收藏，全都拿针固定好，装上边框，还用她工整的铜版体书写了标记。成版成版的甲虫，全摆在丝绒上。别的女人有珠宝首饰；多蒂姑姑则有每一种颜色和形状的甲虫，全都是从离她家十六公里的新森林里搜集来的。每天我们都会和她一起，穿上胶靴，手里提的桶子互相磕碰着，到新森林去。那里的一口池塘是她最喜欢的地方，得走上将近一小时才能到。到了之后，她会第一个径直走进池塘。有时，里面的泥比她的雨靴还深。好几次，我们三兄弟得排成一行，手拉着手把她给拽出来——我当然会站在末尾的干燥地带。我们笑得前仰后合，早已失去拽她的力气，根本起不到什么作用。但多蒂姑姑会坚持玩下去，她会装出一副陷进泥里正在往下沉的样子，然后叫我们慢慢把她拽上来，再从池塘里拖出去。她的网兜总能逮住一些最让人着迷的生物，比如黄条蟾蜍、凤头蝾螈和燕尾蝶什么的。我们中间只有约翰才能偶尔跟她比试，因为要论一铲一铲地从水里往外捞蝌蚪，约翰比马丁和我都要耐心得多。所以每当想起约翰，我脑海中闪现的总会是这样一幅画面：七月炎热的一天，十二岁的他深一脚浅一脚地走进新森林里的那口池塘，天气酷热难当，蚊虫嗡嗡乱飞，他一手拎着个桶子，一手拿着网兜，目光在雾蒙蒙的水面上搜索。他死后，我们收到一封他战友的来信。信中说，约翰把战争当成一次很棒的长期野外考察。“我不是说他精神不集中，相反，他很专注，这点我相信他的指挥官也会同意。他是个非常勇敢和细心的士兵。不过，他的战友常常因为要在三米深的壕沟里栖身而叫苦不迭，他却时不时会发出一阵欢呼，要么是因为找到了一块上新世软体动物的化石，要么是发现刚从头顶飞过去的那只猎鹰是个稀有物种。他对这个世界充满了热情，却早早地告别了这个世界，告别了我们，我敢肯定他去了他该去的地方，他回家了。”我母亲对这封信并不领情，因为照信上说的，约翰的身体在比利时的一片原野上被炸得粉碎是命该如此。可我却从中找寻到了一丝慰藉。约翰死后，能给我带来安慰的东西实在是少之又少。如今既然让我碰上，我还是不放过的好。

约翰是我们当中最有希望让父亲夙愿得偿的一个。他是个热忱的自然主义者。十五岁的时候，他就因鉴别出了一种极其稀有的毛虫而登上了《昆虫学家名录》。在查特豪斯公学的最后一年，他拿到了生物学奖。如果不是战争让他的人生轨迹受到了干扰，接下来他很可能会成为班克森家族第四位剑桥导师。至少我们家人都这么认为。父亲本应从约翰身上得到些安慰，而马丁则可以去干自己想干的事。可约翰却不愿伤害他研究的那些生物，对鸡蛋、豌豆、细胞，还有当时人们津津乐道的胚质，他并不感兴趣。真正让他感兴趣的是甲壳虫身上长着三个关节的腿，以及繁殖期过后野鸭会换上暗淡无光的羽毛。他最想要的是到户外去摸爬滚打。没必要再对约翰发牢骚了。他已经不在了，他的潜力，以及他从罗西耶尔的战壕的硬土壁上挖出化石后发出的欢呼声，也都一去不复返了。

为了安慰父亲，缓解约翰的死给父亲带来的伤痛，马丁开始试着攻读生物学、动物学和有机化学。而诗歌和剧本之类，他只在闲暇时才偷偷碰上一碰。可他却成绩不佳，甚至差得可怜，最后他不得不跟父亲实话实说。他真正感兴趣的是文学创作。父亲自己也嗜书如命，酷爱艺术。他带我们去大英博物馆和泰特美术馆。在我们年幼的时候，他常常在晚上给我们朗诵布莱克和丁尼生的诗歌。然而他并不认为普通人能创造出艺术来。艺术与众不同，它是一种变异。它并不基于人们的意愿而产生。他觉得，一个人，一个资质平平的普通人，无论他在艺术上花多少时间都无济于事。而科学却不一样，科学需要一大批受过教育的人。即使是资质和受教育程度一般的人，也能在科学领域找到立足之地，推开挡在知识周围的藩篱。科学需要不世出的天才，同时也需要一大批普通士兵。他的这一信念坚如磐石，任谁都难以撼动。在约翰死后的短短三年中，马丁和父亲之间到底发生了什么，我并不都清楚。我一直在外面念书，先是在瓦尔登公学，然后是查特豪斯。但我相信他们俩互相写过很多信。“你父亲又收到马丁的信了。”母亲在给我的信中常常会提这么一句。她没多讲，可那句话意味着马丁的信又一次让父亲大为光火，所以他让母亲给我写信，显得他很忙，有事脱不开身。母亲从来只会跟父亲站在一边，即使在父亲死后也是如此。尽管这样，对他们父子间的这场争论她也越来越感到厌烦。

我在寄宿学校那些年曾多次遭遇死讯。十二岁那年，我在拉丁语课堂上获悉了约翰的死讯。当时，学校里有很多小孩都接到了他们兄弟战死的消息，校方最后都懒得把人叫出教室再告知了。你会收到一张字条，是用副校长专用的黄色信纸写的。字条上说，如果需要，你可以离开教室。但即使是我们当中意志最为脆弱的人，都不敢在众目睽睽之下暴露自己的软弱。所以我留在了课堂上，老师在继续讲课，同学们仍在自顾自地低头忙碌，没有谁哪怕看我一眼。那种时候你并不想哭，至少一开始不想。你的感觉更像是身上被浇了乙醇，就是我们在家里用来麻醉昆虫的那种东西。要到晚上你才会哭，因为身边其他人全都在哭，整屋整屋失去了兄弟的孩子们在黑暗中哭泣。“眼泪不是流不尽的，我们的已经流干了。”在所有战争诗人的作品中，这是我最为钟爱的一句。

即便如此，我的心还是变得麻木起来，过了很长一段时间才重新有感觉。

那是在查特豪斯公学最后一年的春季学期，有一天，有人过来把我从教室叫出去，带我去了校长办公室。他告诉我，马丁开枪自杀，死了。而我父母的意思是让我完成那个学期的学业再回家。马丁是在约翰生日那天自杀的，他特意把地点选在皮卡迪利广场上的安忒洛斯雕像下面。事后做了尸检，也开了听证会，他的照片还上了《每日镜报》的头版。这是英国历史上最广为人知的自杀事件，也为人们攒足了谈资。可那都是背着我，当着我的面，谁也没提过一个字。

然后，我就开始了在剑桥的学业。我选修了动物学、有机化学、植物学和生理学。那年圣诞节，我原本打算和朋友一起去西班牙，但最后计划有变，结果我去了四公里之外我父母的住所。我父亲让我和他一同参加大英博物馆的一项对红腿鹧鸪不规则条纹羽毛的研究。在接下来那个学期，我开始怀疑自己根本不是搞科研的料，这和马丁当时的感受一模一样。但我又必须成为搞科研的料。马丁已经很清楚地向我表明，除了科学，其他任何途径都不值得我们考虑。生命的意义在于不断追求对自然界的结构和秩序的了解，这是我从小听到大的一句咒语。偏离这一宗旨无异于自杀。所以后来，当有机会去生物学的圣地——加拉帕戈斯群岛①时，我立刻欣然前往。在那里，我心灵的火花被重新点燃，愚鲁的我茅塞顿开。同时，我也切身体会到，船上的工作和在大英博物馆鸟房里同父亲一道进行的工作同样烦琐。我觉得达尔文关于厚喙雀吃坚果和薄喙雀吃蛴螬的说法是胡说八道，因为那些鸟都混杂在一起，吃毛虫吃得可欢了。在那里，我唯一的发现就是我喜欢温暖湿润的气候。我从未觉得自己的皮肤这么舒服过。可最终我还是回来了，我对当科学家有点心灰意冷，因为我知道，我不能一辈子都耗在实验室里。

我选修了心理学，还加入了剑桥古文物学会。不久，我搭上了一列去切尔滕纳姆进行考古发掘的火车。我喜欢上了学会里一个叫艾玛的女孩，所以想找个理由和她坐在一块儿。但另一个人也打着同样的算盘，而且比我棋先一着。所以我只好坐在他们俩身后那排座位上。我身边坐着一位长者，显然是剑桥的指导老师。我生完女孩的闷气，开始同那位老师聊了起来。他对我的加拉帕戈斯之行很感兴趣，他关心的不是那里的鸟或毛毛虫，而是厄瓜多尔的麦斯蒂索混血儿②。他问了我好些问题，我都不知如何作答，但我觉得它

---

① 达尔文 1835 年曾到这里考察。

② 欧洲人与印第安人的混血儿。

们非常有趣，我后悔在那儿的时候自己没早提出那些问题来。那位老师就是 A.C. 哈登[①]。这是我第一次和人聊人类学，连学科的名字都是他告诉我的。就在这趟火车上，他邀我二年级的时候去修人类学。回去后不到一个月，我就从生物学转了过去。从门类齐全、结构有序的物理科学转向一门刚刚诞生二十年、尚未成熟的社会科学，的确有点吓人，有点自由落体的味道。当时，人类学正在经历一个转变：从研究死去的人转向研究活着的人。而且，它逐渐抛弃一种极其顽固的观点，那就是，西方文明是一切社会形态发展到顶峰后自然而且必然的结果。

毕业后的那年夏天，我开始了我的第一次实地考察。原本可以更早。但那年冬天，我父亲去世了（我一直陪在他床边，亲眼看着他离去，这也让这整个过程变得稍微容易接受一些）。母亲对我的依赖比以往强烈了许多，她对别人的需要到了难以想象的地步，可同时她又变得非常冷血。我不知道她是否在试图填补父亲离去后的空虚，又或许是父亲的死使得在他们漫长的婚姻中一直蛰伏着的她的另一部分个性完全释放了出来。无论出于哪种原因，我母亲很想让我陪伴在她左右，可同时她又觉得，我正在变成她非常讨厌的那一类人。她认为人类学是一门没有说服力的科学，是伪科学，是既没有实质也没有目标的空谈和幻觉。她坚信，所谓的实地考察，即

---

① A. C. 哈登（1855—1940），剑桥大学著名人类学家，将“田野”概念引入人类学领域。

使是短期的，对我本来就摇摆不定的信仰也极其有害。

最开始，我本该在塞皮克河流域找一个部落，因为该地区属于新几内亚托管地，尚未遭到传教士和工商业的入侵。可等到了莫尔斯比港我才得知，这个地区不安全，曾发生过数起割人头的袭击事件。所以我最后去了新不列颠岛。在那里，我对拜宁部落进行了考察。可这个部落实在令人头疼，即便学会了他们的语言，那些人还是守口如瓶，不肯告诉我任何事。有时候，他们会让我出去访问一些人，去那些地方需要步行半天。等我回来才发现，就在我外出的那段时间，他们刚好举行了某种仪式。从他们那里我一无所得。过了整整一年，我甚至连他们的族谱都没搞清楚，因为他们对名字忌讳甚多，所以某些亲属的名号他们从来不会大声说出来。无须讳言的是，那时的我对该做什么、该怎么做也是一头雾水。刚到那儿的头一个月，我拿着卡钳逢人便给人测头围，有人问我为什么要这么做，而我除了说这是要求，别的什么也答不上来。于是我便把卡钳给扔了，可最终我还是不清楚到底该记录些什么。在回家途中，我在悉尼停留了几个月。哈登在那里的一所大学教书，他把我留下当他人种学课的助手。我用业余时间写了一篇关于拜宁部落的专题论文。哈登读后，说我是第一个承认自己局限性的人类学家。因为我在论文中坦承，当土著们用自己的语言交谈时，我听不懂，我也不曾完整地目睹过他们举行的仪式，我还经常受骗上当，被他们取笑。我想，是我的坦率打动了他。对我来说，把自己伪装成相反的样子无异于诈骗，就像可怜的卡默勒干过的那样，为了证明拉马克遗传理论中关于后天获得的性状可以遗传给下一代的论述，他不惜把印度墨水注射进接生婆蟾蜍的脚掌来造假。那个学期结束时，我和我的学生们一起，到塞皮克河流域对一两个部落进行了简短的参观。我真不知道没能尽早到那儿去是不是失策。基奥纳部落令我大吃一惊。尽管我的问题是通过翻译提出的，但他们很痛快地给出了回答。我们在那儿待了四个晚上。一星期后，我回到了英国。

我一走就是三年。我本来想，接下来该歇一段时间了吧。但阴郁的冬天、母亲无休止的专横，以及剑桥的各个角落里如同霉菌一样滋生的陈腐的自鸣得意，很快便合着伙把我赶回基奥纳去了。

5.

我的南垓村在安戈拉姆以西。两地隔着六十多公里水路，但直线距离可能只有一半。塞皮克，这条新几内亚最长的河流，出了名的曲折，人们称它为“南太平洋的亚马孙”。它的河道把蜿蜒曲折发挥到了极致，因此派生出一万五千多个“牛轭湖”。所谓“牛轭湖”，就是由于河道过于弯曲，同河流断开、自成一体而形成的湖泊。这些都是我十年后才知道的，到那时情况已大不一样。倘若你夜里在河上行船，即使是机动船，你也根本感觉不到你是在极其低效地走着“之”字。你只会觉得河流一会儿朝这边拐，一会儿朝那边拐。飞进你眼睛和嘴里的虫子，还有鳄鱼背上锃亮的凸起，高枝上猿猴的哀鸣，以及数以千计在夜间活动的动物趁着它们的天敌打盹的工夫出来狼吞虎咽发出的各种声响，对这些你都会逐渐习以为常。你感觉不到自己多走了三十二公里水路。真要说有什么感觉，那也是希望这条路能更长一些。

淡淡的月光给水面铺上了一层银辉。内尔偎依在他们的行李中间，看上去还算舒坦，而这正是我所希望的。看着她闭上了眼睛，我不由得松了口气。那感觉仿佛她是我为哮吼[1]所苦的孩子，需要好好休息。这让我感到困惑。我和芬聊了起来，我们没聊工作，而是在聊剑桥。他也在那儿待过一年，正好是我去拜宁部落的时候。接着聊到了悉尼：那是我们相识的地方。我们还聊了足球、麦克唐纳首相和印度。上次我听人说，甘地又绝食了，可我们俩谁也不知最后结果如何。历史已经停滞了好几个月。我对外面的世界一无所知，这种无知让我感到很舒服。

有大约一小时的时间，河岸上几乎一片漆黑。然后，我们拐过一道弯，开始看见南边的河岸上出现了火光，火光中还有浑身涂着花彩的人影闪现。这是卡明蒂明波特的奥林比村正在举行宗教仪式。烤野猪的香味扑鼻而来，沉重的鼓声在我们心头久久回荡。

在写这段经历的时候，我真的很难相信那个夜晚离下一次世界大战爆发只有六年时间；我也很难相信，九年之后，塞皮克河，以

---

① 儿童疾病，常见症状有持续咳嗽、呼吸困难等。

及属于澳大利亚的整个新几内亚的领土，竟然会全部落入日本人之手；还有，为了从我身上榨出关于这个地区的情报，美国政府会对我威逼利诱，无所不用其极，而我居然会让他们得逞。如果换了芬和内尔，他们也会动摇吗？战略情报局[①]美其名曰“来自人类学的贡献”，其实是在为出卖科学贞操的行径贴金。

一九四二年年底，我带着一个救援组到过塞皮克河边的奥林比村。事后，日本人得知是奥林比村的几位村民协助我们找到了被关押在附近的三名被俘的美国特工，便把整个卡明蒂明波特地区的男女老幼杀了个精光。三百多号人啊，全被杀了，就因为我知道哪些高脚屋和哪片沙滩是这个村的。

“想女人的时候你怎么解决呢，班克森？”刚聊完卡明蒂明波特，芬突然蹦出这么一句。

我笑了笑：“我们这是头一次同船，这问题太私人了点儿吧？”

“我只是想知道，你是不是和马利诺夫斯基用了一样的办法。去年，塞耶斯去了一趟特罗布里恩群岛，据他说，那儿有好多令人生疑的棕褐色皮肤的小孩走来走去。”

“你信吗？”

“你亲眼见过他吗？我和内尔一起到纽约站去接的他，当时他就对我说了一句话：‘我现在手里需要一杯马天尼酒，床上需要一

---

① 美国二战时的情报机构，中央情报局的前身。

个女人。’说真的，伙计，一个人过不容易啊。我可不想再来一次。”

“下一次我要带个同伴一起去，那样效率更高，至少高出一半。”

“我觉得那样又过了。”烟头被他扔到空中，画出短短一道橘红色的弧线，落入河中。我放慢船速，好让他再点上一根，然后重新加速。

在夜里，有时我会觉得我的船并不是在被马达推着往前走，而是船和马达一起，正被河流拖着走，而河面的航迹和波纹是设计好的，就像舞台上的布景一样跟着我们一起移动。

“有时我真希望自己能到海上去。”我说。好不容易身边有个也许能懂我的人，我便把脑子里转瞬即逝的念头说了出来。

“是吗？为什么？”

“我觉得我更适合待在海上，而不是陆地上。按法国人的说法，也许我天性如此吧。”

“可我见过的船长都挺讨厌的。”

“世界上那么多人，怎么可能个个都让你觉得顺眼呢，你说是吧？”

他没再搭腔，我并不在意。我们的关系已到了不用互相道歉的程度，这令我大喜过望。我们从很大一片萤火虫中间穿了过去，成千上万的萤火虫在身边闪耀，让人感觉仿佛是在星空中翱翔。

陆地上的黑影变得越来越熟悉：被我称为“大本钟”的又高又细的黑板树，蓝片岩上突起的尖顶，基奥纳最西端村子边上高高的泥坡。我一定是不由自主地慢了下来，因为我听见芬在问：“我们是不是快到了？”

“两三公里吧，还有。”

“内尔？”他唤了一声，声音很正常，并不像是在试探她醒没醒。见她仍在酣睡，他才放心。他凑过来轻声对我说：“那个基奥纳部落有没有什么圣物，跟普通的东西不一样，他们经常祭飨或者看管得很严的东西？”

类似的问题他在安戈拉姆就已经问过很多次。“圣物嘛，他们当然有，乐器、面具，还有古代战士的头骨。”

“那些东西是放在举行仪式的地方？”

“对。”

“我说的是更有价值的东西，单独保管的。他们不想让你知道，却被你无意中发现了的。”

照他的意思，我已经跟他们朝夕相处了整整两年，但部落中有些重要的事他们仍旧瞒着我。我向他保证，他们那儿每件与图腾有关的东西我都亲眼见过了。

“可他们告诉我，他们那一支是后来做的，基奥纳的那支才是最早的。”

“是孟般亚部落的人告诉你的吗？那支什么？”

“你再帮我问问。那是支笛子，单独保管的，有时还得给它喂吃的。”

“喂吃的？”

“你能不能趁我在的时候问问？也许为你提供消息的人不想跟你讲实话，可至少我能从他的神色里看出点苗头来。”

“孟般亚的那支笛子你见过吗？”我问。

“临走前几天我才发现。”

“你有没有亲眼见到？”

“这么说吧，他们把它送给我了。”

“当作礼物送你了？”

“是，我觉得是，作为礼物。可后来，另外那个部族——在那个村有两个敌对的部族——又把它抢了回去，我都没来得及好好看上一眼。我本想劝内尔在那儿再待一段时间，可她是那种一旦下了决心就不再变来变去的人。”

“她为什么想离开？”

“谁知道呢？他们不太符合她的论文题目吧。这事儿她说了算。我们花的是给她的资助。你能不能帮我问问那个人？就说是支圣笛。”

“这类问题我已经缠着他们问过上百遍了，不过好吧。”

“谢了，伙计。我就想看看他脸上的表情，真的，看看会不会露出什么苗头来。”

我熟悉的那片沙滩在前面的拐弯处出现了。

“那个抓蝴蝶的网兜你还留着吗？”他说。

“什么？”

“就是哈登在悉尼送给你的那个。还记得吗？我当时真是忌妒啊。”

可我压根就不记得还有这么回事。

我不想把村里人吵醒。我关掉马达，轻轻摇着桨，把船划了进去。

芬这才摇了摇她。“内尔，我们到了，已经到那个有名的基奥纳部落了。”

“嘘，别把他们给吵醒了，”她低声说，“当心把这些塞皮克河上的勇士的箭给招来。”

“王子，”芬说，“塞皮克河上的王子。”

我住的房子和村里其他房子隔得很远，而且之前有好些年没住过人了。房子围着一株彩虹桉树而建。树从地下钻出，一直往上，再穿过屋顶钻到外面。很多基奥纳人都相信这是棵神树，觉得这是他们死去的亲属聚集起来制订计划的地方。而另一些人则对这里敬而远之，他们从我家门前路过的时候宁愿绕一个大弯。他们曾经跟我提出，可以在离村子中心更近的地方给我另盖一栋房子，可我想早点儿安顿下来，而且我听人说，以前曾有别的人类学家等了几个月都没等到新房子。我担心我屋里的梯子内尔可能爬不上去，因为它很陡，而且脚踩的地方就是一根稍粗点儿的树棍，上面只有很浅的用来攀爬的刻痕。没想到她居然很轻松地爬了上来，手里还举着火把。进屋以后，在火光的照耀下，她才发现屋里有棵树。我听见她“哇”了一声，带着地道的美国味。

芬和我一起把他们的行李提了上来。我把我的三盏油灯全都点亮了，好让屋里看上去宽敞一些。桉树占据了好些空间。内尔在树上摸了摸。树皮已经脱落，光滑的树干上带有橘黄、亮绿以及靛蓝色的条纹。这应该不是她见过的头一棵彩虹桉树，但它绝对是一个吸引眼球的标本。她的手掌朝下面的一片蓝色滑了过去。我忽然有种奇怪的感觉，她仿佛是在和树交流，仿佛我刚才介绍给她的是一位她早已熟识的老友。说实话，我自己也没少像那样去抚摸那棵树，我甚至曾对它倾吐过心声，也曾靠着它默默哭泣。我一边忙着拿药，一边找来了威士忌。走了一整夜，那么长一段路，我累了，情绪也不大稳定。此时，要是她向我问起这棵树，哪怕只问上一句，说不准就会立刻把我的眼泪招出来。

“啊，我正想呢，你就拿来了。”我递给芬一个锡罐，他边往罐子里瞅边说。

我们俩坐在我用树皮和木棉纤维做的小沙发上，内尔则在屋里四下转悠。我感觉自己的身体仿佛仍然在水面上飞驰。

“别偷看人家的东西了，内尔。”他回头冲她喊了一句，接着又对我说，“美国人最适合当人类学家，因为他们真他妈粗鲁。”

“你是在说我是个很好的人类学家吗？”她从我工作间那边回了一句。

“我在说你是个爱打探别人私事的三八。”

她朝我的书桌俯下身去，没碰任何东西，但凑得很近。我能看见桌上的打字机里还夹着张纸，上面写了些什么我已经记不得了。

我把装着医疗药品的盒子搁在横在我们中间的树干上，指着盒子说：“她的伤口得处理一下了。”

芬点了点头。

“我还从没见过别人是怎么考察的呢。”她说。

“估计她没把我算上。”芬说。

“那是杧果叶吗？你这里写了一个关于杧果叶的问题。”

“她刚进来五分钟，就要为你传道解惑了。”

我装作没听见他的话，朝她走了过去。

她正看着我那堆凌乱的笔记本、资料和复写纸。

“看着这些，我又想工作了。”

“你刚歇了没几天吧？”

“在孟般亚，我自始至终都没能像你这样安顿下来。”她注视着我那些乱堆着的资料，仿佛它们全都价值不菲，仿佛她就是相信它们一定能带来某项重大的发现。

我看见她刚才提到的那段笔记了。

Mgo lvs again on grv.？①

---

① Mango leaves again on grave 的缩写，意思是：坟墓上放的又是杧果叶？

我解释说，我曾到基奥纳另一个村落参加一个男孩的葬礼，发现他们也把杧果叶精心摆放在他的坟上，便随手记了下来。

“你之前也见过同样的图案？”

“不，每次摆出的图案都不同。但我看不出这些图案有什么规律。”

“年龄，性别，社会地位，死亡方式，月亮的形状，星象的位置，出生次序，家庭角色。”说到这儿，她停下来喘了口气，看上去像是还有四五十个其他的点子想说给我听。

“不，他们告诉我没什么规律。”

“也许是没有。”

“每次都是由同一个老太太在旁边轻声指挥。”

“那你当面问她的时候她怎么说？”

“行了，内尔。”坐在沙发上的芬朝这边说，“看在老天的分儿上，他在这儿待的时间也只是你的两倍。”

“没关系。这对我也有帮助。在这个地方，唯一不肯跟我说话的女人就是那个老太太。”

“间接问也不行？通过她的亲属什么的？”

“她儿子被白人杀死了。”

“你知道详细情况吗？”

“在河下游爆发过好几次冲突，政府派了巡警过来搜捕，村里有一半人都被抓了起来。正赶上这小伙子来村里看他的表弟——他表弟与那场冲突没有任何牵连——然后就因为拒捕，他被击中头部送了命。”

“那你有没有向她赔罪？”

“什么？”

“你有没有为你的同类所犯的错误向这个女人赔罪呢？”

“那些警察怎么可能是我的同类呢？”

“但在那个女人眼里，他们是。在他们部落的人看来，长得像我们这样的人全世界加起来也就十一二个。”

“我给她送过盐，还送过火柴，也想方设法去讨好过她。”

“有没有正式的赔罪仪式？”

“我不知道。”

她看上去似乎有点生气。“有这么个人如此固执地跟你作对，那你的考察还怎么搞啊？部落里每个人都知道这事，他们回答你的问题的时候会因此而有所保留。你所有的结论都因为她而出了偏差。”

芬在我们身后咯咯地笑出声来：“你这火气升得可真够快的，我觉得这回可能破纪录了。要不我们把他所有的笔记堆起来一把火烧了？”

她脸上泛起一片浅浅的红晕，说：“对不起，我……”她把手向我伸过来，伸了一半忽然停住了。

“我觉得你说得对。我是该想想该怎么跟她赔个罪。”

可我的声音和语调，加上脸上的表情，似乎不足以让她相信我在说实话。她又道了一次歉。可我的确没有生她的气。恰恰相反，我很想听她接着说，非常非常想听听她的观点、她的建议，甚至她对我的批评。芬也许听厌了，但我远远没有。

“我们来看看你身上的伤怎么处理吧？”

我进屋去取我存下的药品。

我听到芬对她说：“你把他从里到外洗了一遍，不是吗？”

我没听见内尔搭茬儿。等我回去时，她已经坐在他旁边，脸色变得跟早先一样黄。

芬没有要亲自动手的意思，所以我让她先把左手给我，这只手的手掌被划了一道口子。我不能理解的是他们为什么会对这些伤口如此漫不经心。脓血症可是野外考察面临的最大威胁之一。

芬一定是从我脸上看出来些什么。“我们的药经常一个星期就用完了。”他说，“每来一批新的，内尔就全拿去给村里的孩子疗伤止痛。”

我往伤口上浇了些碘酒，用药棉涂上硼酸软膏，然后再用棉绷带将手掌缠好。一开始，她的手在我手中轻若无物，后来慢慢变得沉重起来。

我承认，我干得很慢。处理完手，我接着为她处理身上的伤：胳膊上两处，脖子上一处，她把裤腿卷了起来，右边小腿上还有一处。我觉得伤口看上去像是热带溃疡，而非雅司病[①]。我怀疑她身上别的地方还有伤口，但要让她把衣服脱了，我可开不了口。因为她在发烧，所以我又给了她几片阿司匹林。芬一直坐在她旁边看着，后来眼睛渐渐合上，睡着了。

“你必须听我为我刚才的话道歉，”她说，“关于杧果叶子的。”

“可以，但条件是你得发誓，你们俩不会跑到澳大利亚土著人那儿去。”

她把缠着绷带的手举了起来：“我发誓。”

“好啦，现在跟我说说你们在孟般亚部落到底怎么了，但你要是困了就算了。”

“我在船上已经睡饱了。谢谢你的照顾，我感觉好多了。”她啜了第一口威士忌，“你以前就知道这个孟般亚部落吗？”

“从没听说过。”

“芬的描述肯定会跟我的不一样。”我抹在她伤口上的药膏一闪一闪的。

“我先听听你的。”

她似乎被我的问题难住了，仿佛我是让她立刻写就一篇关于孟般亚部落的专题论文。我正想着她可能会用“太累了”之类的话来搪塞我，没料到她却滔滔不绝地讲了起来。孟般亚是个很富裕的部

① Yaws, 一种极易传染的热带疾病。

落，不像阿纳帕那样每天有一顿没一顿的。孟般亚河流域鱼类繁多，而且该地区所有烟草都是由他们种植的。尽管他们已经拥有充足的食物和贝壳货币，可他们却有着无端的恐惧并极具侵略性，几乎到了偏执的地步。他们动辄以此相要挟，使整个那片地区都臣服于他们的脚下。

“以前我从未先入为主地讨厌过任何一个族类。可对孟般亚我却像是有一种生理上的排斥。对这个地区我并不是新手。我也曾见识过死亡、牺牲，以及受伤所带来的诸多惨状。我不是……”她激动地看着我，“他们把他们的头一胎婴儿全都杀掉，还有所有的双胞胎。这并非出于什么宗教原因，而是不带任何感情，没有任何仪式，就是随手把他们往河里或者树丛里一扔了事。而对那些没被扔掉的孩子，他们也很少去照顾。他们把孩子像夹报纸一样夹在胳膊下，或者往粗硬的篮子里一扔，再把盖子盖上。孩子在篮子里哭，他们就在篮子外面挠几下，这是他们能做出的最为慈爱和亲切的举动了，只是在篮筐外面挠上几下。女孩子长到七八岁，她们的父亲便开始和她们性交。所以长大以后，她们对他人毫不信任，充满了报复欲和戾气。而芬……”

“他对他们感兴趣？”

“对，相当着迷。他完全被他们给迷住了。我必须把他从那儿弄走。”她笑了，“他们一个劲儿地告诉我们，在我们面前，他们已经表现得相当好了，但不会一直这么好下去。因为他们把所有的不顺都归结为血流得不够多。七个月前我们就从那儿离开了。你可能也看出来了，我们透着一股倒霉劲儿。”

“没有，那我倒没看出来。”我本想向她尽情倾诉自己对失败的感受，可一转念又觉得那实在太难解释了。于是，我盯着她的鞋看。那是双系带的女式皮鞋，磨损程度和我脚上的那双有的一比。我不敢肯定，在那双鞋里，她的脚趾是不是都还在。因为一旦染上热带溃疡，首先烂掉的就是脚趾。

“打字机里面是给你母亲写的信吧？”她说。

“是，经常写。亲爱的妈妈，求您就让我一个人待会儿吧。爱你的，安德鲁。”

“安德鲁？”

“对。”

“可我从没听别人这么叫过你。”

“是没有，除了我妈妈。”我觉得她在等着我往下说，“她想让我去剑桥的实验室工作。在每封信里她都会以断绝经济资助来威胁我，而我这份工作又不能没有她的资助。我们这儿可没有你们美国那种补助金。我也没能像你一样写出畅销书，我什么书都没写出来。”我觉得接下来她可能会问起我们家的其他成员，所以我要先把这个话头给堵住。“我们家其他人都死了，所以她所有的能耐都拿来对付我了。”

“其他什么人？”

“我父亲和几个兄弟。”

“怎么死的？”

美国人类学家就这德行，从来不会见风使舵换个话题，也不会说一句“请接受我深切的哀悼”或者“你真的太不幸了”之类的话。他们会直截了当地问：怎么会这样？

“约翰是打仗死的。六年后马丁又死于意外。我父亲呢，则是心脏衰竭，可能是因为意识到他只剩下我这么一个又老又蠢的儿子了吧。”

“你怎么可能会蠢呢？”

“我的脑子不大好使。我那两个哥哥都出奇地聪明。”

“死得早的人都会变成天才。他们怎么个聪明法？”

我便跟她聊起了约翰，说到他的靴子和水桶、稀有的飞蛾，以及战壕里的化石。我们也聊了马丁。“我父亲觉得，从马丁曾经尝试写诗这件事上就能看出，他这人傲慢得过了头。”

“芬告诉我说，遗传学这词是你父亲发明的。”

“他那是无心之举。他想开一门介绍孟德尔的课，而那门课当时叫‘基因液’。他觉得该起一个更为得体的名字。”

“他想让你们继承他的衣钵，是吧？”

“他无法想象我们去做别的工作。对他来说，这件事就重要到了这种地步。他觉得我们有责任这么做。”

“他什么时候去世的？”

“到今年冬天就有九年了。”

“那他在世的时候就知道你并没有听他的话啰。”

“他知道我在跟哈登读人类学。”

“他是不是觉得人类学是软性科学？”

“在他眼里，人类学根本就不是科学。”我仿佛能清楚地听见我父亲的声音：纯粹是瞎扯。

“你母亲的观点也和他一样？”

“完全一样，他俩就像斯大林和列宁。我都快三十的人了，还在受她的奴役。我父亲嘱咐过她，让她把钱袋子看紧点儿。”

“不过，你这个奴隶把自己的囚笼建得离她够远的。”

我觉得该劝她去好好睡一觉了。我应该跟她说，你需要休息，可我没有。“其实，马丁的死不是意外，他是自杀的。”

“因为什么？”

“他爱上了一个女孩，可她不接受他。他拿着自己写的情诗去她的公寓找她，可人家连读都懒得读。于是，他便跑到皮卡迪利广场的安忒洛斯雕像下面，开枪自杀了。那首诗我还留着呢。不是他写得最好的一首，可上面的血迹给了它一丝尊严。”

“那时你多大？”

“十八。”

“不过我听说是在皮卡迪利的爱神厄洛斯雕像下面。”她边说边拨弄着我办公桌上的铅笔。我还以为她要开始记笔记了。

“很多人都以为是这样。但不是，是在厄洛斯孪生兄弟的雕像下，用死来报复那份得不到回应的爱，诗一样的结局。”

大多数女人都喜欢盯着你过去的某个伤口大惊小怪，她们把刚长好的薄痂挑开，等把你弄疼了，又来安慰你。可内尔不是这样。

“在所有这些当中你最喜欢什么？”她问道。

“所有哪些？”我说。

“这份工作。”

最喜欢的？眼下，这个世上几乎没什么能让我不想重新揣上石头，直接走到河里去。我摇了摇头。“你先说。”

她看上去很惊讶，似乎没料到我会把问题扔回给她。她灰色的双眼眯了眯。“当你在一个部落里待了差不多两个月时，你终于觉得自己对这个地方有了那么一点了解。突然间，你感觉它近在咫尺，触手可及。可其实那是一种错觉，你在那儿才待了八个星期而已。接下来你会遭遇彻底的绝望，你会觉得自己其实什么都不懂。可当你亲身经历那一刻的时候，你真的会觉得这个地方完完全全属于你。那是一种最短暂、最纯粹的欢愉。”

“我的天，这么玄乎。”我笑了起来。

“你没有过那种时刻吗？”

“天哪，没有过。对我来说，如果哪天我的内裤没被村里的小孩偷走，没被他们用树棍捅破，还回来的时候里面没包上一只耗子，我就已经谢天谢地了。”

我问她是否相信一个人真的能够理解另一种完全不同的文化。我告诉她，我在这儿住的时间越长，就越觉得这种尝试是愚蠢的，其实真正让我感兴趣的是我们居然会愚蠢到觉得我们能绝对客观地对待一件事。对于善良、力量、阳刚、阴柔、神、文明，还有对错，我们每个人不是都有各自不同的定义吗？

她说，我听上去和我父亲一样多疑。她还说，没有人能从一个以上的视角来看问题，即使在他所谓的硬性科学领域也是一样。她说，在这个世界上，我们做任何事都会受到主观的限制。然而，如果能给我们的视角以自由，让它得以充分舒展，那我们的眼界就能变得更开阔。她说，看看马利诺夫斯基，看看博厄斯[①]。他们基于自己的观察和理解来定义土著文化，那是因为他们能从当地人的角度来看问题。她说，关键是要把你头脑中那些固有的、所谓“正常”的概念通通抛弃掉。

“即使我能做到这点，下一个到这里来的人对基奥纳部落所做的描述也还是会跟我的完全不同。”

“一点儿没错。”

“那意义何在呢？”我说。

“这跟在实验室里没什么区别。每个人都在各自寻找问题的答案，那他们工作的意义又在哪里？你找到的真相总是会被别人找到

---

① 弗朗茨·博厄斯（1858—1942），美国人类学之父。

的所代替。甚至有那么一天，在人们心目中，达尔文也会沦落为托勒密式的人物，因为他也只看到了他所能看到的，而非更多。”

“我真有点不懂了。”我抬起手，一双健康的手，擦了擦脸，我的身体在热带充满了活力；出毛病的不是我的身体，而是我的意志。

“难道你就没为这类问题纠结过？”

“没有。因为我一直认为我自己的意见是对的，我这人就有这么个小毛病。”

“美国式的毛病。”

“也许吧。可芬也是这德行。”

“那就该叫作殖民地式的毛病了。你是不是因为这个才选择以此为职业的？因为你想拥有话语权，如果别人想反驳你，他们也得跋山涉水数千里，才能写出自己的书来？”

她咧开嘴笑了。

“你笑什么？”我问。

“我突然想起一件事，今晚这是第二次了，我很久都没想起过它了。”

“什么事？”

“我第一份成绩单。我九岁才被送去上学，第一个学期结束后，老师给我的评语是：埃莉诺对自己的想法过于执着，对别人的自然就兴趣寥寥，对老师的尤其如此。”

我不由得笑了：“你第一次想起这事是什么时候？”

“是刚一进屋，我跑到你书桌跟前瞎看的时候。你所有那些笔记、资料和书都让我觉得一股思想朝我迎面扑来，我很久没有过这种感觉了。我曾经觉得没有这种感觉也许是件好事呢。你好像不信我说的话。”

“我信。我只是在想，假如现在我眼前的这个你算不上过分执着的话，那你真要过分执着起来得是什么样，我想想都害怕。”

“如果你也和芬一样，那你是不会喜欢的。”

可我并不觉得我和芬一样。

她瞅了一眼丈夫。他在她身旁睡得很沉，噘着嘴，皱着眉，仿佛正在梦中拒绝别人给他喂吃的。

“你们俩是怎么认识的？”

“在船上。当时我刚刚结束我的第一次考察。”

“船上的浪漫史。”我脱口而出，几乎像在发问，像是在说这是不是有点过于草率了。我赶紧又小声补了一句：“最幸福的那种。”

“是，很突然。当时我正从所罗门群岛往回赶，船上有一群加拿大来的游客。他们对我没人陪伴、一个人去考察土著人这件事大呼不解，而我也乐得讲了一堆故事给他们听。芬刚开始只是偷偷在边上待着。我不知道他是谁，没人知道，但他是船上唯一一个和我年龄相近的男人，而且，他还不愿跟我跳舞。可后来，有一天吃早餐的时候，他突然走到我跟前，问我昨天夜里梦到了什么。我从他口中得知，他曾在一个叫斗布的部落待过，对当地人做的梦进行过研究。当时他正要去伦敦任教。说实话，得知眼前这个身材魁梧、头发乌黑的澳大利亚人竟然和我一样，也是个人类学家，我的确大吃一惊。我们刚刚结束各自的第一次考察，所以我们之间有无数话题。那时的他是那么活泼，那么幽默。在那个叫斗布的部落里，人人都是巫师，所以芬也学着给人下咒施法，然后我们就悄悄躲在一旁，看看到底有没有效果。我们就像两个孩子，为在一堆乏味的大人中间忽然找到了一个同龄的玩伴而高兴坏了。芬喜欢保持一种'我们对抗世界'的心态。相识之初，这样的心态非常诱人。其他乘客似乎都消失了。就我们俩，这么一路聊着，笑着，一直到马赛。整整两个半月，和一个人朝夕相处了那么长一段时间后，你总该认为你是真的了解他了吧。"她的目光从我左肩上方看了过去，也不知在看什么。她似乎并没有意识到她打住了话头。有那么一刻，我甚至以为她就这么睁着眼睛睡着了。可接着，她又回过神来。"之后，他去伦敦教了一个学期的书，而我则回纽约写我的书。一年后，我们结了婚，然后就来了这儿。"

她已经筋疲力尽了。

"我帮你把床收拾出来。"我边说边起身。

我走进我睡觉的小屋，这里架着蚊帐。垫子上的床单几个星期没换了，我的衣服也扔得到处都是。我把所有东西一股脑塞进旁边一个我拿来当床头桌的箱子，然后拿出一条干净的床单，在垫子上铺开，把床收拾得尽量像一张真正的床铺。我还有一只很舒服的枕头，是从我母亲那儿带来的，只是羽毛已经因为潮湿粘在了一起，感觉里面装的不太像鸭绒，更像是泥巴。

我听到身后传来了笑声。她站在蚊帐那边，瞅着我手忙脚乱地收拾。“床你不用太费心。我倒是想上个厕所，如果你这儿有的话。”

于是我带她去厕所。在热带，厕所你得尽量搭得离你住的房子远一点儿。这是我在拜宁部落学到的教训。天空已经微微发亮，我们不需要火把。我不知道厕所状况如何，因为我从未想过会有女性要用它。我本打算先进去察看一下，再让她进去，可她却先到了，我还没来得及拦住她，她就已经闪身进去了。

我很尴尬。我觉得我该离得近一点儿，因为怕有蛇或蝙蝠什么的，这两样东西我都在这个狭小的空间里碰到过。不仅如此，我甚至还在这儿碰到过狐蝠，还有漂亮极了的红金色的小鸟，可泰凯特居然说是我编出来的。同时，我又觉得人在完成生理活动的时候毕竟需要隐私。我尚未想好应该站在多远以外才合适，她的水已经开始以惊人的速度喷涌出来，并持续了很长一阵。之后，她从里面出来，和我一起往回走，虽然仍是一瘸一拐，身上却似乎重新有了一股劲儿。

我们回到屋里时，芬整个人蜷缩到了沙发一头，像头露出水面的鲸鱼，发出悠长而响亮的鼻息声。在我听来，这种声音太私密了，不该入外人之耳。我后悔没在他睡得这么死之前把他弄到卧室去。

我以为内尔会急着上床睡觉，可她却跟着我来到了屋子里。我本想到这儿来泡杯茶，再琢磨琢磨带他们去哪个部落好。

她问我，要拼完这个部落的拼图还差哪一块？我告诉她，基奥纳人有一种叫 Wai 的仪式，我只在刚来的时候见过一回。在这个仪式里，部落里的人都会把自己装扮成异性。我把自己对这个仪式尚不成熟的想法告诉了她。她问我是否将这个想法跟部落里那些人说起过。

我笑了："我就这么跟他们说：'内必托，你知不知道，那天晚上你表现出了你女性化的一面，这对维持整个社群的平衡十分有益。你们的文化中有关雄性和侵略的部分膨胀过度，这对你们的部落已经造成了威胁。'你觉得怎么样？"

"我觉得也许这么说更好：你觉不觉得假如男人都变成女人，女人都变成男人，这样会给人类带来更多欢乐与和平？"

"可他们不是这样思考的。"

"怎么不是呢？他们也会反省前一天打鱼的情况：上次捕到了些什么，下一次该选择去哪个地方。对他们的孩子、他们的配偶、他们的兄弟姐妹，还有他们欠的债，以及做出的承诺，他们同样会去反省。"

"我可从没看见过基奥纳人为了弄明白他们那些仪式的含义而玩命钻研。"我说。

"我敢肯定这样的人也是有的。只不过他们生在这样的文化当中，这里没他们的容身之地，所以那种冲动就变弱了，就像肌肉长时间得不到使用会变少一样。你得帮他们去使用它。”

“这就是你的方法？”

“对，当然不是一两天就能奏效的。真正有价值的东西在他们心里，而不是你心里。你要做的是把它们给发掘出来。”

“我并不觉得他们有你想的那种分析能力。”

“他们也是人，他们的大脑功能很齐全。如果不是认为他们拥有和我完全一样的人类属性，我也不会到这儿来。”说到这儿，她的双颊才算有了些真正的颜色，“我对动物学可没兴趣。”

观察，观察，再观察。一直以来人们都是这样教我的。从来没有人说过要把你的发现和分析结果拿去和你的研究对象分享。“可这种方法会不会让你的研究对象产生某种自我意识，从而影响到研究结果呢？”

“我觉得一味地观察，而不与研究对象分享观察结果，会导致一种人为的气氛。他们不知道你究竟在干吗。如果你和他们能坦诚相待，大家都会更放松，更真实。”

她那袋貂一样的表情又出来了。她看上去非常清醒，可那双大大的眼睛却微微有些失神。“我们能坐下喝点儿茶吗？”她问。

我们依她的话做了。她接着说：“弗洛伊德讲过，原始人的智力水平与西方儿童的水平相近。这话我从来都不信，可大多数人类学家都将此言奉若圭臬。为了阐述我的观点，我们先做个假设，那就是，每个孩子都会探求事物的意义。我四岁的时候，我母亲又怀孕了。我还记得我曾经问她，所有这些都有什么意义呢？‘所有哪些？’她问我。‘生命中的一切。’我至今都还记得她当时看我的那种神态，那让我觉得我说了一句很不合适的话。她走过来，挨着我在桌边坐下，对我说，我刚才问的问题太大了，只有等我长成一个很老很老的女人的时候，才答得出来。可她错了。因为她生下了宝宝。她刚把宝宝带回家，这里面的意义我立刻就明白了。宝宝的名字叫凯蒂，可大家都管她叫‘内尔的宝宝’。因为她就跟我的宝宝一样。为了她我什么都愿意做，喂她吃饭，给她穿衣，打扮她，哄她睡觉。后来，她九个月大的时候得了一场病。而我被送到新泽西的叔叔家住了一阵，等我回来时，她已经走了。他们甚至没让我跟她道别，我也没能摸一摸她，抱一抱她。她就像一张地毯或是一把椅子那样消失了。我觉得，还不到六岁，大部分的人生经历我就已经都有了。对我来说，生活的意义不是为自己，而是为其他人。可其他人是会离我而去的。也许我不该跟你说这些。”

“基奥纳部落会给每个人都起一个神圣的名字，一个秘密的、有灵性的名字，供他们来世使用。我给约翰和马丁也起了新的名字，我觉得还是有点作用的。反正能让他们离我更近一些。”这时，我的心忽然怦怦地狂跳起来。“凯蒂是你唯一的兄弟姐妹吗？”

“不是。两年后我母亲又生了个男孩，迈克尔。可我根本不愿靠近他，还说了许多难听的话。最后因为这个缘故，他们决定把我送出去上学，反正我是这么觉得的。为了可怜的迈克尔不再受我的折磨。”

“现在呢？你现在跟他关系怎么样？”

“不怎么样。他正生我的气呢，因为结婚后我没有改用芬的姓，这件事上了好几座城市的报纸。”

我好像也从哪儿听说过。

“你和你兄弟很亲吗？”她问我。

“嗯，可我是在他们死后才感觉到的。”我觉得我的嗓子眼发紧，可还是把后面的话挤了出来，“约翰死的时候我才十二岁，我当时想，死的人要是换成马丁就好了。因为我觉得，如果是马丁的话，也许这个死讯会容易应付一点。因为我太了解他，太烦他了。而约翰更像是位受人爱戴的叔叔，他一回家就带我去逮青蛙，还给我买果冻糖豆吃。马丁则老是嘲笑我，模仿我的动作做各种怪样子。约翰死后，过了六年，马丁真的死了，我就觉得……”这时，我的嗓子眼已经完全堵上，我怎么也无法再把它打开。她盯着我，轻轻地点了点头，仿佛我仍在继续讲话，仿佛她也听懂了那话里的意思。

6.

隔着层蚊帐根本没有隐私可言。第二天早晨，芬和我坐在桌前，一起在纸上勾画着当地河流的地图，只见内尔翻了个身，慢慢从床上坐了起来。她把脸搁在膝盖上，就那么待着，许久都没动。

“我觉得她今天的情况更糟了。”我说。当疟疾引发高烧，会伴有剧烈的头痛，你会觉得像是有人在拿着斧子冲你的脑壳猛砍。“内尔，赶紧起来吃饭。”他连身都没转就说，“今天我们得到部落里去看看。”接着，他轻声对我说，“最要紧的就是不能病趴下，你一不动，就完蛋了。”

“根据我的经验，有时你没得选。”以前我发烧，感觉整个身体就像灌了铅一样。如果我还能动，还能自己去拿个夜壶什么的，就已经很走运了。我把药箱拿了过来。

“我去上个厕所，”他隔着蚊帐对她说，“拜托，别拖后腿。”

不知道她有没有搭腔，反正我没听见。她的脸仍搁在膝盖上。芬顺着树干溜下去，不见了。

她现在的样子怎么也谈不上暴露——她还穿着昨晚穿的衣服和裤子——可不知怎的，我迟疑着不敢开口招呼她。我想让她保留一种拥有隐私的假象。我忙着给在余烬里烤着的番薯翻面，然后又跑到屋里去洗餐具。其实那儿只有两个盘子和两个杯子，拿水涮一涮就行。

“你昨晚合眼了没？”

我转过身来。她坐在桌边。

“一小会儿吧。”我说。

“撒谎。”

她的脸颊上跟洋娃娃似的涨出了一道道红圈，嘴唇却没一丝血色，眼睛发黄。我往手心里放了四片阿司匹林，问：“多不多？”

她从桌子对面凑过来，盯着药片仔细看了看，说：“正好。”

“你需要一副眼镜。”

“几个月以前被我踩坏了。”

“班克森！这儿有人找。”楼下传来了芬的声音，“我听不懂他想干吗。”

“我马上下来。”我给了内尔一杯水，让她把药片吞下去。然后，我来到办公间里一个小箱子跟前，把手伸进去，在粗糙的箱底摸了一通，终于摸到藏在角落里的一个小匣子。这是我漂洋过海来这儿之前母亲送我的。在那之后，我就再没打开过。

“不知道这个合不合适。”我边说边把匣子递给她。

她“啪”的一声打开了。匣子里有一副非常朴素的金属镜框，镜片没我印象中那么厚，是锡白色的，和她那双眼睛简直就是绝配。

“你自己不用吗？”

“这是马丁的。”他死后几个月，警察上门给我们送回来的。镜片被擦拭一新，鼻架上还用线拴着一个标签。

她似乎听懂了。她轻轻把它从脏兮兮的匣子里拿出来，戴上了。

“哦。”她边往窗边走边说，“他们已经拿着渔网到河边去了。”她转过身看着我，双手仍扶着镜框，仿佛她一松手，眼镜就会掉似的。“而你呢，班克森先生，也该刮刮胡子了。”

“这么说能看清了？”

“我想我的度数可能比马丁要高，但差不太多。”

她说马丁的时候用的是一般现在时，真是太可爱了。“那你就留着吧。”

“这不好吧？”

“马丁的东西我还有很多。”但这不是真的。我母亲的衣柜里还有一两件他的毛衣，仅此而已。他那些箱子从伦敦被运回来以后，我父亲让仆人把它们全都捐给了义卖商店。“就算给你的圣诞礼物吧。”我对她说。

她笑了，似乎想起了还有圣诞这么回事。“我会好好保管的。”

眼镜戴在她袋貂般的小脸上有些大，可不知怎的又显得很合适。出去考察的时候，每天都会有人追着你，索取你身上的财物。今天没人求我，是我自己主动把东西送人。这感觉实在是太好了。

“班克森，过来帮帮我！”

我下楼去找芬，发现他正跟为我提供消息的村民拉格瓦面对面站着。后者原本今天要带我去他妹妹住的村子参观，看一个取名字的仪式。拉格瓦摆出一副基奥纳人惯用的恐吓姿势：双臂拱起，下巴往前伸出，超过脚尖的位置。芬也摆出一模一样的架势，我不知道他是认真的，还是在开玩笑学人家的动作。反正他那样子无异于火上浇油。

“问问他圣物的事。”芬低声对我说。

还没容我开口，拉格瓦就告诉我说，他妻子已经开始分娩，今天他没法陪我去了。说完，他一溜烟跑了。

“他们都这样吗？”

“他是替他妻子担心。这孩子是早产。”几星期前，拉格瓦曾抓着我的手，把它贴在他妻子的肚皮上。在她紧绷的皮肤底下，我能感觉到宝宝正在里面翻身。这是我从未有过的感觉，说实话，事后我仍觉得不可思议。我的手仿佛是放在海面上，我能感觉到下面有鱼儿在游。过了很久，它们似乎都还在我的手心里跳动。一说起当时我脸上的表情，拉格瓦就笑个没完。

“接生用不用我帮忙？”内尔站在门口问。

“我们不是已经要出发了吗？”芬说。他没注意到她的眼镜。

“可如果这个孩子是早产……”

“以前没你在，他们照样生孩子，很久之前就是这样，内尔。”

“可我有经验。”她对我说。

“你当然是好心。但他们生孩子最忌讳没生育过的女人在场。”

她点了点头：“阿纳帕也一样。”她虽然这么说，可声音却软了下来。我觉得我可能说错话了。

“而且我们得去看看会不会有什么新发现，内尔。” 我还从没听芬说话这么温柔过。

我带他们到村里看了看。一小时后，我们动身去恩戈尼。我已经想好了去这个部落的理由：首先，他们都是武艺高超的勇士，芬对此应该很感兴趣；另外，他们治病的本事也很出名，我觉得这应该能吸引内尔，对她的伤也可能会有帮助。可我选择恩戈尼的真正原因是那儿离我这儿只有不到一小时的水路。

刚刚坐船上路，我们就觉得饿了。我准备了足够的食物，必要时能撑好几天。我们全都用手指头从暖烘烘的烤番薯和凉丝丝的波罗蜜里往外掏着吃。我确保坐在船头的内尔分到的食物和我们的一样多，而且确保她全吃了下去。吃完后，她的精神似乎好了一点儿。

她朝前方望了望，然后转过身来冲着我，问起镑、基那[①]和创世神话来。

恩戈尼坐落在沙洲尽头。在夜里走过这片沙洲的时候，我总是非常小心。村里房屋的布局是三栋一组，离陡峭的河岸有大约四米半的距离。和这个地区所有的房屋一样，它们下面打了桩，用来增加房屋的高度，以防受到虫兽和河水的侵扰。

“没有沙滩？”内尔说。

这我还真没想过。还真是，陆地突然就沉到水下去了。

“看上去阴森森的，不是吗？”芬说，“见不着阳光。”

随着马达的声音越来越近，有几个人已经朝岸边聚拢过来。

“我们接着往前走吧，班克森。”内尔说，“这儿别停了。”

接下来是亚拉帕特部落，芬又嫌人家屋子修得离地面太近。我跟他解释说，那是因为这里的地势要高一些，亚拉帕特坐落在高岭上。可他在阿德默勒尔蒂群岛时曾经被淹过一次，所以我们仍旧没停，继续往前走。

下一个地方他们还是不喜欢，这回是因为村子的外观。

“没什么艺术性。”内尔说。

“什么？”

“那张脸。”她说，她指的是举行仪式的建筑门口挂着的一张

---

① 新几内亚岛上的贝壳货币。

巨大的面具，不用上岸就能看见，“跟我在别的地方见过的相比太糙了。”

“我们需要艺术，班克森。”坐在前面的芬故作高雅地叫道，“我们要的是艺术，戏剧和芭蕾，如果不麻烦的话。”

“你是想在这儿停啰？”内尔问他。

“没有啊。”

我们从南垓出来已经有四小时了。太阳下去得很快，在赤道附近就是这样，可我们连船都还没下过一次。顺着这个方向继续往前走，这条河上我比较熟悉的部落就只剩一个了。那个部落叫沃开普，那里既有沙滩，屋子盖得也高，而且有不错的艺术。

等到了那儿，我径直把船朝沙滩正中开去。我打定主意，这次无论他们找出什么新的由头，我都不会停船。虽然我把注意力放在岸上，但我还是觉察到内尔正在一旁模仿我绷着脸的那副固执的样子。刚才她对那几个部落的态度仍让我耿耿于怀，所以我并不觉得她此刻的动作有什么好笑的。

听到有船靠岸，却没人过来跟我们打招呼。接着，我听到有人在叫喊，而不是鼓声，然后好像有人在飞快地跑动，中间还夹着孩子的尖叫，后来又什么声音都没了。

我以前也遇到过沃开普部落的人。他们对白人也不是一无所知。在这条河两岸，至今仍对白人一无所知的部落恐怕已经没有了。大多数部落都有过类似的遭遇：不是有人被丢进了监狱，就是被招募者——也就是那时所谓的“黑奴船”——骗到矿井里去了。我把船拖上了岸。我们不想招来麻烦，便仍在船里坐着。这时，又有人喊了一声，随即有三个人朝我们走了过来。

我看不到他们的背，但他们胳膊上凸起的疤痕比基奥纳人身上鳄鱼皮似的疤痕要长一些，就像是一缕缕头发或太阳的光线。他们没戴臂环，就这么赤身裸体站在沙滩上，摆开了阵势。即便没亲眼见过，这些人也应该知道白人拥有他们所不具备的力量：钢刀、长短枪，还有炸药。他们知道，这种力量会瞬息即至，没有任何预兆。但他们叉着腿，拱着背，在认真地盯着我们看，仿佛在示威：“我不怕你们。”

站在中间的那位认出了我，我们在汀本克的集市上见过。于是，我们便用不流利的基奥纳语交谈起来。我了解到的大致情况是，他们获悉有个沼泽部落要来袭击他们村。在塞皮克河流域的权势等级中，沼泽部落的地位较为低下。可他们虽然弱小、贫困，行事却让人难以预测。我解释说，我这两个朋友很想跟他们一起住上一段时间，了解他们的生活方式，而且，他们还带了很多礼物……我还没说完，他就挥手把我的话打断了。现在这个节骨眼上不方便，他把这句话说了好几遍。一个是有人要来袭击，此外好像还有别的什么原因，可我没听懂。总之，时机不对。但我们可以在这儿过一夜，如果我们连夜往回赶的话，他无法保证我们的安全，因为前来袭击他们的敌人已经出发了。

“我也不知道他说的是不是真的，”我把酋长的话翻译给内尔和芬，然后说，“他也可能是在等我们给他些好处。”

“你告诉他，我们可以送他盐和火柴，够整个部落用十年。”芬说。

“我们不能撒谎。”

“我们在莫尔斯比港的确有一大堆东西嘛。”

我想跟内尔核实他的话，却又怕他觉得没面子。但想到他们过了一年半居然还能剩下那么多东西，我又觉得不大可能。

“我们可不像那些来旅游的，什么都不带。”她说。

我把他们的意思转达给酋长，话还没说完，他又一挥手，像受了侮辱似的把我打断了。他解释说，他们什么都不缺，也没事求我们。但为了我们的安全，还有他部落的安全，他同意我们留下来过一夜。

我们跟着那三个沃开普部落的人来到村子中心。他们让一个小男孩爬上一栋房屋的楼梯，没过几分钟，一位母亲带着她的五个孩子从楼梯上走下来。他们根本没瞅我们一眼，径直朝旁边隔着三个门的另一处房子走去。他们进屋后，里面传来孩子们轻轻的叫喊声，而大人则在生气地“嘘”着，叫他们保持安静。

酋长示意我们进屋。芬提着包走在前头，伸出手，帮我把马达拎了上去。房子很小，我猜可能是给酋长的第二或者第三位妻子住的，因为酋长本人的房子就在隔壁，比这栋大多了。我们眼瞅着酋长爬上他自己家的梯子，进了屋，不见了。

我们这边几乎一片漆黑。屋里所有开口都用染成黑色的树皮覆盖着。村里静悄悄的，我们几乎能听见汗正从我们的毛孔里往外淌。

“哎呀，他们怎么也该给我们弄点吃的吧。”芬说。

内尔朝他“嘘”了一声。

他在行李包里摸来摸去。我还以为他会掏出几盒罐头什么的，没想到他居然掏出一把左轮手枪来。

我顿时觉得血液飞快地往上涌，还带着刺痛感。

“把它拿开，芬。”内尔说，“我们用不着它。”

“看样子他们是要来真的。你看见那些长矛了吗？”

内尔没吭声。

“矛就斜靠在酋长房子的另外一边。你难道没看见？”他似乎很激动，“非常锋利，可能还蘸了毒药。”

“芬，别说了。”她声音很严厉。

他把枪塞回包里。“他们可不是闹着玩儿的。”他低下身子，飞快地闪到门口，透过树皮间的缝隙往两旁窥视，“我觉得晚上我们应该轮流起来放哨，班克森。”

反正这觉也睡不出什么名堂来。屋里一丝风都没有，虫子倒是多得吓人。我们吃完今天的食物，借着烛光玩了几把明手式桥牌[①]，然后开始各自选床。沃开普部落的人喜欢在装了盖罩的吊床

---

① 一种三人桥牌。关于这种桥牌的起源，有一种说法是，在印度一个偏远的哨所有三位英国军官，因为找不到第四个牌手，于是想出了代替明手叫牌的办法。

上睡觉，而不像基奥纳人那样睡在袋子里，或者像拜宁人那样睡在垫子上。我选了最里面靠墙角的那张床。它看起来比我的身高短大约半米。所以我干脆对芬说，我值头一班。他朝那枪比画了一下，可我还是让它留在了行李袋里。

我把树皮做的门帘往上卷了卷，来到门口，靠着柱子坐下。河面上薄雾弥漫。在我身后，内尔和芬在各自的吊床上正为找到最舒服的姿势而翻来覆去。“这跟在茶叶袋里睡觉没什么区别。”我听见他说。内尔笑了，也说了句什么，我没能听清，而他听到后笑出声来。我顿时生出一种孤独感。自从遇到他们，这还是头一次，而且感觉强烈得直透肺腑。虽然他们到了这里，可他们仍然属于彼此，仍然会离开，把我一个人抛下。

外面，丛林里的声音变得清晰起来：蛙鸣声、游水声、尖叫声、哀鸣、咆哮、水花飞溅的声音、嗡嗡声、砰砰的敲击声和嗖嗖的旋转声。仿佛所有生物都已出动。这要是在南垓，赶上哪天晚上心情不好，我会觉得这所有声音都是冲我来的。

我努力将思绪集中在即将来临的明天，而不是明天之后、其他危机四伏的时候。我必须带他们去塔姆湖。那得往上游再走三小时，离我住的地方有七小时的水路。如果想去看他们，得事先计划，次数不会太频繁。我肯定得在他们那儿过一夜，这会打乱他们的日常安排。这两个与我几乎是萍水相逢的人居然会如此让我牵挂，这令我觉得很羞愧。我坐在黑暗中，努力强迫自己把思绪拉回到工作上来，可没想到，自杀的念头重新冒了出来。那天早些时候，我和内尔聊到那个叫 Wai 的仪式，聊着聊着，我突然就想，也许就是这个仪式最终会让我揭开基奥纳部落的秘密。虽然我已经记了成百上千页的笔记，可我离全面地了解它还差之甚远。以前，这种叫 Wai 的仪式办得非常精心，在每个男孩第一次杀人之后，他们都会举行这种仪式来予以庆祝。如今，这种仪式越来越少见，他们也不再用它来庆祝杀人，而是用来表彰年轻男性取得的某些成就：捕到第一条鱼，扎死第一头野猪，造出自己的第一条独木舟。在过去两年中，有很多这样的第一次就这么过去了，也没见他们举办过任何表彰仪式。他们倒是答应过我很多次，说很快就要举行 Wai 仪式了，可这个“很快”却似乎总也等不来。

我闭上眼，脑海里浮现出记忆中那场仪式。我亲眼见过，那是在我到这个部落还不足一个月的时候。当时我一直和女人们坐在一起。在举行大型活动的时候，他们一般都把我和妇女、孩子以及精神病人安排在一起。我左边是图潘尼－郭，她是村里最年长的女人之一。我试着问了她几个问题，她的回答我很多地方都没听懂。当时里面乱糟糟的，受表彰的男孩的父亲和叔叔最先出来，他们穿着又脏又破的裙子，还跟孕妇一样在肚子上系了根带子。他们从里面一瘸一拐地走出来，像病了或是要断气了一样。然后，女人们也出来了，她们头上戴着男性头饰，脖子上挂着用“杀人装饰”做的项链，生殖器部位用带子绑着一个巨大的呈阴茎形状的橙色葫芦。她们拿着男人们用的柠檬器皿，把伸进凹口里的长棍拔出来再推进去，乐此不疲，还故意弄出巨大的响声，以此炫耀绑在棍子一端、来回摆动的流苏，而每条流苏都代表一个被杀死的敌人。女人们昂首挺胸地走着，看上去很享受她们此时的角色。这时，那个被表彰的男孩和他的几个朋友跑到女人们跟前，把棍子递给她们。女人们便放下手里的柠檬器皿，接过棍子，向男人们打去，直到把他们打跑为止。

我蹑手蹑脚地进到屋里，去拿我的笔记本和香茅蜡烛。芬和内尔都是黑乎乎的一团，兜在他们各自的吊床里。回到门口，我开始记录当天我与图潘尼－郭的那番谈话。我自己都很诧异，我怎么会突然间有如此旺盛的精力来干这件事。灵感是瞬间袭来的，我把它们一一捉住。整个过程中，我只在用铅笔刀削铅笔时停了一会儿。我突然想起内尔说过的那种欢愉，几乎笑出声来。如果说在实地考察的时候我曾写过什么得意之作，刚才喷涌而出的那些文字可以算是最为接近的了。

在我身后，吊床上坚硬的绳子“嘎吱”响了一声。随后，内尔走了出来，在我身边坐下。她把赤着的脚搭在梯子最上面的一级横梁上。她的十个脚趾都还在。

“如果别人在工作，我是怎么也睡不着的。”她说。

“干完了。”我把笔记本合上。

“别，接着干。这能起到安神的作用。”

“我在等灵感。我觉得今天不会再有了。”

她笑了。

“好笑吗？”我说。

“你总能让我想起一些事来。”

“跟我说说。”

“是个故事，我父亲以前很喜欢讲给我们听。我自己可是一点儿都不记得了。他说，在我三四岁的时候，有一次我因为生气，把自己锁在我母亲的衣柜里。我把她的裙子扯到地上，把她的鞋子踢得到处都是，还在里面歇斯底里地大嚷大叫。可后来，很长一段时间里面都没有任何动静。‘内尔？’我母亲在外头问，‘你没事吧？’据说我的回答是：‘我往你衣服上吐口水了，帽子上也吐了，我在等口水出来呢。’”

我笑了。我看到她圆圆的脸红扑扑的，一头浓密的发丝那么任性。

“我保证不再拿内尔·斯通的童年往事来烦你了。”

“你现在都还是你父母的开心果吗？”反正我是无法想象自己有这样的本事。

她笑了：“不可能了。”

“为什么？”

“我写了本书，是关于土著儿童的性生活的。”

“跟写这样的书相比，往帽子上吐点口水要淑女多了，不是吗？”

“那是。”她学着我的腔调说。她把马丁的眼镜戴上了，之前她一直把它握在手里。“国内对这本书的反应也有些过头。幸亏我躲出来了。”

“抱歉，书我还没看过。”

“你那是有原因的。”

“我应该让人给我捎一本。”

“这书在英国还没热起来呢。”她说，“好了，睡会儿吧。下面这班我来。哦，你瞧那月亮。”

天上挂着月牙，最纤细的那种，不亮的部分只露出淡淡的光环。

“昨夜我看见一轮新月，它用臂弯紧抱着旧月。[①]”她用苏格兰口音念道。

“所以我担心，我担心呀，亲爱的船长……”我接着往下念。

“我怕我们在劫难逃。”

“这些人从没出过海。”我接着念道，我的苏格兰口音也重了起来。

“出是出过，可是没多远。”

“等到天空变得更黑，狂风刮得更响。”

我念到这儿，她也加入进来：“海上就要起风暴了。”我一直凝视着月亮，但我从她的声音里听出了笑声。

---

① 出自苏格兰民谣《帕特里克·斯彭斯爵士》。

美国人的知识面之广总能让你大吃一惊。

那之后我们还聊了些什么，聊了多久，我不很确定。反正当身后突然传来“啪”的一声，接着是“砰”的一声时，我们都惊得跳了起来。芬和吊床一起摔在了地上。我把蜡烛移向他的方向，内尔则蹲下身去看他。他双眼还闭着。她推了推他，问他有没有事，他说：“每次都他妈这么费劲儿，你这个骚货。”他接着说，“赶紧打开，让我他妈的进去。”说完，他翻过身又睡了过去。

“我觉得他是梦见开啤酒了吧。”

我们笑了好一阵，没再去管他。我用我多余的衣服在吊床下面的角落里又铺出一张小床。我本以为我会睡不着，没想到不仅睡着了，还睡得很香。我醒来的时候，他们俩已收拾好行装，在等我了。

我们走的时候，几乎全沃开普的人都出来了。他们在岸边嚷着，叫着，孩子们甚至跟着跑到了水里。

“这送行可比迎接要隆重多了，不是吗？”芬说。

“根本就没什么沼泽部落要来袭击他们。”我说。

“很可能没有。”内尔说。

芬说他想开船，于是我放慢速度，我们摇摇晃晃地交换了位置。然后，他松开油门杆，船飞快地冲了出去。

“芬！”内尔尖叫了一声，声音里却带着笑意。她转过身来看着我们，膝盖扫到了我的小腿。“我可不敢再看了。出事故之前你们通知我一声就成。”她今天没把头发梳成辫子，此刻她的发丝正朝我飘拂过来。因为发烧而呈深棕色的面孔，在一头金丝铜缕般蓬松的头发衬托下，显得格外健康。倘若塔姆湖也不合他们的意，他们就要去澳大利亚了。这是我最后的机会，我不能再搞砸了。我看得出，她也已经心生疑虑。泰凯特到塔姆湖看过他表妹很多次，只要他向我描述的那些有一半是真的，就足以让这对挑剔的人类学家满意了。“我应该直接带你们来这儿。”我自言自语道，“我有点太自私了。”她一边笑一边吩咐芬，让他别还没到地方就把我们的命给送了。

几小时后，我终于看见了我们要走的那条支流。芬把船头掉过去，激起的水花跃过了左舷。那是条狭窄的小河，水呈黄棕色。太阳不见了，空气扑在脸上凉丝丝的。

“水很浅。”芬说。

“没事，你放心。”我往水底瞥了一眼，说道。

雨季还没到。这里的河堤很高，成排的泥墙旁都是蜷曲的白色植物根茎。我在观察。泰凯特告诉我，这里有一个豁口。船掉头后不久就该到了。如果坐机动船应该更快。

“就是这儿。”我往右边一指。

“这儿？哪儿？”

“就这儿。”我们差点儿错过。

小船朝一边歪了歪，然后溜进一条又黑又窄的水道。水道被两边的科皮紧紧夹在中间。“科皮”是泰凯特对这种植物的叫法，它们看上去和长在淡水中的红树林非常像。

“你不是在开玩笑吧，班克森？”芬说。

“这是沼泽啊，不是吗？”内尔说，“芬进沼泽地了。[①]”

“这也算沼泽？主啊，帮帮我们吧。”他说。这条水道只有一条船那么宽。植物的枝叶刮蹭着我们的胳膊。因为船速放慢，各种昆虫成群结队地朝我们扑了过来。“这也太容易迷路了。”

泰凯特跟我说过，这里只有一条路能过去。“沿着这条水道往前走。”

“就跟我还有别的选择似的。这虫子也太他妈多了。”

我们沿着这条狭窄的水道开了很久。时间一分一秒地过去，他们对我的信任也在一分分减弱。我想把我听来的关于塔姆河的一切都讲给他们听，但想了想，到那儿之前还是别把他们的胃口吊得太高为好。

“你确定汽油够用吗？”芬问。

就在这时，前面豁然开朗。

这湖大得出奇，至少有二十公里宽。乌黑发亮的湖水被鲜绿的山岭环绕。芬将油门杆推到“空转”挡，我们的船便在水面摇摆了

---

① Fen 在英文中是“沼泽地”的意思，与芬名字的缩写一模一样。

一会儿。湖对面是一片很长的沙滩。距离岸边大约二十米的水中，还有一道长长的白色沙洲，与沙滩相呼应。正当我以为那真的是沙洲时，它却开始往上升，然后分散开来，变得越来越薄，直至消失在空中。

“鹭，”我说，“那都是白鹭。”

“噢，天哪，班克森，”内尔说，“这太壮观了。”

7.

我第一次遇见海伦·本杰明是在一九三八年。当时我们俩都在哥本哈根出席国际人类学及民族学协会的代表大会。我听了她参加的关于优生的小组讨论会。她是会上唯一一个反对优生的人，也是唯一一个让人觉得说得在理的人。她说话的神态及手势让我不由得想起了内尔。讨论一结束，我便立刻起身朝门口走去。也不知她怎么那么快就从台上下来了，反正她赶在我前头到了大厅的入口处，让我没能顺利溜走。她似乎知道我全部的感受，没多说，只是对我能来参加讨论会表示感谢，还递给我一个大信封。这种事近年来我见得多了，总有人想让我为他们出版自己的手稿助一臂之力。可这样的举动来自海伦，委实令人费解。她的《弧形文化带》一书获得了巨大的成功。我的网格理论，我写的关于基奥纳部落的书，以及二者为我赢得的赞誉，在很大程度上都是拜她那本著作所赐。

直到上了回加来的火车，我才打开那个包裹。我把手漫不经心地伸进那个信封。里面不是手稿，而是一本小册子，白色打印纸对折，沿着中缝订起来。封面是树皮做的。册子上还有海伦用曲别针别着的一张字条：“她每到一个新的地方都会做一本这样的册子，然后把它们悄悄塞到箱子的布衬垫里，不让别人看到。其他的册子我都留下了，但我觉得这本应该给你。”那册子总共不到四十页，最后几页还都是空的。它记录了她在那三个半月里的经历，最早是从她刚刚抵达塔姆湖那段日子写起的。

一月三日

一月四日

昨天刚把这个新本子订好。但这么多空无一字的崭新的纸页又让我望而生畏，连一个字都不敢往上面写。我本想写写班克森，又觉得不该那么做，所以就改成给海伦写信，强忍着没在信里提到他。我的身体感觉好些了。说来可怜，有人稍稍对我的伤上了点儿心，我的痛苦便大大减轻了。

他们给我们安排的临时住处叫“赞本（Zambun）旧居”。我或许该把它写成Xambun，因为它的发音更接近希腊语的发音。每提到赞本这个名字，他们都会流露出谦卑和憧憬之情。我由此断定，赞本一定是他们的某个神或祖先的名字，尽管我并没有从这儿感觉出其他地方常有的那种祭奠死者的氛围。而且，倘若它真的是神灵，他们又怎么肯让我们亵渎它的居室呢？

我本想再写点什么，可是百感交集，那些感觉全卡在脖子里出不来。我碰上写作瓶颈了。

一月六日

我干吗为他神魂颠倒呢？曾经的他也许冷淡、高傲，唯恐别人抢他的地盘，可在基奥纳独自度过的那二十五个月已经让他彻底变了。据他自己说，在英国的时候他也曾伤过好多姑娘的心。我真的不敢相信。连芬都说他是个另类。我看见的只是一个步履蹒跚、头发凌乱、脆弱得让人莫名其妙、长得像船篙一样的男人。他在我身边就像座摩天大厦。此前我还从未遇见过这么高又这么敏感的人。那些特别高的人往往给人一种距离感，并因此而被疏远（威廉、保罗·G.等都是如此）。我正戴着他死去的兄弟的眼镜。

昨天，我们站在浅滩上朝他挥手道别的时候，我忽然想起了我八九岁时的一件事。那是一个秋日，我弟弟和我同刚搬到我家附近的几个小孩玩得正开心，这时家里人叫我们回去吃饭。我们和那些小孩站在一起。园子里，忽然降临的夜晚凉气逼人，因为之前一直在跑，我们身上依然暖和。我生出一种很深的恐惧，唯恐我们再也不能像今天这样在一起痛快地玩耍，再也不能重温今天这一幕。我不记得我这个预感后来是不是真的应验了。我唯一记得的是，当我沿着园子后面的台阶往上走时，胸口像压着一块石头一样沉重。

今晚我已经很累了。我又在学一门新的语言，在过去十八个月中，这已经是第三门了，全都是为了研究这个新的部落。幸亏我们送了他们一些火柴和剃须刀片，不然他们才不会搭理我们，他们更想自己待着。我还从未像现在这样气馁过。B（指班克森）怎么说的来着？他好像说过，我们看到的全是土著人为了取悦白人而故意装出来的，即便不是完全虚假，真实的部分也是少之又少。他已经完全绝望，因为这项工作根本就没有任何意义。是这样吗？难道我一直在骗自己？难道这么多年都白费了？

一月十日

我觉得我交到了一位朋友，是个叫麦伦的女人。今天她给我们拿来了一些椰子壳做的可爱的小水杯，还有几只锅，以及满满一网兜山药和熏鱼。她能讲好几种当地语言和很少一点儿洋泾浜，所以我们俩就一边用胳膊比画一边笑着聊了起来。她比我年长，已过了生育期。她和这里所有已婚女人一样剃了光头，看上去健壮有力，表情严肃，除了咯咯笑的时候，那时她像换了个人似的。在这趟登门拜访结束的时候，她还试穿了我的鞋子。

下午我去察看我们正式的房子进展如何。我喜欢那个位置：正好处于女人路和男人路的交叉口（最好的湖景当然都被男人们占了），所以什么样的风吹草动都逃不过我们的眼睛。此刻大约有三十个人在那里干活。芬操着他仅会的几句塔姆语，指手画脚地支使着在场的每一个人，时不时还会提高嗓门，冲人吼上几声。真高兴他不是在吼我。

慢慢地，有孩子被我们吸引过来。我朝女人们睡觉的房子后面的空地走过去。那里有几个孩子在玩，有的还跳到下面的湖里游泳。我蹲在地上等着。我今天带来了一列红色的玩具火车，我把它放在沙滩上来回推，火车发出隆隆的声响。终于，好奇心战胜了恐惧，他们纷纷走过来。这时，我突然开口发出“嘟——嘟——”的声音，他们被吓得四散跑开了，我被逗笑了。最终，他们还是被火车吸引回来了。和他们一起坐了一会儿，我又往我的小词典里添了起码五十个新词。孩子们给你讲解的时候比大人耐心多了，他们喜欢被人当成专家。这些小孩三到八岁，已相当独立，这和所罗门群岛上基拉基拉部落的小孩大相径庭，后者总是被他们的家长看得死死的。而在这儿，女孩似乎九到十岁就开始钓鱼和织网，而男孩则会去学习制作陶器和涂漆。年幼些的孩子则无拘无束地跑来跑去。啊，你瞧小皮娅和阿米尼，她们圆鼓鼓的小肚皮上系着用郁金香树皮编的腰带。我真想过去把她们搂起来，抱着她们四处转转。然而，她们暂时还与我们保持着几米的距离。她们仍然心怀警惕，时不时往沙滩方向瞅上一眼，以确保有大人在附近。

一月十一日

今天下午，芬带回来三个男仆：一个做家务，一个打猎，还有一个做饭。都是他从盖房子的工地上挑选的。打猎的那个看上去太过羸弱，估计也就能给我们打回几只鸭子或鹧鸪什么的。做家务的叫万吉，他把洗盘子用的毛巾缠在额头上，便冲出门向他的朋友炫耀去了，再也没回来。只有做饭的那位一看到山药和鱼，便一声不吭地干起活来。他的名字叫拜尼。他做事认真，而且很安静，我甚至觉得和其他那些只会高谈阔论的塔姆男人待在一起有点难为他了。假如他年纪再大一点儿，倒是个很不错的消息提供人。可我估计他还不满十四岁。在挑选消息提供人一事上，我和芬尚未起过争执。不过今天我已经告诉他了，可以让他先挑。但他却说，挑谁并不重要，因为最后他想要的一定是被我挑中的那个。我于是说，让他先挑，然后我挑，之后他还可以再挑一回。最后我们俩都乐了。我还告诉他，我下一本书会叫《如何在丛林中对付你的男人》。

我找了一位语言老师，叫卡鲁。他童年时曾在设在安本蒂的巡逻站附近生活过，因此学了几句洋泾浜。多亏了他，我小词典里的词汇现在已超过一千个了。尽管从早到晚都在拿这些词汇考自己，可我还是希望能有更多时间不用说语言。因为不使用语言的时候，交流双方相互间的观察更为谨慎。今天，我新结识的朋友麦伦带我到一栋女人们住的房子去了一趟。那是她们编织和修补渔网的地方。我们和麦伦已怀孕的女儿萨利坐在一起，旁边还有萨利的姑姑和她的四个已成年的女儿。我正在熟悉她们断断续续的谈话节奏，她们的笑声，还有她们歪头的样子。我能感受到她们之间的关系，感受到屋子里人们的好恶。如果我开口讲话，就绝不可能体会到这些。只有真正丧失了语言能力，你才能体会到，对你和别人的交流来说，语言其实是一种干扰，它像超显性的感官一样，妨碍你们的交流与沟通。因为当你不明白语言中字词的含义时，你自然会花更多的精力去观察事物的其他方面；而一旦你听懂了语言，其他的一切你也就无心顾及了。于是，你会变得完全依赖语言，而语言这东西往往并不是最可靠的。

一月十三日

刚刚花了四小时把这两天的笔记全敲完了。今天完成了人口调查，总共有十七栋房子，二百二十八口人。为了获得男人的数据，我逼着一直在工地盯着的芬替我到男人住的房子里跑了一趟，因为那儿我进不去。

我偶尔会想起班克森。每次想到遇见他的第一天夜里他为我包扎伤口的情景，我都会心旌摇曳，那感觉会持续短短数秒。他并没有像他许诺的那样，很快就来拜访我们。这也许是件好事。

一月十七日

今天麦伦带了个大篮子过来，脸色特别严肃。她解释说，赞本是她儿子的名字。她打开篮子，里面是一条由几百片棕榈叶联结成的绳子，上面的结代表他死后的每一天。为了听懂她的意思，我恨不得能有四只耳朵。费了好大劲儿，我才明白，原来赞本并没有死，而是被黑奴船骗到矿上去了。我猜是埃迪河附近的矿井。她告诉我，他是个魁梧的男人，长得很高，人也聪明，跑得还快，还是个游泳高手和出色的猎人。拜尼和万吉后来也都证实了她的说法。在他们口中，赞本俨然就是集保罗·班扬、乔治·华盛顿和约翰·亨利于一身的人物。麦伦想知道我们是否认识把他骗走的那帮人。我不由得想，他们之所以这么痛快就同意我们留下，一定是以为我们知道赞本的下落。我们要真的知道就好了。像他那样的人该是多么宝贵啊！有了他，这里的人将会有多么光明的前途啊！麦伦一直坚信他很快就会回来。但以我对那些挖金子的矿井的了解，我实在很难开口——也不忍心——把实情告诉她。我没敢跟她说，不是他想走就能走得了的。唉，她抚摸着装满叶子结的篮子时眼中饱含着的爱和恐惧啊。

8.

以前，每个星期我都会坐下来给母亲写信。这么做有三个目的：

（1）证明我还活着；

（2）让她知道我的工作的确有价值，而且正朝着正确的方向前进；

（3）间接地而非开门见山地向她表示，在这个世界上，我最想待的地方是位于格兰切斯特的她的家，而不是别的什么去处。

第一个目的当然是最容易达到的。只要在打字机上敲完“亲爱的妈妈”，任务就完成了。另外两个就得使些诡计，因为只要有一点儿口是心非她就能嗅出来，就像地狱的看门犬能嗅出死亡的气息一样。

可如今又有了第四个目标：不去提内尔·斯通。这还不容易吗？你也许会这么想。可对我来说却太难了，几乎不可能做到。已经有三封信被我从打字机上扯下来，揉成一团，扔到了窗外。此刻，它们正被小坎什和他的两个同伴一起用甘蔗棍敲着玩呢。我把第四封又扔了出去，窗外立刻传来一阵欢呼，同时传来的还有坎什的奶奶责骂他们的声音，因为奶奶正在蚊帐里打瞌睡。

我往打字机里又卷进一张纸。

亲爱的妈妈：

我想今天应该是二月的第一天。还剩下三个月。也许当你收到这封信的时候，我人也到你那儿了。那时候，花园里应该已经开满了花，我们又可以坐在丁香和柳树底下喝茶了。那样，我的情况就会好起来。

我希望你身体健康，没染上冬天的流感。今年冬天暖和吗？

我不记得在前两封信里是不是已经问过这个问题了，但还是这么一路写了下来。

无论如何，等您收到这封信的时候，冬天应该早结束了。我们该想想怎么让费利西亚蔷薇花别生蚜虫，还有，别让屋子南边墙上的俄罗斯藤爬得太远了。可这都是夏天的活计了。

我以前跟您说过，过去几个星期我一直在着重研究基奥纳部落的死亡习俗。昨天我又参加了一个葬礼，他们把一个死去很久的人的头骨挖出来，包上黏土，重新塑出一张长着肌肉、鼻、口、下巴的脸。而那位可怜的艺术家由于他所复原的面部特征不能令人满意，遭到了众人的斥责。最后，塑像终于成型，葬礼才开始举行。他们把塑出的那颗头搁在台子上，男人们在台下边爬边为女人们吹笛子。女人们则一动不动地在听，神情似乎有些恍惚。接着，女人们站起来，向那人的鬼魂献上食物，还唱起了他母系部族的姓氏歌曲。我问他们，他死了有多久了，却没人答得出来。还有人在哭，不是葬礼上男人们那种戏剧性的号啕大哭，而是更为自然的流泪。我发现"自然"这个词已经被我用滥了。也许英国人觉得自然的东西，对别人来说根本就谈不上自然，比如——

写到这儿，我停了下来。此刻我就像个小男生，急不可耐地想把那个字敲出来。

美国人，更别提新几内亚那些部落里的人了。

听了这句话，她头上的触角肯定会猛地一抖。她一定能觉察出什么来。

我发现我对主观性以及人类学家眼光的局限性这个问题越来越感兴趣，而相比之下，基奥纳部落的传统习俗已不再吸引我。也许所有科学都不过是人类的自我研究而已。

为什么不干脆提他们俩一句呢？

我这儿来了访客，是搞人类学的同行，他们在这一地区已经干了好几年，时间并不比我短，只是以前我们无缘结识。他们是夫妇俩。男的来自昆士兰，这家伙身材高大魁梧，我在悉尼时就认识他。女的是美国人，颇有点名气，只是体弱多病，袖珍型的身材，却长着一张女达尔文的脸。

好家伙，这句话让她看见了，我还会有好果子吃？绝对没有。我攥住那张纸的顶端往下扯，结果纸被撕成了两半。扔了它。我把打字机里剩下的半张也扯了下来，把它们揉成一团，朝窗外的孩子们扔了过去。那儿立刻又爆发出一阵欢呼。这直接违背了第二和第四个目标。每次都是还没写几句，本来要写给母亲的信就会变成写给内尔的。我的思绪会沉浸在与她的对话之中，全身弥漫着正在和她交谈的感觉。那感觉让我不安，它会让我从睡梦中惊醒，就好像人们会半夜被突发的病痛惊醒一样。

和他们分开之前，我悄悄往自己包里塞了一本她写的那本书。回来当天，我就把它读完了。第二天又读了一遍。这是我读过的最没有学术味的人种学著作。它善于描述和做概括性的结论，而短于做系统性的分析。在哈登最近的一封信中，他对《基拉基拉部落的孩子》一书在美国取得的成功不乏嘲讽之语。他开玩笑说，我们以后去考察的时候都应该带着女小说家一起去。可她的确道出了我们大多数人虽有同感却没有勇气将其公之于众的紧迫性，我们仍把陈旧的科学传统奉为金科玉律，对之感恩戴德。这么多年来，我一直觉得，我受过的学术训练无一不是教我要在传统面前俯首帖耳，可内尔却是高昂着头，一副睥睨四顾的样子。这真让人又振奋又气恼。我一定得再去见见她。

好几次我已经上了船，但没过一小时又掉头回来了。我对自己说，这么快就去拜访太早了，他们会措手不及，没有时间接待突然造访的我，他们的工作安排会因我而中断。他们打算在七个月内完成原本需要一年才能完成的工作，我要是去了，只会像个讨厌的跟屁虫一样跟在他们身后到处晃悠。假如他们离得近，我倒是可以找个借口过去。芬曾说过，过两个星期他想带我一起去打猎，倘若他真的想去，早该给我捎话过来了。

我感觉芬在学术上不如内尔训练有素，但他头脑敏锐，兼有语言天赋。他有强烈的好奇心，用近乎艺术的方式看待事物。在沙滩上，他就注意到基奥纳部落的人都把他们的船转过去侧着停，而打鱼的工具都放在船的前面。他当时说，它们看上去就像乡村小教堂圣坛前摆着的一排排长凳。如今，每次看到他们那样停船，我都会自然而然地生出他那种联想。

我觉得我爱他们，两个我都爱，是那种孩子般的爱。我非常想他们，远胜过他们想我。他们彼此拥有，永远无法体会一个人在茅草屋里独自待上二十五个月的滋味。尽管内尔也曾在所罗门群岛待过一年半，可当时她是和总督夫妇住在一起，身边朋友众多，而且不乏访客。芬也曾在斗布部落独自待过一段时间，可他自己说，在那期间他曾抽空去澳大利亚的凯恩斯参加他哥哥的婚礼。他家离这里连一千六百公里都不到。

屋外，孩子们已经改玩弓箭了，他们正瞄着一个快速滚动的番木瓜练习箭术。其中有个孩子的弓弦折了，他跑进树丛中，拔起一根竹子，用自己的双手和牙齿从竹竿上撕下一缕很薄的纤维。他把它在弓上绑好，重新加入了战团。

内尔和芬的出现让我打消了自杀的念头。可他们给我带来的是什么呢？极度强烈的欲望，如潮水般汹涌澎湃却连我自己都无法解释的情感。那是一种痛，一种除了“想要”别的词都无法形容的痛。我想要。没有宾语，没有对象。它与想死截然对立，但比想死更难以忍受。

9.

一月二十日

我在看女人们捕鱼。此时，天几乎还是黑的。她们的船在漆黑的水波上平稳滑行。很粗的银蓝色烟柱从摆在船尾的火盆里升起，逐渐变细，直到在空中消于无形。一些女人在齐胸深的冷水里来回蹚着，检查她们下的鱼笼。其他人则待在自己船上，借着船尾那点火取暖。

昨天我们拿到了狭缝鼓[1]。我们无意中撞见他们在举行一个小型仪

---

① 部落占卜用鼓。

式。芬先“砰——砰——砰——”敲了三个很重的长音，然后又敲了两下快的。我则一连敲了六下，节奏像走路一样快。他们说，我那是在模仿自己走路时的节奏。来自麦伦和萨利她们部族的男人还跳起了舞。坐在我身边的一位老妇埋怨说，现在这帮年轻人连跳舞的步子都没学对。

一月二十四日

我们的房子还没竣工。现在，一大早便会有小孩或别的人来找我。他们都想画画或者玩我带来的那些玻璃球，因此就都得忍受我审讯般的提问。他们没少嘲笑我、吓唬我，可对我提的问题却还是有问必答。所幸塔姆语的词都很短——最多两三个音节，跟孟般亚部落动辄六个音节的词大不一样。可最终还是有十六个（这个数目还在增加）部落男性的回答让我不知所云。芬虽然从不做笔记，但那些人说的每句话都被他当作阳光一样吸收了，不知怎么，他天生就懂他们那套句法。他能让他们完全听懂他的意思。他们也很少取笑他，因为他是男的，个头比他们都高，我们绝大部分的盐、火柴和香烟都是经他的手分发给他们的。

一月三十日

我们的东西，包括邮件，都从莫尔斯比港运来了。其中海伦的信只有孤零零的一封，而同期我给她写过三十来封。她的信只有两页。好歹没白费这点邮资。信里大多在谈她那本即将完稿的书。在信的结尾，她不动声色地提了一句："我现在跟一个叫克伦的女孩在一起，我想路易丝可能已经告诉你了。"路易丝当然跟我说过。这封信写得很冷静。而我写给她的却充满内疚、后悔和惶惑。有时，夜里我会从梦中惊醒，"她是因为我才和斯坦利分开的"，这个念头一直萦绕在我心中。我的心跳会开始加速，可接着，我又会忽然醒悟过来。这段感情已然结束了。我脑海中浮现出她戴着蓝帽子站在马赛的码头接我的情景，可后来我和芬两人一起下船的画面也历历在目。那天晚上在格蒂餐厅，她问我想做哪一个？是付出爱更多一点的，还是更少一点的？更多的那个，我说。这次你可不是，她凑到我耳边说，（在我俩之间）付出爱更多的那个人从来都是她。我当时没把这句话说出口：我付出爱，可我并不想占有对方。因为那时我还不知道这二者的区别。

我们的东西占用了整整三条舢板。过那条狭窄水道的时候，它们的边边角角一定没少被剐蹭。塔姆部落的人还以为又有人来袭击他们了，我们费了好大功夫才让他们镇静下来。琳琅满目的现代物品改变了我们在他们心目中的形象（尽管还没有"崴拉拉疯狂运动"船货崇拜[①]的迹象）。我心想，当初要是托人多弄点纸和其他小玩意儿就好了，毕竟我们曾答应过他们。谢天谢地，我的床垫、书桌，

---

① 20世纪初出现在西南太平洋群岛的一种宗教形式。当地一些与世隔绝的土著族群初次接触西方先进的工业产品，将其当作神祇般崇拜，发展出各种敬拜仪式，期望通过这些仪式召唤这些物品再次出现。这可以视作当地土著利用传统习俗和经验的框架来消化外来的文化和经济冲击的一种努力。1919年在巴布亚出现的"崴拉拉疯狂运动"与此类似，反映了基督教与本土神话信仰相结合的过程。

我所有的工具，还有我的颜料、玩具娃娃和成盒的蜡笔也都到了。他们再也不用为了那仅有的一支紫色笔、制模用的陶土和扑克牌争来争去了。

自从班克森带我们来到这里，已经过去五个星期了。之后他就再没来过。他对我们实在太好了，我想恨他都恨不起来。

芬倒是公开表示过他的不悦，他说（班克森）答应他过两周就来看我们，然后跟他一起去探险，并让芬带他去孟般亚部落看看。很可能是因为我们的争吵、抱怨和别的坏毛病让他吃不消了。可现在我们已面貌一新。他那时看到的只不过是我们在最低潮时的形象。我觉得，在某种程度上，正是他的出现，正是他对我们俩展示出的热情，让我们重新想起了往昔对彼此的欣赏。迄今为止，这段旅程比以往都要顺利。我觉得我们应该能顺利完成这次考察，我们甚至可能会生个宝宝。我的月经四天前就该来了。

二月一日

今天我第一次听懂了他们讲的笑话。当时我在第二栋女人房里看她们织蚊帐睡袋，我身边坐着的女人名叫泰蒂，我问她，织好这个袋子后，她会用赚来的贝壳做些什么。她说，她丈夫会用它们再买个老婆回来。“我织得再快，他也还是会嫌慢。”她说。我们俩都笑得前仰后合。

我不禁又想起了和海伦在舍默霍恩的台阶上的那番谈话。当时她对我说，每一种文化都具有自己的风格。她那天夜里说的话我每天都会想起至少一次。我说出过什么能让别人在八年间每天想起一次的话吗？当时，她刚从美国新墨西哥的祖尼部落回来，而我还哪儿都没去过。她告诉我，我们受的教育使我们根本无法领略也无法描述那些独特的风格，只能尽量去汲取并将它们诉诸纸墨。她给我的感觉是那么老成，可那年她应该才三十六岁。当时我想，也许要过二十年我才能弄懂她这番话的含意。可一到所罗门群岛，我立刻就懂了。现在，我正被一种新的风格所包围，它是那么不同，不像阿纳帕那样恬淡无趣，也不像孟般亚那样浓墨重彩。对这种丰富而深厚、激昂而令人费解的风格我刚刚窥见门径，哪有能力向那些普通的美国人解释其中的差异呢？他们看到的只是几张照片，几个鼻孔里穿着骨头的黑人男女，他们只会一股脑地给后者贴上野蛮人的标签。可你为什么非要为那些普通人操心呢？班克森第二天晚上就问过我，难道它和思想与变化的关系有关？对民主他从来都嗤之以鼻。我向他解释说，我写《基拉基拉部落的孩子》的时候其实是以我奶奶为想象中的读者的。我觉得他听了之后有点不好意思。我也总是会想起和班克森的这番谈话，这也许是因为芬不再喜欢和我谈工作了吧。我觉得芬刻意有所保留，他好像担心，把自己的想法说出来，会被我拿去用到我的下一本书里。

比起当初我们一起在船上度过的那几个月，现在这种感觉多么可悲！那时的我们无话不谈，没有自我意识，没有界限。归根结底还是所有权的意识在作怪。我那本书一发表，我的文字一变成商品，我们俩之间就不太对劲儿了。

所以，我把我和班克森的谈话像放唱片一样在脑子里来来回回地放。他还停留在冷冰冰的英式结构主义、测头围和族群类比的阶段，几乎没受过任何像样的关于如何进行提炼的考察培训。我担心，几个月来他和基奥纳部落的人只不过是在谈天气而已，因为看上去他对这里的雨倒是知之甚详。自从我们到这儿，雨下得都很小，跟溅水差不多。我不喜欢这种畏畏缩缩的雨。它让人不舒服。Oma muni，不祥之兆。这句话是麦伦今天刚教我的。当时她是在说一个长歪了的番薯。

二月四日

我把所有邮件都看完了。玛丽·G.和夏洛特的信真让我高兴。爱德华、克劳迪娅和彼得的则有些敷衍了事。博厄斯在信里告诉我，传教士们之所以成群结队地往所罗门群岛跑，是为了转换他们邪恶的灵魂。他着实把我给逗乐了。其他各类消息也令我目不暇接：林德伯格婴儿绑架案的调查，女仆吞服银器抛光剂，胡佛驱散催讨抚恤金的一战老兵队伍，甘地又绝食了。剩下的就是跟我那本书有关的消息了。假如我嫁的是个银行家，我是不是就能尽情地享受这一成就呢？我会不会把美国人类学会理事长的来信和伯克利的邀请函拿给我丈夫看呢？而眼下我必须不动声色，装出一副若无其事的样子。受这种情绪的影响，我甚至连自己偷偷乐一乐的心情都没了。偏偏在这时候，芬让我大吃一惊：他把詹姆斯·弗雷泽爵士[①]给我的信一把抽了出来，说："你可真棒，我的内尔小宝贝，我们得把这封信裱好，装上镜框。"

另外还有五十三封读者来信。芬怪腔怪调地念了几封。"亲爱的斯通夫人，你口口声声说要用你细致入微的描述来'解放'我们的孩子，可这种阅读最终会使他们的灵魂被地狱之火永远囚禁。"芬念"地狱之火"这几个字时的腔调把我逗得眼泪都出来了——他模仿的是当年和我们同船横跨印度洋的梅尔内夫人，我们俩混在一起的行为被她数落了一路，直到在亚丁下船方告结束。每当重温一起坐船的那段经历，我们俩的关系就会变好。和男人在一起的时候，你是不是总会对最初迸发的那段爱或那段性念念不忘？最开始那几个星期，就连他在房间里徐徐走过的身影都会让你觉得那么迷人，让你甘愿为他宽衣解带。可难道你要永远这么回忆下去吗？和海伦在一起就太不一样了。欲望来自不同的地方，至少对我来说是如此。是更深层次吗？我不知道。我只知道我可以整夜整夜地躺在床上，一刻都不合眼，失去她让我痛苦得犹如心肺被剜去。我愤怒，因为我被迫要有所选择，芬和海伦都要我做出选择，选择成为他们俩谁

① 詹姆斯·弗雷泽爵士（1854—1941），英国社会人类学家，神话学和比较宗教学的先驱。

的唯一。可我并不想只拥有他们中的一个。艾米·洛威尔[1]有首诗曾让我读过一次便再也无法忘怀。诗里说，最开始她的爱人像红酒，可后来就变得像面包了。但这并未发生在我身上。我仍然觉得我的爱人们像红酒，倒是他们很快就觉得我变成面包了。在马赛，当时我被逼不得不二选一，这太不公平了！我最终的选择也许是世俗的，因为那对我的工作、我的声誉，当然，对孩子，都更有利。说到孩子，还没影儿呢。这个月是虚惊一场。

二月八日

终于有我们自己的房子了。我们所有的东西，包括生活习惯，全都回来了。到处都是木头的清新气息。我就像一个维多利亚时代的老妇人，上午在家接待访客，下午去妇女们的房子里从事我自己的工作。我的注意力常常会不知不觉地从我原本打算研究的孩子们身上跑到女人们身上去。塔姆部落的女人与那些无精打采的阿纳帕女人和粗俗而又懦弱的孟般亚女性有着天壤之别。这儿的女人干劲儿十足，她们自己挣钱。挣来的钱，一部分用来给丈夫买新老婆，或替儿子准备彩礼，其余的自己留着。她们还负责做生意，连男人们制作的陶器也拿来卖。她们还可以按自己的意愿选择婚姻对象。年轻的小伙子们像女学生联谊会上的少女一样，兴冲冲地等候她们的

---

① 艾米·洛威尔（1874—1925），美国诗人。

挑选。所有的事都取决于女人们的意思。在这里，我看到男女性别的角色被颠倒过来,真是不可思议。出乎我意料的是,芬不这么认为。

房子完工了，他工作的时间也就多了。我已经为他准备了很多好东西：血缘关系、社会结构、工艺，还有宗教。但他把注意力过多地集中在了血缘关系上，就像当初他对孟般亚的宗教和图腾情有独钟一样。他觉得他可能已经发现了一种模式，可他并不愿意跟我分享。但这毕竟给了他动力和方向，我也没什么好抱怨的。

二月九日

我和芬刚吵了一架。我一直在避免这样的争吵。其实也没吵得要死要活的，在这点上，他倒是进步多了。还是因为他那副臭德行，跟在孟般亚的时候一样。他抱着该死的血缘关系不放，其他的一概排斥。所以现在，除了血缘，我们在管理、宗教、工艺等其他方面仍是一片空白。他认为这里有一种性别交叉的绳系关系：男性的血缘继承自他们的母亲，而女性继承自她们的父亲。他越干越起劲儿，整天泡在男人的房子里做调查；有时，为了搞出点名堂来甚至不惜在那儿熬通宵。可现在，他那套理论完全坍塌了，只剩下一堆破砖烂瓦，但他既不愿意再花工夫去找其他真正的规律，也不愿去做任何别的事。我曾提议跟他互换研究方向，用我的饮食和营养（在这方面我已颇有斩获）换他的血缘关系和政治。可人家不干，所以我只能暗地里把所有研究工作都承担起来。

二月十日

我又在梦里见到了海伦在马赛时的样子。那都是三年多之前的事了。当时我在他们俩的旅馆之间来回奔波，恨不能把自己一分为二。那一幕让我至今都无法忘怀。海伦站在码头上，戴着她的蓝帽子，开口说话的时候连嘴唇都在哆嗦：我和斯坦利分手了。她刚跟我讲完这句话，芬就已经站到了我身后。他没给我一丝犹豫和反悔的机会，也没给我哪怕一丁点儿的时间去跟海伦解释。而这些是他事先答应过我的。唉，那段日子真是糟糕透了。可我却像染上了烟瘾一样老去回想它。

我想要的太多了。我从来都这样。

同时我还感觉到一种更大的绝望。海伦和我身上仿佛承载着所有女人的绝望，甚至包括许多男人的绝望。我们到底是谁？我们究竟要往哪儿去？既然我们的关系已经“进了一步”，为什么我们对彼此的了解和同情仍如此有限？为什么我们不能给彼此真正的自由？为什么我们一面如此强调个性，一面又对盲从的冲动如此迁就？夏洛特在信中说，霍华德和保罗惹了不少闲话，霍华德在耶鲁的工作可能要丢了。还有她在威斯康星大学读博士的侄子，他们发现他是那里的共产党领袖后，就对外宣布他精神失常，并对他实行了特殊的国家庇护。我觉得，在我的工作中，在那些遥远而辽阔的地方，最让我孜孜以求的莫过于“自由”二字。我想找到那么一群人，他们能给彼此以空间，去做他们各自想做的任何事。也许我根本无法找到能同时满足所有这些条件的部落文化，可找到能满足部分条件的还是有可能的。也许我可以把它们像马赛克一样一片片拼起来，然后再把它们介绍给世界。可这个世界聋了。这个世界，我指的是西方世界，没有丝毫进行自我改造和自我完善的兴趣。在像今天这样倒霉的日子里，我就觉得，我充其量是在这些稀奇古怪的文化被西方的矿业和农业完全摧毁之前把它们给记录下来。我担心因为对它们即将来临的悲惨结局了然于胸，我会以忧郁的怀旧之感看待一切，进而影响到我的观察力。

这情绪就像冰川，一路呼啸着碾压过来，所有的残骸都被它卷走了：我的婚姻、我的工作、世界的命运、海伦、对孩子的渴望，甚至还有班克森，这个我只相处了四天而且很可能无缘再见的男人。所有这些都在撕扯着我，拉拽着我，让我无所适从，仿佛面对着一个我无力解答的代数方程式。

二月十二日

今天上午河边乱了好一阵子。女人们的船早上出去的时候还好好的，没过一会儿她们就大喊大叫地冲了回来。等我赶到沙滩上，才发现原来所有的动静都来自萨利。她先是大声呻吟，然后浑身颤抖着大叫，后来更像一只腰间被射了一箭的狮子，尖声号哭起来。她蹒跚着从船上走回岸上，然后就在沙滩上蹲着，开始生孩子。几个年长的妇女取来树皮做的垫子垫在她身下。为了把孩子引出来，她们所有的人都开始唱歌。我在一旁边等边看，以为她们很快就会照习惯把不相干的人赶开。可没人过来赶我走，她们谁都没赶，包括几个闻声而来在我身后树下聚集的男人。我发现万吉也在他们中间，便吩咐他回屋去取开水和毛巾过来。然后我便挤了进去，待在麦伦身边。

我在帮着接生。我看见婴儿的头露出来又缩回去，露出来又缩回去，就像月相位置在飞快地变化一样。然后，在萨利的尖叫声中，它突然从通红的阴唇中全部挤了出来。接下来安静极了，我甚至在想萨利是不是死了。可她的尖叫声立刻又开始了，这次露出来的是半边肩膀——跟硕大的脑袋相比，它不过是个很小的肉疙瘩而已。下一波阵痛袭来，我使劲儿往外扯露出来的那半边肩膀，另半边肩膀也露了出来。接着是肚子，还有两条小胖腿。全出来了，一个很小的男婴，就像是被潮水推出来的一样。见我在哭，麦伦和她的姐妹们开始拿我打趣。生命的降临令我震惊，令我想起了我妹妹凯蒂的那两条小胖腿。我还冒出一个颇为自私而且荒唐的想法：今天我已亲眼见识了这个过程有多简单，有朝一日轮到我自己，我也一定能应付得来。麦伦把脐带咬断，用芦苇把余下的那部分脐带扎好。许多只手伸了过来，帮着把婴儿身上那层白乎乎的东西擦掉。孟般亚部落有一个关于澳大利亚国王的神话，说世界上的第一个人是从一层白皮里钻出来的。不知这个神话跟眼前这一幕有没有关系。万吉总算拿来了开水和毛巾，可我们已经用不上了。等我们来到滩头，萨利的丈夫卡伦走上前来，毫不犹豫地把孩子抱了过去。那婴儿像只小猫似的，就在他锁骨的拐弯处蜷着。有几个男人拿着笛子不成曲调地吹了起来。萨利已经能自己走路了，用不着人扶。她边走还边和她的两个姐妹和表姐聊着什么。我要是能听懂她们在说什么就好了，她们说得太快，也太隐秘。

二月十六日

萨利的宝宝死了。他不吸奶。

二月十七日

芬真让人受不了。万吉只不过未经同意拿了几个橡皮圈，他就把人家给锈了起来。现在，万吉正在那儿哭，芬在一旁吼，而萨利的孩子还是死了。

10.

她在她的树皮本子上写道，她梦见了那些死去的婴儿，被烧掉的婴儿，被扔到林子里的婴儿，浑身爬满蚂蚁的婴儿。她躺在床上，算了算过去两年她亲眼见过的死婴的数目。第一个是那个阿纳帕男婴，因为怕他的鬼魂作祟，他们硬是把他从死去的母亲的子宫里挖了出来。还有一个叫米娜拉娜的未满周岁的女孩，是被赤背蜘蛛咬死的。孟般亚部落一般不为死去的婴儿搞什么仪式。走在路上也许就能碰到一个被土埋了半截的死婴，在河边的芦苇丛里有时也能遇见。凡是会给人带来麻烦或者被怀疑父亲另有其人的婴儿都是这样的下场。另一个原因是，只要把生下的婴儿扔掉，男人们便可避开妻子产后长达六个月的禁止性交期。阿纳帕五个，孟般亚十七个，再加上萨利这个，总共二十三个死婴。如果算上她自己的，那就是二十四个。黑乎乎的一团，用香蕉叶一包，然后在一棵她再也见不到的树下一埋了事。

她听到他们已经到了，正在屋外等她。塞玛那个九岁的女娃正笑得乐不可支，她弟弟则在哭闹，那孩子可能是想再尝一口他母亲身上挂着的、就在他头顶晃来晃去的那根甘蔗。因为从他们的谈话中，她听懂了“吃”和“甜”两个字，还有她的名字，内尔，内尔。

她很惊讶：他们居然来了。他们并没有将萨利孩子的死归罪于她出现在接生现场。至少现在还没有。昨天晚上，内尔去看望萨利，萨利还把头在她肩膀上靠了很久。两天前，萨利的孩子被埋葬在离这儿需步行半小时的一片森林空地上。当时她抱着他，他瘦小的身躯上涂着红色的黏土，脸则涂成了白色，他的小胸脯上还有用贝壳做的装饰。他们往他的一只手里放了一块西米蛋糕，另一只手里则是一根小孩玩的小笛子。他的父亲挖了个很浅的坟坑。在把他放进去之前，萨利还从她变硬的乳房里挤出几滴奶，滴在他涂了颜色的嘴唇上。内尔多么希望那两片嘴唇能动几下啊，可它们没有。后来，他们就用棕色的沙土把他给埋了。

芬从蚊帐外头钻进来，递给她一杯咖啡。他在床上坐下，她坐起身，从他手里接过杯子。

“谢谢。”

他侧对着她坐下，用鞋把地上的一条淡蓝色的象鼻虫踩碎，然后便盯着遮挡窗口的那块布看。与他的身高和腰围相比，他的头看起来小一号。这让他的眼睛和肩膀显得比实际尺寸要大。他的胡子长得又快又黑，昨天夜里刚刮过，现在胡楂就已经冒了出来。还不是刚刮完几小时那种深蓝色风暴云似的印痕，而是真正的毛发，每个毛孔里都长着那么两三根。我们到过的每个地方的女人都觉得他长得帅。一开始，她也觉得他很帅，那还是他们一起坐船过印度洋的时候。

他知道她一直在哭，却没朝她看一眼。

“我真希望那孩子能活下来。”

“我知道。”他说，却没去抱抱她，安慰一下。

外面楼下，他们已在不耐烦地用棍子敲打房柱。

“你今天打算干吗？”她说。

“帮他们造船。”

造船，五天来他一直都在干这个，这意味着得把一棵巨大的木菠萝树从中间挖空，让它容得下八个人，意味着今天一天他都没有时间做笔记，也搜集不到任何有价值的资料和信息。

“鲁诺今天要到帕伦拜去替姆万尼谈彩礼的事。”

“替谁？”

“姆万尼，萨利的表弟。”

“我还是想帮他们造船，内尔。”

“可他们是如何讨价还价的，我们还一无所知呢！”

“你没怀上不怨我。”

他们都知道他在说谎。

“反正我做了我该做的。”他说。

假如当初怀上了的话，现在也该有七个月了，她想。这他也知道。

她听到拜尼正在纱门后面一边给芬做早餐一边唱歌。歌词她听不懂。歌总是最难懂的。通常它们会是一串串的名字——每家每户祖先们的名字，而且每个词之间没有停顿。Madatulopanararatelambanokanitwogo-mrainountwuatniwran，他就这么唱着，高音部分尚透着稚嫩。拜尼唱得一本正经，让人几乎忘了他还是个孩子。

拜尼曾告诉她，他并不是在塔姆出生的。他本是页山部落的人。有个页山的男人爱上了塔姆族的一个姑娘，便把她绑架了过去。作为报复，塔姆人便对页山部落发动了突然袭击，还把拜尼也绑了回来。他猜测事情发生的时候他还不到两岁。她问拜尼是谁把他抚养大的，他说有许多人。她又问他，在这儿谁算是他的家人，他回答说她和芬。

“那你去看过你母亲吗？”她问。

“有时候去。就是我和女人们一起去集市的时候。她长得瘦极了。”

一开始，内尔没听懂他说的 tinu 那个词——意思是“瘦”——直到他把肚子往里缩，把胳膊贴在身侧，她才醒悟过来。他身上有成人仪式留下的疤痕，从肩膀一直到手腕，再到后背。他们故意让创口受到感染，这样痊愈以后才会形成突起的肿块。

“你看见她是什么感觉？”她问。

“我觉得自己很幸福,因为我长得没她那么瘦,也没她那么丑。”

“那她呢？她什么感觉？”

“她觉得我们塔姆女人卖鱼卖得太贵了。每次她都这么说。”

外面响起了锣声。那是在召集芬他们。

“该死。”芬从垫子上跳起来，“他怎么他妈的这么慢哪？”

“你就别难为人家了。”

她听见他在吩咐拜尼把吃的放在篮子里给他带上。“快点儿！”

他一下楼梯，下面就变得嘈杂起来。她能听见他们在跟他打招呼，芬一连说了好几句 Baya ban。你好，你好。孩子们正纷纷上前够着他的胳膊，把他们的手指往他的兜里伸。锣声又响了一下，她听见他用漂亮的腔调嚷了一嗓子：芬 di lam。芬马上就到。那么地道的口音她永远都学不来。

她站起身，把已经连续穿了一个星期的衣服又穿上了。那是条白色的背心裙，是她花五块钱从纽约第八街买的。

“Meni ma.”她卷起窗帘布冲外面说。

“Damo di lam.”有好几个人应道。我们上来了。

“Meni ma.”她又重复了一遍，因为在这里，话只说一遍一般不够。塔姆人讲话时习惯像唱歌剧似的重复。

"Damo di lam."

接着有人开始上楼梯，房子也跟着摇晃起来。

"Damo di lam."

最先进来的是卢阔。"Baya ban." 他嘴里嘟囔着，只说了一遍，便急忙拿起蜡笔和纸，缩到他自己的角落里去了。不出一小时，他叔叔肯定会找上门来把他大骂一顿。他本应该去男人区帮忙拌颜料的，可他已经烦透了这么多年的学徒生活，他更喜欢到白种女人的屋里来。他不像其他人一样蹲着，而是趴在地上，把纸压在身下。他的肌肉绷得紧紧的，每当他把蜡笔使劲儿往纸上按，赤裸的身躯便会稍稍偏一下。他喜欢把颜色画得很深，很花哨，他还总喜欢把蜡笔弄碎，就像传说中凡·高喜欢摔画笔一样。她倒真想拿一幅凡·高的画给他看，比如那些自画像。因为卢阔也喜欢画肖像：一个披着羽毛和骨头、涂着颜料的健壮男人——不光是面部，不光是头，而是全身像。这是我兄弟，每次她问起，他都这么回答。他叫赞本，他恨恨地说。

相比之下，其他人更爱说话一些。阿米尼是个七八岁大的女孩，她向内尔提的问题不比内尔问她的少。阿米尼想知道内尔为什么要穿那么多衣服，为什么要用叉子吃饭，为什么要穿鞋。她还想知道，内尔身上的那些东西是如何制造出来的。今天，当内尔把她最喜欢的玩具娃娃递给她时，阿米尼又问了个问题，内尔没听懂。阿米尼重复了一遍，还冲内尔的手指了指。原来，她想知道为什么内尔的十个指头全都在。塔姆的成年人很少有十个指头都完整的。因为他们有个习俗，就是用切掉自己指头的方式来表示对死去亲人的哀悼。

“我们不切掉自己的手指头。”内尔说，她用了一个新学的代名词 nai 来表示“我们”，这个词不把谈话对象包括在内。

阿米尼似乎并未注意到内尔在语法上的巨大进步，她脸上依然挂着惯有的微笑。“那你都哀悼些什么人呢？”她乐呵呵地问，仿佛她问内尔的是她最喜欢什么颜色。

“我妹妹，”她对她说，“凯蒂。”

“凯蒂。”阿米尼说。

“凯蒂。”内尔说。

“凯蒂。”

“凯蒂。”旁边几个正蹲着、嚼着，画着画或织着东西的人也跟着说了一遍。年迈的桑乔不知从哪儿找到一根芬的雪茄，搁在嘴里慢慢地嚼着。凯蒂，整个屋子的人都在轻轻念叨这个名字，仿佛一个了无生气的东西忽然间被注入了活力。但他们回家以后，就再也不会说起她的名字。

今天来的访客里没有女人。这个时候来的人里女人一般都不多，因为她们早上要捕鱼。可今天一个都没有。而且来了的这些男人，也一个个焦虑不安地皱着眉，满腹牢骚。

老桑乔指了指内尔放在大蚊帐室里的打字机。他腋下的皮肤像蝙蝠一样绷得紧紧的，薄且透明，几乎能看到里面。

她曾答应过会教他用那台机子。

“Obe.”她对他说。好吧。

几乎所有人都站了起来。

“只有桑乔。”她说。

她带他走进房间。他用手戳了戳钉在木框上的蚊帐。他把手撤回来，想再使劲儿戳戳。

别，她对他说。

他往四周瞅了瞅，眼光沿着长宽各三米的蚊帐的轮廓细细看了一遍。他像是想要离开。而其他人正把脸贴在蚊帐上往里看。

她从笔记本上撕下一张纸，将它在打字机的滚筒上卷好。

桑乔，她很快打出这两个字。打字的声音一响，他便开始往后退。外面有几个孩子尖叫起来。她把纸扯出来递给他。“你，桑乔。这是英语，我的语言。”

他用手摸着她打出的那几个字母。“我以前见过。”他说，指了指她那些书，“我只是不知道它也能打出我的名字。”

“什么东西都打得出。”

“它们威力很大？”

“有时候。”

“我不想要。”

她意识到，他把这些字母视为他身上的“脏东西”，他身体的一部分，就像他的头发、皮肤，或者拉出的粪便，敌人可以把它偷走，然后对它施咒。

“这不是你身上的脏东西。”

他还是把它递还给她。

“我会把它保存好，”她说，“它会安全的。”

芬没回来吃午饭，所以今天她可以早点儿出来，照例到女人们的房子里去。女人们的房子总共有十二栋，她已接连去那儿参观了六个星期。每栋房子里都住着好几家人，男人和行过成人礼的男孩不包括在内，他们住在湖边举行仪式的房子里。尽管她的语言大有长进，可和那些女人在一起的时候，她仍然觉得仿佛面对着一座山。男人们虽然不易接近——因为他们不允许她到他们的房子里去——但他们说起话来却无拘无束，会当着她的面谈论谁打算娶谁，得花多少钱，把钱给什么人，等等。而女人们远没有这般婆婆妈妈嚼舌头的耐心。女人比男人还沉默寡言，这样的部落她还是第一次碰见。

今年的降雨来得迟，路面已干出一层壳，踩在脚下硬得像大理石。熟透了的水果掉在地上摔得炸裂开来。树林高处有热风在往下吹，干枯的树叶互相摩擦，发出噼噼啪啪的响声。小虫子们纷纷冲着她的眼睛和嘴飞过来，它们也在寻找水分。

在路的转弯处，她发现了芬和另外几个男人，他们正一起用扁平的石块把一截空树干里最后的木浆刮出来。和平时一样，塔姆的男人即使在干手工活的时候，也要在脖子上挂几串圆形的黄色贝壳，胳膊上还缠着竹纤维做的臂章，裆部用狐皮遮盖着。他们头发卷曲，上面有鹦鹉羽毛做的装饰。他们一边干活，颈上的贝壳项链一边有节奏地发出嗒嗒的响声。旁边的一棵树上支着三颗骷髅头，经过岁月的洗礼，都已变成棕色。这些头骨在监督和佑护部落的子孙后代。其中一个头骨的下巴不见了。内尔找了找，发现它就挂在部落长老陶班的脖子上。

“嘿，芬威克。”

“嘿，你来了。”他边说边直起身来。

其他人都停下手头的工作，看着他们。

他往她篮子里瞄了一眼。他已经把衬衣脱了，胸膛上亮闪闪的全是汗，汗里还落了小虫子和木屑。“啊哈，又行贿去啊，呃，我看该叫诱骗。”

“她们喜欢在这时候吃甜桃子罐头。”

他是个身手敏捷的男人，和她们家的男人太不一样了。在学校时，他就一直打橄榄球。她只见过他父亲一次。他父亲告诉她，假如当初芬愿意，他本来是可以进小袋鼠队[①]的。

“有桃子谁不想吃？”他边说边靠过来，从上往下朝她裙子里看。“好漂亮的白桃子。”他想伸手去抓，却被她挡了回去。他身后的几个男人哧哧地笑了起来。

---

① 澳大利亚橄榄球国家队的昵称。

他这种举动是近来才开始有的。他总想在他们跟前露一手。

“今天有什么情况吗？”

“你指什么？”

“今天肯定有情况。他们一点儿口风都没透给你？”

他还真不知道，也不在乎。他吻了她一下。那些男人用手敲着船，哈哈大笑。

“你还是干点儿正事吧，我的‘爱显摆先生’。”

她往女人路拐了过去。她刚转过身，他便立刻弯下腰，干起活来。旁边哪有什么笔记本？他根本就没带来。

芬并不想考察土著，他是想当一个土著。他被人类学吸引并不是因为想揭开人类自身的秘密，不是本体论。他想要的是可以不穿鞋，用手抓东西吃，当众毫无顾忌地放响屁。他有灵活的头脑，有像照片一般清晰的记忆力，而且在诗歌和理论方面都极具天赋。在从新加坡坐船到马赛那一路上，在长达六个星期的日日夜夜，他无时无刻不在运用他的这些天赋展开对她的追求。可是，它们却似乎并未给他带来多少快乐。他的兴趣更多在于体验，在于行动。思考是衍生之物，乏味、无趣，与生动正好相反。她之所以甘愿忍受这里的湿热、西谷米和基本卫生设施的缺乏，完全是为了思考。每当夜里躺在床上，别的女孩都梦想着能得到小马驹或旱冰鞋，她的梦想却是能有一伙吉卜赛人从窗口爬进来，把她带走，教给她他们的语言和习俗。她还想象几个月后，他们会把她送回家，在和家人们拥抱完毕，淌下激动的泪水之后，她会把他们的事原原本本地讲给家人们听。她的故事会多得几天都讲不完。这个梦想最令人着迷之处是回到家中向别人讲述她的所见所闻那一段。她脑子里始终有一个念头：在这个世界的某个地方有一种更好的活法。而且，她觉得自己肯定能找到它。

在《基拉基拉部落的孩子》一书中，她向西方人描述了所罗门群岛上的马基拉部落如何养育他们的孩子。在该书最后一章，她还就基拉基拉人和美国人抚养孩子的方式和习惯进行了简单的比较。她没将手稿投给大学出版社，而是直接寄给了威廉·莫罗出版社，稿子很快便被接受了。莫罗先生还建议她把对比那部分扩写成最后两章。她照办了，而且很高兴那么做，因为其实那才是她最感兴趣的部分。但这同时也让此书的内容变得更像是主观意见和认识，而此种风格在以往的民族志论述中尚未出现过。书出版之后她才发现，其实美国人从来就没想过竟然还有其他抚养孩子的方式。基拉基拉部落的孩子三岁便能独自划船，五岁还吃母亲的奶，还有，没错，他们十三岁就开始和异性情人一起钻树林，或者到沙滩上干那事。所有这些都让美国人惊骇不已。对普通读者而言，她的研究过于写实，她提出的“并非所有的青春期都像在美国那样充满痛苦和反叛”的见解在这场轩然大波中被忽略了。虽然芬也乐见该书为他们带来了收入，但在他的计划里，变得家喻户晓的本该是他的名字，而不是她的。可除了一篇关于斗布部落的短论文，他什么都没写。

申请拨款的时候，她原本说的是将把款项用于继续对原始部落的子女抚养进行考察。可现在，塔姆部落却让她心生旁骛。起初她并没有什么奢望，可数据资料却接踵而来：禁忌的倒置，良好的姑嫂关系，对女人性满足的重视。就在昨天，昌塔还跟她解释说，他侄子生病了，但他不能出远门到他住的村子去看他，因为他一走，他老婆的阴户是不会在家闲着的。对他们来说，阴户是个很重要的字眼。内尔曾问过他们，年老的寡妇能不能再改嫁。当时，有好几个人异口同声地说："她不是有个阴户吗？"这里的女孩想嫁给谁，什么时候嫁，都可以自己做主。可她在这个课题上得出的每条结论都遭到了芬的否定。他说，她被她自己先入为主的愿望蒙蔽了，而当她把证据摆出来时，他又改口说什么不管女人的权力有多大，都是暂时的，是权宜之计。他说，塔姆部落曾经被基奥纳人从这里赶走，直到近几年才被澳大利亚政府重新安置到这片湖区。部落里的许多男人不是被杀、被监禁，就是被骗去当了奴隶。她观察到的不过是暂时出现的偏差而已。

她决定，今天先去最后那栋房子。通常，等轮到去那儿的时候，她已筋疲力尽。所以，相比之下，她对最后那几家所做的笔记数量没有其他几家那么可观。

"Baya ban."第一栋房子里有个小女孩冲她打招呼。

"Baya ban，塞玛。"

"Baya ban，内尔，内尔。"

"我会来的，但要……"内尔的话没说完，因为她不知道"过一会儿"该怎么说。"Fumo."她最终说了另一个字。晚一点儿。

"Baya ban，内尔，内尔。"

经过其他几栋房子的时候，里面似乎都没人。房顶上没有烟，也没人从门里探出身来跟她打招呼。屋后倒是有小孩子在玩。她听到他们在灌木丛中奔跑发出的噼噼啪啪的声音，然后，有谁被捉住了，他们便一起大叫一声。最开始，只要看见她来了，他们就会马上停止游戏。连那些早上刚刚去她家玩过的小孩都会飞快地跑开，躲到房子底下，一边窥视她，一边咯咯地笑，甚至发出尖叫。而现在，她人都到跟前了，他们还没发现，即使发现了也懒得过去看她的篮子里装了些什么。因为他们知道，每栋房子她都会进去，篮子里有什么待会儿就知道了。

女人路最靠里面的那栋房子上有烟升起。五个炉子全都用上了。她能听见重重的脚步声，不像是跳舞，更像是有人在跑。她听到低低的私语声，却听不清在说什么。她没有站在楼下大喊，而是一声不响地沿着楼梯爬了上去。跑动的脚步声越来越响，震得整栋房子都在晃动。里面的人似乎在面对面大声吼着什么。

"内尔，内尔，di lam."推开树皮做的门帘走进去之前，她先说了一句。

屋里很暗，所有窗帘都拉上了，她几乎什么也看不见。屋子很长，从里面那半间屋里传来尖利的、咔嗒咔嗒的声音，那是贝壳或石头被搬动时发出的；还有女人的私语声，和她们赤着脚从地板上迅速踩过时发出的砰砰声。

麦伦迎上前来，跟往常一样，问她要不要喝番石榴汁。这时她的眼睛已经适应了，她注意到他们把屋里的蚊帐摊开，铺在地上。那些都是很长的蚊帐，而不是孩子们用的小蚊帐。地板上分散坐着三十来个女人，比平时要多得多。她们有些人膝盖上搁着破了的渔网或没编完的篮子，也有很多人什么都没在做。这种无所事事在塔姆男人身上很常见，但在女人身上内尔还是头一次见。这里的女人从来都不会闲着。她们中有人抬起头低声跟她打招呼。

麦伦拿着喝的回来了。她满脸是汗。这房子里的湿度远远超出了热带正常的水平。她把篮子里的东西拿出来递给麦伦，后者仔细地端详着她。麦伦的瞳孔在放大，汗珠顺着肚子一颗颗往下滚。她脸上有种奇怪而神秘的表情，似乎在努力集中注意力。内尔往四周瞅了瞅，想看看有没有槟榔、石灰粉和芥末荚的踪迹，她知道孟般亚部落的人把这几样东西配在一起，以求获得一种强烈的快感，可她什么也没看到。或许她们有别的麻醉品。她们肯定是服了什么东西，这点她很清楚。她们中有人似乎已经控制不住脸上的笑容，嘴角变得扭曲。当年她弟弟饭前偷喝了父亲的一整瓶杜松子酒，等到吃饭的时候，他坐在餐桌旁，脸上就是这种神态。身上的汗刺得她的脸和大腿隐隐作痛。这些天来，她一直在带病工作，与那些不对她讲实话的人打交道。对她所提的每个问题，他们从来都是说说笑笑地敷衍了事，他们不搭理她，戏弄她，模仿她的动作逗乐。而这些，所有这些，都是此项工作的一部分。眼前这些汗流浃背的女人正在搞的怪名堂似乎触动了她内心深处某个极敏感的点。她把篮子提起来走了。刚开始下楼梯时，屋里还静悄悄的，等下了五级台阶，里面轰地爆发出一阵大笑。

11.

七个星期，我整整等了七个星期。我实在等不下去了。太阳还没出来，我便上了船，发动马达，从黑雾般的蚊虫中间穿过去。偶尔能碰上像树干一样漂浮在水上的鳄鱼。天空中泛着淡绿的光，像黄瓜里面那种颜色。然后太阳突然升了起来，亮极了。我早已习惯了这里的炎热，可那天早上，尽管我一路把船开得飞快，酷热还是击垮了我。才走了一半，我已眼冒金星，眼前一阵阵发黑。我只好停船稍事歇息。

到那儿的时候，从塔姆部落的人冲我打招呼的样子我就知道内尔和芬一定干得很成功。在湖心，女人们纷纷从她们的船里跟我打招呼，声音洪亮得在马达声中我也听得清。有几个男人和孩子来到沙滩边，向我招手，是塔姆人特有的那种幅度很大却又软塌塌的招手。这和六星期前他们接待我们时的谨小慎微有着天壤之别。我刚把马达熄了，便有几个男人过来把船拖上岸。我尚未开口，两个有些驼背、鬈发上别着类似红莓的东西的年轻小伙便领着我走上一条小径。走了一段之后，我们经过一座灵屋，门上挂着一个巨大的人面雕刻——那是个精瘦而愤怒的家伙，从鼻孔里往外钻出三根骨头来，他的宽嘴大张着，露出里面的利齿和用蛇头做的舌头。这可比基奥纳人启蒙水平的绘画技能高超多了，线条更精确，颜色——红、黑、绿，还有白——也更生动，还带有光泽，那些涂料就跟湿的一样。我们一路经过好几栋像是在举行宗教仪式的房子，门口都有人跟我们的向导打招呼。两位向导也会大声回应。他们带我朝一个方向走了一会儿，然后，像是欺负我辨不清方向，又带着我沿原路返回，把刚才经过的那些房子又重新走了一遍。走到头，整片湖重新呈现在我眼前。我暗自嘀咕，莫非他们打算让我就这样走上一整天？这时我们拐了个弯，在一栋大房子前停了下来。房子是新盖的，房前有个类似门廊的结构，窗户和门上挂着蓝白两色的布帘子。看到眼前这座建在领地深处、四周被蒲苇包围着的英式茶馆，我不禁笑出声来。上楼的梯子底下还有几头猪在拱来拱去。

在楼下我就听到了楼上的脚步声，新地板被踩得吱吱作响。窗口的布帘因为屋里的动静在轻轻地拂动。

“喂，屋里的人，你好啊！”这是我从一部美国西部片里学来的。

我在等里面的人出来，却没人出来。于是我爬上楼，站在狭窄的走廊里，伸手在一根门柱上敲了敲。可敲门声被屋里的声音吞没了，那是一种近乎耳语而又持续不断的声音，好像飞机在天空盘旋时发出的嗡嗡声。屋里有至少三十个塔姆人，有的在地上，有的在椅子上奇怪地歇着，或三五成群，或独自一人，每人面前都有一项分配给他们的任务。其中许多是小孩或青少年，也有成年人，还有几个哺乳的母亲和老妇。他们在屋里走来走去，显得井井有条，仿佛这是家银行或是新闻编辑室。但他们举止中的塔姆特征还是很明显的：重心在后，赤着的脚轻快地蹭着往前滑动。每隔几分钟，我就得像游泳换气一样，把头扭到一边，从外面吸上几口凉爽的、不含人体恶臭的空气。没有肥皂，没有洗浴，没有医生为其去除四肢和牙齿里已腐烂的部位——这些人身上的气味即使在户外举行仪式的时候闻着都很刺鼻，何况这屋里窗帘低垂，为了驱赶蚊虫，里面还生着火，这一切简直令人窒息。我一边猛吸身后的空气，一边继续朝里窥视。我慢慢意识到，里面那些东西都是属于他们俩的。我原以为，他们派了两百名搬运工到阿纳帕去才把东西都搬回来的说法未免有些夸张了，现在看来是真的。

他们带来了几个书架，一个荷兰立柜，还有一张小沙发。架子一字排开摆满了书，摆不下的便堆在地上，有好几堆。茶几上放着油灯。大的那间蚊帐室里有两张写字台、成箱的稿纸和复写纸、摄影器材、布娃娃、积木、玩具火车和轨道、木头做的牲口棚（里面还有动物）、制模用的黏土、美术用品，还有几大箱东西尚未拆封。在小一点儿的那间蚊帐室里我看见了一个床垫，真正的床垫，虽然下面好像并没有弹簧架或者床框。它就那么软塌塌地摊在地板上，显得与四周格格不入。我很纳闷，这些塔姆人为什么没有乱摸乱碰他们的东西呢？比如说，胡乱按打字机上的键，撕扯书页。在基奥纳，我也曾经让那里的小孩进过我的屋子，那种事他们可没少干。看来，内尔和芬已经在这里建立起了一套秩序，一种信任，而这是我从未奢望过的。

我正在想是不是该停止偷看，去村子中心找他们。这时，坐在角落里的一个小男孩挪了挪屁股。我看到内尔了。她正盘腿坐着，腿上坐着个小女孩，另外还有个小女孩在帮她梳头发。旁边有个女人，她儿子正扒着她的一只乳房使劲儿吸奶，那乳房看上去已经被吸干了。那女人冲内尔说了句什么，接着她们俩都笑了。内尔做了几笔记录，然后又举起一张卡片。塔姆人有个习惯，喜欢把下巴往前伸出，仿佛有人在下面举着一朵毛茛花让他闻一样。此刻，内尔的下巴也这样伸着。她就这样把一小沓卡片逐一举完，然后，一个男人走过来，把那个女人给替了下去。内尔站起身，到办公桌上去拿什么东西。我发现，他们把润肤膏都带来了。

刚才挪了挪屁股的那个小男孩最先看到了我。他喊了一声，她这才抬起头来。

她让她的客人们安静下来，然后走到门口。“你来了。”她说，似乎她本以为再也不会见到我。我想象中的她可比这要热情。她仍戴着马丁那副眼镜。

“你在工作。”

“我一直都在工作。”

“你们的东西全都到了。他们还给你们盖了房子。”我笨拙地说。

她是那么娇小，典型的塔姆人尺寸，站在她跟前，我就像一根高大的灯柱。她的头发被那个小女孩梳得乱糟糟的，像是中空的泡沫。她的手腕是那么细。看上去她休息得倒是很充分，脸色已恢复正常。她的存在感让我不知所措，那种感觉比记忆中要强烈得多。以往，在我和女人的关系上，被弄得神魂颠倒的通常是她们。可直到现在我才意识到，六个星期前我竭力不让自己被她的魅力所吸引，那是个多么艰巨的任务啊。之前我没能记住她嘴唇的样子，现在，她下面那片嘴唇是那么丰满，以至于中间部位被挤得有些下沉。她身上穿着一件我没见过的衬衫，浅蓝底色上撒着白点，这把她灰色的眼睛衬得更亮了。不知怎的，我忽然觉得眼前这个戴着我哥哥眼镜的她是属于我的。现在的她又健康，又有工作，并不是那么好对付的。她看上去似乎不知该拿我怎么办。

“我可不想错过你说的那种欢愉。我没错过吧，有没有？你上次说的是到了之后的第二个月。”

她似乎在努力不让笑容跑出来。“没有，你没错过。”她回过头，把脸转向先前她举着卡片给他看的那个男人，“我们还以为你不会来了呢。”

“我……”听到这奇怪的对答，屋里的每一张脸都朝我们转了过来。泰凯特后来告诉我，他当时觉得我们俩之间肯定有什么过节。“我不想碍你们的事。”可她却不依不饶地从马丁的眼镜后面瞪着我，她的双眼因此圆得有些滑稽。“给我提个醒，‘你好’怎么说来着？”

“‘你好’和‘再见’是同一句话，都是Baya ban。”她说，“说多少遍都可以，只要你受得了。”然后，她把脸转过来，朝着屋里的众人，指着我简短地介绍了几句，话说得不太连贯。尽管她讲得很快，但尚未掌握好节奏。但这已足以让我大吃一惊。然后她把屋里众人逐一向我介绍了一遍，她每介绍一个，我就说一句Baya ban，那人也会回一句Baya ban，我再次回以Baya ban，在那人再接茬儿之前，内尔会打断他，开始介绍下一个人。所有人都介绍完后，她冲屋里的帘子后面叫了一声。我估计那儿是厨房。两个男孩应声走了出来。矮胖点的那个裸着身体，脸上的笑容很夸张；而另一个高点的却显得不那么乐意，他穿着条较长的短裤（很显然是芬的），裤腰用一根粗绳子扎得紧紧的，膝盖下面的两根胫骨跟刀片一样锋利。我跟他们俩打了声招呼。有几个小孩看见拜尼的装束后咯咯地笑了，他飞快地退回到帘子后面，可内尔又把他给叫了出来。

“你刚才拿着那些卡片是在干吗？”我问。

“墨迹测试[①]。”

“墨迹测试？”

我的孤陋寡闻把她逗乐了。

她在屋里拐了几个弯，我紧随其后。绕过人们乱伸着的腿，还有她那些器材和装备，我们进了大的那间蚊帐室。离我们最近的书桌上堆满了资料和复写纸，还有笔记本和文件夹。打字机旁边搁着几本书，书页是翻开的，上面有几句话被画了线，书页边的空白处写着注解。其中一本书有折痕的地方放了支铅笔。另一张书桌上则空空如也，本来也是要放打字机的，可打字机至今还待在盒子里没拿出来。这里连张能坐的椅子都没有。不然，我可以坐在这零乱的书桌前，读一读书中的注解和画线的字句，翻一翻那些笔记本，再把文件夹里已打好的书页看上一看。看到别人在做和我一样的工作，这令我感到震惊。我望着她的书桌，觉得此项工作意义十分重大。可以前我看自己书桌的时候，却觉得它毫无意义。我回想起在南垓时她是怎样径直走进我的工作间的：她是那么谦逊，甚至带着些崇拜，又是那么急切地想帮我解开杧果叶之谜。

她忽然察觉到在潮湿的空气中自己的头发飘了起来，连忙把它抹回到脑后，并利索地用橡皮圈扎好。我终于看到她长长的脖子了。她将一小沓卡片中最上面的那张递给我。那上面真的就是一团墨印，

---

① 著名的投射法人格测验，让被试通过一定的媒介建立起自己的想象世界，在无拘束的情境中显露其个性特征。

分布在卡片两侧，绝对不是什么有具体形状的影像。卡片并非手工制作，中间也没有折痕。

“我不懂。”

“这些东西都是芬的，以前学心理学的时候留下的。”看着我困惑的样子，她笑了，“坐。”

我坐在地板上。她挨着我坐下，指着卡片上一块两侧形状相似的黑色印斑问道：“这看上去像什么？”

我怕回答“什么都不像”会让自己脸上无光，便说：“两只狐狸在抢一个罐子？”

她没做任何评论，接着翻到下一张。

“穿着靴子的大象？”

再来一张。

“当着病人的面你应该忍住不要笑，不是吗？”

她使劲儿抵住嘴唇，强忍着笑。“好，不笑。”可她还是禁不住咯咯笑了起来，手里拿着张卡片冲我晃了晃。

“蜂鸟？”

她放下卡片。“我的天。看来人类虽然已经从动物进化过来了，但想让他们把动物给忘了还真不容易啊。”

“这就是你的诊断结果吗，斯通大夫？”

“这只是观察结果。具体评估起来会更让人担心的，不正常的程度很高。大象穿着靴子？”她笑了，笑得很开心。我也笑了，一种轻飘飘的感觉向我袭来，我觉得自己能一直飘到天花板上去。

“这玩意儿怎么可能有用呢？”我说。

“据我观察，几乎所有的事物都多多少少是一种文化心态的反映。”

文化心态。我点了点头，可我并不知道她对这个词的定义。我真希望我们俩能独坐一隅，一边喝茶一边探讨。但蚊帐外面还有工作在等着她，今天上午我打扰她已经够久了。“你给他们做测试的时候我可以在旁边看吗？”

“拜尼在给我们准备吃的。你一定饿坏了吧。我还有两个人就测完了，然后我们再去找芬。能吃顿像样的午餐他会很高兴的。”

她回到角落里的位置，挨着她的笔记本坐下，然后把一个名叫泰蒂的女人叫了过去。我倚着一米外的一根柱子坐了下来。卡片和所有在这种气候下待过很长时间的东西一样，已经褪色、磨损，并且变潮、发霉了。每张卡片底部靠中间的位置都有个凹痕，那是她用拇指、食指和中指拿起卡片等待人回答时留下的。这一次等得可够久的。泰蒂盯着那张几只狐狸抱着罐子的卡片看了半天。她从没见过狐狸，也没见过希腊式的罐子。她被难住了。她全神贯注地盯着卡片，专注得有些过了头。她是个身材壮硕的女人。从她长长的乳头和松弛的腹部（那里的皮肤一层层整齐地堆在一起，像极了我母亲衣橱里那一摞摞床单）能看得出，她生过许多孩子。她左手只剩下三根手指，右手有四根。她身上戴的装饰品很少，只有一只手腕上拴着根郁金香茎皮做的窄窄的带子，带子上穿着玛瑙贝壳。和其他女人一样，她也把头剃得光光的。我甚至能清楚地看见她头顶的血管在一颤一颤地跳动。这时，她注意到我在观察她，和我对视了数秒，直到我把头扭开。以前在基奥纳，能和我相互对视的女人要么是幼童，要么就是些老妇。其他女人都忌讳这个。内尔把卡片放下来，泰蒂嘴里蹦出一句 koni 还是 kone 什么的。内尔记了下来，然后举起下一张。

泰蒂后面是个叫艾蒙的男孩，八九岁，脸上带着开心的笑容。艾蒙往四周瞅了瞅，看都有谁在注意他，然后说了一个什么词，他那些朋友听了都大笑起来，旁边的老年人则在数落他。内尔也把那个词记了下来，却不是很高兴。没等她举起下一张卡片，他又说出了另外一个下流字眼。内尔马上叫下一个女人过来，把他给换了下去，那个女人正用芬的都柏林烟斗抽着烟呢。艾蒙走到对面，在一个女孩的腿上作势要往下坐。女孩挪了挪身，给他腾地方，手里补渔网的活却丝毫没停下。内尔让新来的女人和其他人一样在她身边坐下，然后拿出卡片给她看，那神情仿佛她们正在一起看一本杂志。

叫拜尼的那个男孩给我拿来一杯茶，还有一堆饼干。我正在想这也太多了，这时屋里几乎每一个小孩都围上来，在我旁边走来走去，嘴里发出一种类似呻吟的声音。我把饼干掰成尽可能多的小块分发给他们。

总算测试完了，内尔站起身，一边用双手比画着，嘴里嘘着，一边很不客气地把他们送出了门。出门之前，他们将所有东西都放回到原来的盒子里，再把盒子放回到架子上。不到几分钟，整个屋子就变得井井有条，只是地板仍在不住地摇晃，因为外头有那么多只脚正在一起下楼梯呢。

“你很有办法嘛。”

她虽然在看着我，却没听见我说的话。她的心思仍在工作上。她右肘往上一点儿的地方，也戴着根郁金香茎皮做的带子。我不知道部落里那些人是如何看待这个在他们面前指手画脚、把他们的各种反应通通记录下来的女人的。有趣的是，旁观这种行为让我觉得它很粗鲁。这突如其来的反感让我觉得自己像极了母亲。不过内尔真的很擅长此道，她比我强多了。她做事井井有条，组织得当，而且雄心勃勃。她就像一只变色龙，不但能模仿他们，还能像他们一样思考。她身上没有一点儿让人觉得刻意或者处心积虑的地方，纯粹是因为她的工作风格就是如此。尽管我对基奥纳人的好感与日俱增，可我知道，在我心里其实一直都没把“我是混在野蛮人中间的文明的英国人”的架子放下。而她呢，到这儿才七个星期，就已经让那么多塔姆人在她面前服服帖帖，这比我以往在任何一个部落降服过的人都要多，无论我曾在那儿待过多久。难怪芬会觉得沮丧。

“我得把这些收好。”她拿起卡片和笔记本。我跟在她身后，想再参观一下她的工作间，我不想漏掉她的任何一个工作步骤。

她把卡片放回架子上，笔记本就搁在卡片旁边。“抱歉，再稍等一下。”说完，她重新翻开笔记本，在上面又添了几条想法。

在她身后，架子底层摆着一百多个这样的笔记本。不是最近的，而是颇有年月。我想，从一九三一年七月至今，她每天的生活恐怕都被这些本子完完整整地给记录下来了。不知怎的，我突然感觉一阵恶心，觉得热，还有一抹光亮在我眼角跳动。我不想吐在她的笔记本上，便赶紧后退了几步。我听到自己问了她一个问题。

“是早上。”她答道，但我已记不清我问了她什么。她向我描述了一番每天下午她去女人路上的那些房子参观的情景。她说，她还参观了另外两个临近的塔姆人村庄。我问她是不是一个人去的。

“不会有危险的。”

“我想你肯定知道亨丽塔·舒默勒[1]的事。”

她知道。

“她是被谋杀的。”我尽量把话说得委婉一点儿。

“比那更糟，我听说。”

这时我们已来到外面，朝远离湖的方向走去。刚才那股恶心的感觉已经没了，可我仍有些不舒服。几分钟前我浑身大汗淋漓，现在身上却是冰凉的。“白种女人让他们感到困惑。”我说。

“对极了。我觉得他们并不把我当一个十足的女人看，他们似乎从没起过强奸或杀人之类的念头。”

---

① 哥伦比亚大学人类学系学生，1931 年在考察亚利桑那州的阿帕奇印第安部落时被谋杀。

“你怎么知道？”不把她当女人看？连我都做不到这点。“面对陌生的东西，所有动物产生的最自然的冲动就是杀死它。”

“是吗？我绝对不会这样。”

脚踝不适的她给自己做了根手杖。手杖正重重地敲在我左脚脚尖旁边。

“看样子你对这里的女人比对小孩子还要感兴趣。”我想起她没说几句就把艾蒙给打发走的那一幕。

她和她的手杖都猛地停了下来。“你从他们身上看出什么了吗？是不是泰凯特告诉你什么了？”

“没有。只不过我发现那个叫泰蒂的女人和我对视的时候非常自然，还有那个男孩——”

“不如你见过的其他同龄男孩有自制力？”

我不由得笑了，她居然这么快就把我的后半句话给补全了。她死死地盯着我。我本打算说那个男孩什么来着？我几乎想不起来了。日光快把路面烤焦了，没有遮挡，没有风。透过她的薄衬衣能看见她乳房的曲线。“我想是吧，对。”

她把手杖朝又硬又干的地面上快速敲了几下。“你也看出来了。才一小时你就看出来了。”

其实已经过了两个半小时，但我没跟她争。

前面路上有人在叫她。

“哦，”她加快脚步说，“这个约博你可得见见，在这儿她是我最喜欢的人之一。”

约博走得也很快，身边还跟着个女伴。我们走到了一起，内尔和约博说话的声音很大，仿佛她们之间隔着很远的距离。约博有着塔姆妇女一贯的朴素，剃了光头，胳膊上戴着臂环。而她那位女伴则戴着贝壳和羽毛做的首饰，还有镶着绿甲壳虫的发箍。约博把她介绍给内尔，内尔也把我介绍给了约博。然后，那位名叫艾丽的女伴和我又被介绍给彼此，这期间大家自然少不了要说上很多句Baya ban，有八十七次吧。女伴没抬头看我。内尔解释说，她是约博的女儿，嫁给一个穆图部落的男人，这几天正好回家来看看。我们一直站在太阳底下，我原以为我们很快就要去找芬，可内尔又开始向她们俩提问题。这个女儿应该不是真的，因为她看上去比约博还老几岁。内尔那口塔姆语很糟糕，为了找到合适的词语，她通常会停顿很长时间，然后再把所有想到的词用平淡的语调一股脑说出来。眼前这些让那个女儿觉得很好玩，对此她毫不掩饰。最让内尔感兴趣的是，女儿有多年在塔姆以外的部落生活的经历，如今她对塔姆的看法是怎样的。两个女人背上的网袋里装着很大的陶罐，所以，一开始的饶有兴致很快就变成了不耐烦——约博拽了拽女儿的手镯。可内尔却对她们越来越明显的不快视若无睹，直到约博举起双手，像是要推内尔一把，同时嘴里喊着些似乎是在骂她的话。她们的谈话停止了，约博扯着艾丽的胳膊，两个女人光着脚急匆匆地走了。

内尔的裙子上有个自己缝的大口袋。她从口袋里掏出笔记本，也没找个阴凉的地方，就站在太阳底下用她自己才懂的象形符号一连写了四页笔记。“有机会我一定要到穆图去一趟。”她把笔记本放回口袋里，似乎对刚才那番交谈是怎么结束的丝毫不在意。“以前我不知道约博有个女儿。”

“那不可能真的是她女儿。”

“很奇怪，是吧？我也觉得奇怪。”

“也许女儿这个词他们用得很随意，基奥纳人也这样。他们管谁都可以叫女儿——侄女、孙女，甚至朋友都可以。”

“可她真的是她女儿，我问她了。”

“你问她艾丽是不是她亲生女儿了？”对他们来说，“真的”和“亲生的”意思当然也是不一样的。

“我问约博，艾丽是不是从她阴户里生出来的。”

“不是吧，你？”我最后说道。我还从没遇到过有人当着我的面大声把“阴户”这个词说出来的，更别说说话的是个女人了。

“我就是这么问的。不管到哪个部落，我肯定先把母亲、父亲、儿子、女儿和阴户这些词怎么说学会。这非常有用，它们是最没有歧义的。”

她继续往前走。我们拐进一条小路，她拿着手杖在灌木丛中一阵乱捅。在我看来，她这架势不但不会把蛇吓跑，反而会激怒它们。所以，穿过那片灌木的时候，我尽量不让自己弄出大的动静来。

我们来到一片狭小的空地上，那是这里最后一片平地，再往前就是热带森林了。芬靠着树墩坐着，正督促几个人用海藻汁液粉刷一条刚做好的小船。他没带笔记本，只是屈着膝盖，手里拿着一把大象草拧来拧去。干活的那几个人先看到我们，冲芬说了句什么。芬从地上腾的一下爬起，朝我们跃了过来。

“班克森，”他留了一脸又浓又黑的胡子。像当初在安戈拉姆时一样，他给了我一个拥抱。“你总算来了，哥们儿。怎么搞的嘛？”

“对不起，也没跟你们打声招呼就来了。”

“没事，反正替我们迎接客人的仆人今天也没来上班。你刚到吗？”

“是的。”内尔说，“拜尼正在给我们准备午餐，我们过来叫你回去一起吃。”

“这倒是头一回啊。”他转身对我说，“这些天你都去哪儿啦？你不是答应过我们一个星期就回来的吗？”

我答应过吗？“我觉得应该给你们些时间先适应适应。我不想……”

“班克森，是我们跑到你的地盘上来了，你别搞反啦。”他说。

他竟然把塞皮克说成是我的地盘，这让我气不打一处来。“打住，别再这么乱讲了。”我能感觉到我的语气比我想表达的意思要严肃得多，可我就是改不过来。“无论是基奥纳还是塔姆部落，或者塞皮克河，我对它们的权利并不比其他任何人类学家多，甚至不比住在月球上的人多。我从来都不赞成把原始世界分成一块一块的，每个人占据一块，不许别人染指。一个真正的人类学家永远都不会说出哪个物种或者哪片森林属于自己这样的话来。不知你有没有注意到，我在这儿独自待了有二十七个月，我寂寞极了，我也不想和你们分开。可从你们这儿刚一离开，我就发现，其实我也帮不上你们什么忙，你们根本用不着我黏在身边。我个头太高，这会让有些部落的人感到不安。而且，我考察时的运气差极了，效率也很低。我甚至连自杀都没成功。所以，我是有意这么久没来打扰你们的。现在我知道了，我应该早点儿来看你们，我失礼了。请原谅。”

就在那一瞬间，之前在我眼角闪现过的亮斑又出现了，而且这次四面都有。我的眼球突然间痛极了。

世界暗了下来，但我仍旧站着。“我很好，我没事。”我说。后来他们告诉我，说完那句话，我就像棵木棉树一样一头栽倒在地。

12.

二月二十一日

班克森来了，可没多久就在女人路上昏死过去。他现在正发着烧，躺在我们的床上。我们喂了他很多水，还用棕榈树叶给他扇风，扇得我们关节都疼了。他不停地哆嗦，有时还抬手将扇子一把打到房间另一边去。温度计怎么也找不着，我觉得他烧得很厉害，但也有可能英国人的皮肤就是这样。他浑身通红，发胀，看上去像只鹅。他的衬衣已经脱掉了，乳头像小男孩刚从冷水里游完泳的样子，在长长的躯干上点缀着又小又硬的两点。他睡了又睡，一直在睡，当他睁开眼时，我还以为他恢复了知觉，然而并没有。他嘴里咕哝着基奥纳语，有时还会冒出几句法语，口音相当地道。芬没少发牢骚，他说班克森一连躲了我们好几个星期，现在总算来了，却马上又病了，还说他口口声声说不愿给我们添乱，可现在神志不清，把我们的床都给占了。我听得出，他的抱怨其实是出于担心。他的话虽然尖刻，表情也很凶，但都透着关心，而非真的生气。疾病令他恐惧，毕竟他母亲就是病死的。我现在才明白，当初我病倒的时候，他在我床前不住地徘徊，斥责我，催我从床上爬起来，原来都是出于恐惧，而非真的发怒。他不觉得我真有那么虚弱，他只是害怕我会死在他前面。我告诉他，班克森的烧过一两天就会退，可他却喋喋不休地把所有我们认识和听说过的死于突发性疟疾的白人和土著人全数了一遍。我好说歹说把他劝了出去，让他和拜尼坐船到水上去待一会儿。想让班克森开口喝水很困难，因为他好像很害怕杯子。他会挥手把杯子打掉，就像他打掉扇子一样。我知道他怕他妈妈，所以几分钟前，我扶着他的头，竭力模仿英国老太太的严厉口吻对他说："安德鲁，我是你妈妈。你听着，把药给我喝了。"然后，我把杯子挤到他嘴唇之间，他这才把水喝了下去。

二月二十三日

班克森的烧还没退。我们什么法子都试过了。麦伦拿来了汤药。她把熬汤用的药草给我看，可我对那些不熟。班克森自己倒有可能认识。但麦伦我还是信得过的，她一进门，我立刻就镇定多了。她抓着我的手，把蒸过的百合花茎秆喂给我吃。她知道我喜欢这个。在此前考察过的所有地方，我还从未遇见过一位如母亲一般待我的朋友。和以前的朋友在一起，都是我像母亲一样关心别人，真的，甚至连跟海伦在一起时也是如此。麦伦今天还带来一个叫古奈特的巫医。他先是在屋里四周下了符，也就是少许叶子和树枝，然后从鼻子里哼了一首歌。芬为这首歌取了个名字，叫“又响又难听的鼻子之歌”。如果连这首歌都不能杀死你，那世上也就没什么可以杀死你的东西了。古奈特还担心屋里的蚊帐会给鬼怪提供容身之处，他还没来得及动手拆蚊帐，就被芬给赶了出去。

我试着把麦伦拿来的汤药喂给班克森，可到底也没喂进去几勺。芬也没能成功。可他一直在试，并未就此罢手，跑到外面考察去，而是留了下来。他为班克森换床单，给他额头放湿毛巾，给他递尿壶（用大葫芦做的），并且坚持只让我负责下午那轮看护。他这番悉心照顾打消了我的顾虑，我觉得他应该会是个好父亲，如果真有那么一天的话。

二月二十四日

芬在班克森的船上找到一份基奥纳导航图。那东西实在太有趣了，是用几块很薄的竹板交叉钉成的，在某些方位上绑着蜗牛壳。你把它拿起来对着夜空，将那些蜗牛壳与星星的位置对齐，便能找到自己的方位。这真是一个很精致的仪器，我以前从未见过类似的东西。我真希望今晚我们仨就能划船出去，先转他个昏天黑地，再用这个仪器找到返回的路。

二月二十六日

今天早上，班克森已经清醒了。他不住地道歉，还挣扎着想要下床。他一个劲儿地说，不能再麻烦我们了。但我们还是把他给摁回床上，让他躺了下来。在那之后，他一直在睡，或者说是昏迷着。

二月二十七日

今天，班克森的癫痫发作了。当时我正好出去了。芬吓坏了，也累趴下了。可他仍坚持不让我接手。他没离开过病床一步，还不住地说话，说啊说，仿佛在反串《睡美人》，仿佛他的话能让班克森一直活下去。

13.

时间像一根被从两头使劲儿拉扯的头发，随时都有可能绷断。越来越紧。所有东西都是橘红色。我用手指把玩着奶奶床上枕头的花边，橘红色的枕头。那是在英国，我还是个孩子，会有一点儿勃起的迹象。如果我不把它摁下去，它会把床单顶起个小帐篷来。一只玩具汽车大小、像鼻涕虫一样的虫子从我身上爬了过去，留下一道湿印。天一会儿热，一会儿冷，再过一会儿又热了。一张张巨大的橘色面孔朝我凑过来，又一闪而过，我并不是总能够到它们。我的眼里淌着泪水。我的阴茎很疼。我翻了个身，马上又觉得我的阴茎仿佛钻进了一个冰冻的番薯里。我睡着了，或者说，又睡了过去。

我梦见了放在多蒂姑姑屋后的我的那只小桶：木头做的，上面长满了绿苔，提手是根绳子，提重物时那绳子会咬进皮肤里。我还梦见我的手指头不见了。床边有人在走动，我知道我肯定能认出他们，但力不从心。我的每只眼球都有六十公斤那么重。我一闭上眼，就会看见一只耳朵，那耳朵大得出奇。我只好又把眼皮睁开，这样它才会消失。

我阴茎里有只虫子，我在想。

“是吗？”有个女人应了一声。听得出她一边说一边在笑。可我并不觉得我刚才出声了。我敢肯定我的眼睛此刻是睁着的，因为我要把那只大耳朵赶开，但我还是看不清这个女人是谁，难道是保姆？难道是她在用滑稽的腔调跟我说话？

约翰是在法国，而不是比利时。他裸着身体走在一条乡间小路上。马丁从灌木丛后面走出来，用父亲的一件布夹克把他盖住。我大声叫他们，可他们都不肯转过身来。我冲他们不住地尖叫。我想跑过去，可一个大胡子男人把我死死摁住，他抽出刀子，仔细地将长在我腹部伤口里的苍蝇幼虫剔出来。

有一次我母亲曾告诉我：无论你做什么，安德鲁，都不要拿你那些无聊的梦去烦别人。

不知道究竟过了多少小时或者多少天，我才辨认出自己身在何处。那是一个晚上，我闻到了香烟的气味，还听到了打字机的声音。屋里很暗，但我还是能看见在长长的屋子的那一头，在另外那间蚊帐室里，有个女人正在打字，她背后搭着一根辫子，一根被白色衬衫映衬着的乌黑的辫子。她身边站着个男人，那个人正在吸烟。接着，只见他俯下身去看她打的字，他把掐着烟的手搭在她的椅背上。是内尔和芬。一认出他们俩，我就像婴儿认出了父母一样，顿时轻松了许多。

“天哪，班克森，你这鬼东西，发起烧来没完没了。”他把我先推向一边，接着再推向另一边，然后将我身下的脏床单卷成一团扔给了旁边的什么人，又找出来一套新的。“你能坐起来吗？”

“能。”我说，可我坐不起来。

“没关系。”他又将我左右推了几下。现在我身下垫的和身上盖的全都是新换的床单了。他脸上有汗珠在闪烁。床边有一把椅子，他坐下了。又拿起一杯水朝我递过来。我尽力把嘴唇凑过去，可还是够不着。他用手托着我脑后，让我的头凑近水杯。在我喝水的过程中，他就一直这么托着。“很好，很好。”他边说，边把我的头放回床上。

“你还想再睡一会儿吗？”

我不是一直在睡吗？“不。”

“饿吗？”

“不。”

窗帘布是卷着的，声音从外面传了进来，大多是孩子们发出的，还有热风的声音。一个年轻人抱着卷作一团的白色东西，正朝水边走去。那是万吉。

“我们说说话吧。”我说。我把头支起来一点儿。

“你想聊什么？”他似乎觉得这主意很好笑。

“跟我说说你母亲。”我说。我刚才一直在想我的母亲，想她在我小时候的模样，她在厨房里系的围裙，她搁在我额头上的那双宽大而清凉的手，还有从她腋下传来的橘子味爽身粉的味道。

“不。我不想聊这个。”

我头又开始疼了，我想不出别的话题。你想聊什么都行。可这话还没说出口，我又昏了过去。可能因为我的眼睛仍是睁开的，也可能因为他根本就不在乎我的眼睛是睁是闭，反正我醒来的时候，他仍在起劲儿地谈着孟般亚的事。“他们把它夺回去之后，我还见过它一次。那是在我们离开的前一天。那天正好轮到阿巴彭那莫喂它，他同意带我一起去。”他把椅子挪得离床近了些。他说话的声音很轻。我们在领地里已经待了两年，都变瘦了。但芬的锁骨往上突起，高得有些离谱，在他脖根的那两个黑洞上方蜷着。他的脸变成了狭窄的楔形。他的呼吸令我反胃。我把头转过去，不让他的气息喷到我脸上。

“我原以为它在八百米外的一间小屋里，结果却走了至少一小时，大多数时候还是在跑。”他把声音放低，我勉强能听清。“可我把路线记住了。我发誓，我绝对能找回去。我每天都在脑子里把它过一遍，免得忘了。”说到这儿，他站起身来，朝窗外看了看，然后重新坐下。“在这个地区，这样的东西独此一件。它有数百年的历史，很大，足足有两米长。而且上面还有符号，班克森，整个下半截都刻满了各种叙事的标记。每一代人中，只有几个人被教过如何读懂这些标记。”

尽管我当时头疼得快昏过去了，但我仍觉得这番话既令人兴奋同时又不太可能。因为在新几内亚的部落里还从未有人发现过任何书写体系。

“你可以不信我，但我看见了什么我自己知道。那是大白天，我用手拿过它，摸过它，事后我甚至把它画了下来。”只听他的椅子嘎吱一响，等他再回来的时候，手里多了几页纸。他是用内尔的蜡笔画的。“我发誓它就是这个样子。看见了吗？”他指着上面由圆圈、点和 V 字形状组成的类似条纹的图案说。一下子要看这么多东西，我眼睛又开始疼了。“看这个，圆中间有两个点，这代表女人。一个点的是男人。而这个 V 带两个点，代表鳄鱼。阿巴彭那莫全解释给我听了，爷爷、战争、时间，所有的标记符号。这个的意思是跑。他们有动词，班克森。”他真是个出色的画家。纸上这支笛子是按人体的形状雕塑而成的：一张愤怒的、涂着颜料的大脸，肩膀上站着一只黑色的鸟，鸟的钩喙悬在他头顶上方，似乎正要朝他胸口啄去。而下面明晃晃的是一根勃起的阴茎。再往下，据芬说，是一排排竖写的文字。

“你再看这儿。”他把手里的几页纸捋了捋，“这是我那天画的地图，能直接把我们带到那儿。等了你这么久才来，我们的时间都快不够了。”

“明白了吗？”

楼梯响了一声。他跳起来，把那些画飞快地藏回原处——床另一边的一口大箱子里。嘎吱的声音停了，他从窗口往外面的楼梯上看了看。原来是有个女人来找内尔，芬往路边指了指，告诉她内尔在那儿。

“我们一定得带着它离开这儿。因为等下次再来，它可能已经换地方了，而我知道它现在在哪儿。我们把它卖给博物馆，能赚一大笔。我们还可以用它来写书，一定会比《基拉基拉部落的孩子》强不知多少倍。有了它，咱俩这辈子就妥了，班克森。就像卡特和卡那封伯爵发现图坦卡蒙的陵墓一样，我们也可以。咱俩一起，绝对能行，我们是一对完美搭档。”

“我对孟般亚一无所知。”

“可你了解基奥纳，也了解塞皮克河。”

我忽然觉得仿佛有两百多斤的重量压在我身上，脑壳像被好几支毒箭射穿了一样，钻心地疼。

“我知道你还病着呢，伙计。今天先就此打住，等你好了，我们再商量。”

我梦见了那支长笛，它张着大嘴，旁边有只不祥的鸟。我梦见了那只魔鬼般的耳朵，还有芬那张楔形的脸。

内尔喂我吃药，那些药还是上次我给她的。她喂我喝水，还拿食物给我吃，但我吃不下，一看见吃的就反胃。除了喂水喂药这些基本事项之外，她没跟我讲过话。她坐在椅子上，不像芬那样紧挨着床边，而是离我左脚有一些距离。有时她会站起来，把湿布放在我额头上，有时她会看看书，有时拿着大扇子为我扇风，有时则盯着我头顶上方的某个地方发呆。我朝她笑，她会还我一个笑容。有好几次，我半真半假地把她当成了我的妻子。

我闭上眼睛，内尔消失了，换成了芬，他坐得离我近多了，扇子都快打到我了。湿布也水淋淋的，水都流到我耳朵里去了。

我想他当时正在给我讲他在伦敦时的经历，紧接着，情况就发生了：在那一刻，所有大的东西都变小了，小的东西都变大了。整个世界完全颠倒了过来，太可怕了。我记得当时我连嘴都无法闭上。那之后的事，除了醒来的时候我是在地板上，被芬抱在怀里，别的我什么都记不起来。他在大喊着什么，几丝口水从嘴角流下来。之后来了很多人，内尔、拜尼，还有很多我不认识的人。我被抬回到床上。等我睁开眼时，面前只剩下内尔和芬，他们看上去是那么焦急和担心，我只好又把眼睛闭上。我再次清醒过来的时候，芬正在给我刮脸。

“你总是喜欢用手挠胡子。”他说，“我还以为你扔下我们不管了呢。”他把我的头朝后按了下，这样才刮得到下巴底下。

透过蚊帐，我看见内尔搂着他，抚摸着他，而他正在她身上来回蠕动。

我听见：

“你待他可真好。”

“比待你还好，嗯？”

“我觉得你会是个好父亲。”

“你只是觉得？你不肯定。”

“你发羊角风了。”芬说，“一开始硬得跟死尸似的，接着像鞭蛇一样不停地扭来扭去，之后又变得僵硬起来。嘴里还往外流那种黄色的玩意儿。你眼睛整个都没神了，就剩俩白眼珠子。”说完，他做了个难看的鬼脸，嘴里还发着怪声。内尔对他说，别闹了。

我全身没有一个地方不疼。我感觉我的身体仿佛刚刚从纽约摩天大楼的楼顶被抛下来。

我的烧退了。这是他们告诉我的。他们给我端来了一盘盘食物，似乎盼着我能一下从床上蹦起来。

我醒了，眼睛睁开了，芬正在说话。我们似乎正聊着什么。我已经成了用来存储他那些变来变去的主意的容器。至于我是醒着还是睡着，我的神志是清醒还是糊涂，他其实不太在意。“我那几个兄弟，没有一个不麻烦透顶。可在家里我却成了最不讨人喜欢的孩子。我人又小又聪明，总说些父母不喜欢的字眼，我喜欢书，我想看书。我的老师会夸我，但我父母却老揍我。我讨厌干农活。在学会‘离家出走’这个词之前，我就已经动了这种念头。当时我才三岁，假如那时我真的拎个包从家里跑出去的话，说不定会过得比现在更好。因为再差也不会比现在差到哪儿去。我们什么都不知道，也从来不思考，我们从小就是这样被养大的。我们也反刍，就像牛一样。我们什么也不说。我母亲就是这样，什么也不说。为了能在学校待下去，我尽可能让自己显得毫无价值。我是我们兄弟中间唯一一个这么做的。我很庆幸前面有三个哥哥替我挡着，否则我父亲决不会允许我这样。”

“你好像还有个姐妹吧。”我记得。

“是妹妹。在学校我倒是颇招人喜欢，可在家，尽管我某些方面比几个哥哥强，我还是总被嘲笑。母亲去世以后，情况变得更糟了。”

“她怎么死的？”

他顿了顿，似乎对我的主动参与还不太习惯。“流感。五天人就没了，没法呼吸。那声音太吓人了。我从门缝里看见一条光秃秃的腿从床上伸出来，悬在床边。那条腿惨白惨白的，白得发青。”

在那段时间或者那些天里，我总是随着他的声音入睡或苏醒。

“刚上船的时候，我脑子里乱成一团。当时，我刚在斗布部落和巫师们在一起待了二十三个月。回到悉尼没几天，我便向一个我一直当女朋友对待的女孩求婚，可她拒绝了我。离开斗布之前，为了保佑我爱情顺利，有个巫婆还特意为我施了法。看来不大灵，嗯？那时的我不想再与女人或人类学有任何瓜葛。在船上的头一天晚上，晚餐的时候我听见内尔在一张大桌旁高谈阔论，我就知道她一定刚刚有过一次很成功的考察，而且还有一些关于人性和世界的无聊发现。其实我当时最不想听的就是这些玩意儿。但我偏偏是那条船上唯一一名年轻男性，有几个爱管闲事的老太太怂恿我和她一起跳舞。她对我说的第一句话是‘在这里我都喘不上气了’。我告诉她，我也一样。被关在房间里的我们都染上了某种幽闭恐惧症。后来我们便找机会溜出来，到甲板上散步。那是我们许多次散步中的第一次。我觉得那天我们肯定在甲板上走了一百六十多公里。她有个朋友正在马赛等着和她见面。而我想让她留在船上，和我一起前往南安普敦。她不知该如何是好。她是最后一个下的船，她那位朋友见了我，就明白她已经被我俘虏了。我能从她脸上看出来。”

“她有妓女般诱人的身材，和我母亲有着天壤之别。丰乳、细腰、肥臀，让男人一看就想把手搭在上面。我怀疑我母亲的身材是被我们弟兄几个给折腾走样的。如果不是我们，她的身材也许不会变成那样。”他的声音那么小，我都快听不见了。“妈的。那个农场在一个前不着村后不着店的鬼地方，谁都不知道那儿究竟发生了些什么，除了我母亲。她知道。我知道她知道。”他的声调变了。他抬头往屋梁上看去，顺手抹了把眼泪。从他脸上的表情可以看得出，他的身体仿佛已经被那只黑鸟给啄穿了。他俯下身来，又点了一支烟，平静地说：“原始部落这些事没什么能让我吃惊的，班克森。或者我该这么说，假如原始部落里出现了哪怕一丁点儿秩序和道德规范，我倒是会大吃一惊。而其他的，包括吃人肉、杀婴、肢体摧残等，所有这些都是可以理解的，甚至是合理的，至少我这么觉得。我总是能觉察到隐藏在社会表面之下的各种野蛮。其实它们藏得并不深，不管你走到哪儿都一样。对你们这些英国佬来说也一样，我敢打赌。”

我听见他俩发出的动静。那是从大蚊帐室里的垫子上传来的。紧挨着桌子，垫子被轧得嘎吱嘎吱地响，还伴有砰砰的响声、耳语声和呼吸声。毫无疑问，这是性爱的节奏。一声大叫，然后戛然而止，接着有人开始笑。

现在是白天，他在大声吼着。我转过身，只见比他矮一截的拜尼正在餐桌旁蹲着，高大得多的芬站在一旁，正朝拜尼的耳朵猛打。

拜尼摔倒在地，边哭边吓得把身体缩成一团。

“内尔在哪儿？”从上回看到她坐在那把椅子上到现在，感觉像是又过了好几天。

“她出去统计婴儿数目去了。她觉得我护理的活干得不错，升我当护士长了。”

他又在给我刮胡子。

“你像个熊。”他说。其实他身上的毛比我多多了。

他满身都是香烟和威士忌的味道，这也是剑桥和青春特有的味道。我并不需要刮胡子，也不想刮，可我还是在他双手和鼻息的气味中勉强呼吸着。他拿来干毛巾帮我把脸擦干净。

“你这儿有三个斑，你嘴唇下面。”他喝醉了，醉得很厉害，我暗自庆幸我的脸没被他割破。他俯下身来摸那几块雀斑，越俯越低，直到他的嘴挨上我的嘴才作罢。我只得伸出手抵在他胸前，他才弹了回去。他用手擦了擦嘴唇，仿佛刚才的接触是我主动的。

内尔拿着一本《八月之光》边看边念。那是一位朋友几个月前给她寄来的。芬挨着我在床上躺着。坐在椅子上的内尔念得活灵活现，颇有些美国电影中女演员念对白时那副自命不凡的架势。她不是很自然，声音很大，和她平常说话的样子不大一样。

她刚念完第一句，我和芬便对视了一眼。他做了个鬼脸，把我给逗笑了。她看到我咧嘴了。

“怎么啦？”她说。

“没怎么。”我说，“这书不错。”

“是吗，真的？”

“这是美国人幼稚而充满偏见的胡说。”芬说，“但接着念吧。”

即使我就在身边，他也丝毫不拘束，我不禁怀疑刚才那一吻是不是我的幻觉。这时，内尔的朗读已停下来，她也爬上了床。我们仨就这么挤在一起，一边瞅着蚊帐外面在想方设法往里爬的虫子，一边谈论着那本书，谈论着西方人的故事，与这里人们所讲的那些故事进行比较。内尔说，她在所罗门群岛的时候，部落里的人总给她讲猪人造人和巨型阴茎的神话，她都听腻了，于是她就给他们讲罗密欧与朱丽叶的故事。

“我讲得还挺仔细，包括阳台上和刺杀那几场戏，当然，我把故事的背景说成是，在一个和他们非常相似的村庄里，有两个相互敌对的小部族，还有一位巫医，而不是原书中说的修道士，大抵就是这样。这本来就是一个发生在部族之间的故事，所以让他们听懂也不是很困难。”她侧着身子，我也是，而且脸朝着她，芬则在我们俩中间仰面躺着，所以我只能瞧见她半边脸。“最后我花了一个多钟头才讲完，用的还是他们那种讨厌的语言，每个字都有六个音节。最后，朱丽叶死了，你知道那些基拉基拉人是什么反应吗？他们都笑了，笑得停不下来，因为他们觉得那是他们听过的最滑稽的笑话。”

“也许还真是。”芬说，“我宁愿听猪人神话，也不愿读那样的垃圾故事。”

“我觉得那是因为他们听懂了其中的讽刺。”我说。

“哦，你真逗。”

内尔没理他，接着说：“有意思的是，听讽刺的故事他们从来都不会觉得悲伤，听喜剧反而会。”

“因为死亡对他们来说并不像对我们一样是一件悲惨的事。”我说。

“但他们也哀悼死者。”

“他们也会难过，甚至很难过。但对他们来说，死不是什么悲剧。”

“没错，肯定不是。因为他们觉得，他们的祖先已经把一切都替他们安排好了。他们从来不会觉得有什么不对劲儿的。只有当你觉得事情出了错的时候，你才会觉得悲惨，不是吗？”

“和他们比起来，我们就是一帮少见多怪的大娃娃。”我说。

她笑了。

“嗯，有个娃娃要尿尿了。”芬站起身，下楼去了。

“请使用厕所，芬。”内尔喊了一嗓子。

湍急的尿流已经砸在了地上。他离开房子肯定还不到半米远。

“这泡尿还得撒一会儿呢。”她说。

的确。我们就这样面对面地待在床上。

“接下来他还会——”

芬放了个响屁。

“来这个。”

“Togate.”芬在外面轻轻说了一句。在塔姆语里，这是道歉的意思。

我们都笑了。我脑子很清醒。我俩的手只隔着几厘米远，都搁在芬刚才躺过、余温尚未散去的地方。

14.

三月三日

今天，班克森回去了。所以，这次来我们这儿，他总共只有两天没生病。我们带他去另外几个塔姆村落看了看，其实都是他开他的船带着我们在河汊里钻进钻出，那灵巧劲儿把正在河里打鱼的女人们都看呆了。在那几个村子里，我们收获颇丰。那里很多人都听得懂班克森的基奥纳语。他试图采用我们人种学的研究方法，可毕竟尚嫌生疏。他会让你觉得，在酒吧里借个火对他来说都是件难事。但他是个出色的理论家。我们反复讨论了许多次。有些话题，如果只是我和芬两个人讨论的话，最后一定会闹得不欢而散，可现在因为他也在，就变得富有成效。有他在旁边，芬整个人都变得更加通情达理，也许我也一样。我谈了我对塔姆人（他们的女人）的权力是如何积累起来的分析，班克森表示赞同。就这一话题，我们三个人一起进行了进一步的有效讨论。芬生来就有极强的占有欲，对此班克森也感觉到了，根本无须我开口提醒。比方说，昨天晚上我们一起讨论了在西方社会中性别所扮演的不同角色。班克森和我心有灵犀，我们的观点也很相似，照这样谈下去，我都不敢想象我们的谈话最终会深入到什么程度。这时，班克森恰到好处地把话题转向芬的斗布部落。他对讨论的方向把握得游刃有余，仿佛我事先给了他一个用竹子和贝壳做的讨论导航仪，而他只是在依指示而行。

昨天晚上，他非让我们俩陪他一起到屋外散步。天上的月亮几乎是满月，地上的一切都沐浴在银辉之中。天际的繁星令人眩晕，它们似乎在飞快地旋转，在往下掉；连在夜色中飞舞的虫子看上去都仿佛一块块陨石，正从夜空中落下来。还有几个人也出来跟我们一起在路上走了一会儿。可当我们转了个弯，开始往岭上爬时，他们小声提醒我们要当心，然后便掉头回去了。基拉基拉部落的人不怕黑夜，而阿纳帕、孟般亚和塔姆部落的人都对丛林中的妖魔心存顾忌，他们认为，一有机会，那些妖魔就会把你的灵魂偷走。班克森拾来几根已腐烂的树枝，那上面长着一层被他称作hiri的玩意儿。其实就是些菌类，表面会发出微弱的荧光，我们爬山的时候可以拿来照明。芬和班克森展开了一场男人间的小小的登山比赛。我们越爬越高，直到看见一个几乎呈完美圆形的小湖，那轮明月正好映在湖心。芬和班克森马上跳进湖去。我不想让班克森知道我不会游泳，他要是知道了一定会很惊讶，而且会马上开始教我。而在芬看来，那无疑是对他的一种批评和威胁。所以，我也跑到水浅的地方扑腾起来。我们一边看星星，一边谈论死亡，我们把自己知道的所有死去的人的名字都说出来，然后用那些名字编了一首歌。

班克森把他了解到的关于基奥纳部落从前是如何袭击其他部落的情况都告诉了我们。他说，在战斗结束之际，杀死敌人的人都会站在自己的船上，一边把手中敌人的头拎起来，一边说："我要去跳我美丽的舞蹈，参加我美丽的仪式了。把他的名字叫出来。"然后，岸上那些被征服的人就会大声喊出那位死者的名字，而基奥纳人则会在喊声中离开。"去吧。去跳你美丽的舞蹈，参加你美丽的仪式吧。"班克森说。有一次，他试图向泰凯特解释那场让一千八百万人丧命的战争，因为光是死亡人数之巨就已让后者无法理解，更何况这还只是一场冲突中死去的人数。班克森说，在比利时，他们始终未能找到他兄弟的全尸，相比之下，隔几个月杀一个人，杀完把死者的头举起来，让所有人瞻仰一番，高声念出他的名字，完了再凯旋回家，美美地吃上一顿，这难道不比一次就把上百万连名字都不知道的人屠杀殆尽要文明得多吗？当时我们都在水里静静地站着，我真想过去好好抱抱他。

虽然我们仨之间的情形颇为微妙，可有班克森在，毕竟多了一份和谐。压在天平一边的是芬，他待人苛刻，固执己见，另一边则是性格更为温和、容易迁就对方的我和班克森，两边正好平衡。对个人来说，找到自己天性中的和谐和平衡是很重要的。或许，对文明来说也是如此，只有那种能让生活在其中的所有人都和谐相处的文明才会繁荣兴旺。有时，我禁不住想把我这个不成熟的理论运用到我的工作中去。我不知道。我太累了，无法再往深了想。也许，我们俩都有一点儿爱上了这个叫安德鲁·班克森的人。

15.

回到南垓，泰凯特到河滩上来接我。他递给我一张字条。字条被横着叠了三次，从这叠法我就知道这是贝蒂留给我的。把字条给我后，泰凯特似乎一下子轻松了许多，仿佛在我离开的这个星期，他一直都站在水边等我似的。责任二字在泰凯特心中占有很重的分量。不难想象，他若是进了查特豪斯公学，一定会是个踏实出色的优等生。他问过我很多问题。在基奥纳部落，长辈们视知识为家族遗产，只传给自己的后代。因此，他非常珍惜我传授给他的知识。有一次，他所在的氏族与另一个氏族在“夜晚究竟是什么”这个问题上发生了争执，他便过来征求我的意见。我告诉他，我相信夜晚是由地球的自转以及它围绕太阳公转而形成的。从那以后，他便害羞地用“只有我们俩知道的那件事”来指代这个问题。每当别人与我们交谈时提到太阳或者月亮，他都会意味深长地朝我看上一眼。

我接过字条，看都没看，便把它放进了口袋。这让泰凯特很是失望。字条的边角微微张开，看得出有人已经把它叠好又展开过许多次了。一想到泰凯特看见贝蒂那笔苏格兰蝇头草书时一筹莫展的模样，我就觉得好笑。

我问他有没有别的消息。他告诉我，塔格瓦－内米的孩子生下来了，是个很小的女娃，用椰子壳就能装下。还有，有个贼深更半夜闯进泰凯特的叔叔家里，偷走了三条项链和一只蜗牛壳。因为他往身上涂了棕榈油，别人揪不住他，最后还是让他跑掉了。尼安尼的两个儿子都病了，尼安尼整夜整夜地祈求部落祖先的保佑，他们现在都好多了。我往我的屋子走去，泰凯特仍在说个不停。他说，我刚走的那天晚上，文浚－马里试图钻进他嫂子卡拉万的蚊帐里去，他妈妈发觉有动静，便大喊起来，文浚－马里跑到屋里那些瓶瓶罐罐后面想躲起来，结果被他妈妈逮了个正着。他被带到举行仪式的大厅，在那里他为自己做了辩护。据他讲，他曾看见卡拉万送过一片槟榔叶给她妹妹的丈夫，所以他只是想在哥哥外出的时候帮着检查一下卡拉万有没有勾搭野汉子。他还说，卡拉万的阴户太宽了，根本不是他喜欢的类型。他这话一出口，在屋外楼梯下旁听的女人们就都嚷开了。文浚－马里抄起他的长矛，狠狠往下一扎，把地板都扎穿了，还弄伤了他妈妈的耳朵。会议因此中断。后来，文浚－马里的父亲也来了，他和卡拉万的父亲为当年卡拉万过门时索取了一份价值不菲的彩礼的旧事又吵了起来。而卡拉万的父亲则提醒他说，在他们还是孩子的时候，有一次卡拉万的父亲曾帮他干掉过一个敌人，可文浚－马里的父亲却把功劳和荣誉都记在了自己名下。他指着文浚－马里父亲手中的酸橙树棍上绑着的那些流苏质问他，那上面记录的杀人数目中有没有一个真的是他自己杀的。眼看场面就要失控，这时泰凯特的父亲喊了一嗓子，说卡拉万肚里的孩子是他们两家共同的骨肉，他们不该自相残杀。泰凯特说，后来大家互赠了槟榔，各自回家睡觉了。

要是在几个月前，我一定会为错过了这些而叫苦不迭，还会马上一五一十地把它们全部记录下来。可现在，我却是左耳进右耳出，完全无动于衷。他喘了口气，还打算接着说，我却伸出手指，朝地上指了指。这是妈妈们让孩子安静的手势。我对他说，剩下的以后再讲吧，我累了。泰凯特脸上流露出难以掩饰的失望，他故意在屋里磨蹭了一阵才走，似乎想让我明白他的失望。

泰凯特一定会喜欢内尔那种人。因为她会像亲人一样对待他，会孜孜不倦地教他，就像一位朋友般的学长。他们会花很多时间在一起，内尔会让他一一核实村里的每个人都是从谁的阴户里生出来的，而对于他帮她搜罗来的那些旁枝末节，她也会听得津津有味。

屋里只剩下我自己了。我生起火，烧了一锅水，把茶泡好，这才坐了下来。我打开贝蒂给我的字条。

> 终于回到船上了。拉包尔[①]太疯狂了。想你。你现在在哪儿？问谁谁都不知道。你没出事吧？来找我吧，亲爱的。

这要是在四个月前，我会立刻开着船重新上路，径直去找她的船。我往茶上吹了口气。我当然得去。这我知道，可这次去却是出于别的原因。贝蒂应该能感觉到。我知道这种事该如何收场，什么都不用说，大家心里都明白。

明天一早就出发。喝完茶，我拉开行李袋的拉链。万吉已经帮我把衣服洗好，衬衣也叠得整整齐齐，就像商店里货架上摆的一样。一方面，我很看不惯内尔和芬支使部落里的土著干这干那的派头，他们像一家公司一样闯进来，把当地人变成他们的雇员，原来的权力平衡和财富归属都遭到了破坏，这最终也会影响他们的考察结果；另一方面，我也能看出他们这么做所产生的效率，因为你不用自己做饭、洗碗，不用自己洗衣服，这得省下多少时间啊。而在过去的两年里，这些事我一直亲力亲为。昨天晚上，我们仨一起挤在他们那间工作室里，忙着把我们的笔记打出来。万吉为我们送来了水，打猎的男孩给我们逮回两只鸽子，拜尼把它们弄熟了，还浇

---

① 巴布亚新几内亚北部港市，在新不列颠岛东北部。

上了酸橙汁。那汁太辣了，她吃完后脸颊两边都变得红扑扑的。我不得不把自己的两只手紧紧攥在一起，不然，我一定会情不自禁地伸出手去抚摸她的脸颊。

我把行李袋的拉链拉上，走回到河边。

泰凯特还在河滩上，见到我他并不觉得意外。他知道这张米黄色的小字条会给我带来怎样的反应。他也知道，明天日落时我就会回来，那时，我的皮肤上会有更多的血，我会像小男孩一样四肢疲软无力。

贝蒂正在驾驶室吃着罐头盒里黄乎乎的东西，听到马达声，朝我的方向茫然地看了一眼。认出是我的船后，她便弯腰钻出窄小的舱门，来到船头冲我招手。

我真不该来。这时候倘若有什么体面的借口，能让我开着船绕上一圈然后直接掉头回去，我一定会那么做。

她有过丈夫。他们俩一起在伦敦的工程学院学习，后来又一起到这儿的莫尔斯比建了一座桥。等桥建好了，他却和另外一个女孩跑到澳大利亚的阿德莱德去了。而贝蒂则签下一份到安戈拉姆建桥的合同。她买下现在这艘船，自己开着它去了安戈拉姆。从那时起，她就一直住在船上。虽然我们从未谈论过彼此的年龄，但我估计她应该有四十岁了。

她帮我把船用绳子拴在她的船尾。她穿着一件干净的白衬衣，身上有股百合花的香味。这香味跟以往不一样。

“怎么拖这么久才来？”

“我今天早上才回家，见到你留的字条就来了。”

“你去哪儿了？”

“塔姆湖。”

“去打猎？”

我最不擅长的就是撒谎，可我还是说了声“是”。

“在塔姆湖打猎收获应该不少吧？”

她一定觉察到了什么，因为到现在我还没把她的衣服给剥光。我心不在焉地把手朝她的衬衣伸了过去。

她一动不动，看着我把她的衬衣扣子一颗颗解开。我要的就是这样。我不希望她把手放在我身上，结果却发现我不怎么兴奋。解开她的衬衣后，我的拇指尖触到了她的乳头，手掌感受到她乳房的分量，身体顿时像换了个挡一样，被这个女人的肉体所吸引。我觉得自己在勃起，暗暗松了口气。

和往常一样，刚见面的这一次，她从来都不会带我去床上，而是就在露天的地方，在那些绳子、工具和储藏箱旁边。她的身体温暖而熟悉，我却不在状态，直到最后，我才趴在她肩头大叫了一声。我看见旁边的树在摇晃，大概是什么动物被我的叫声给惊跑了。我们俩一边大笑一边咿噢咿噢地拼命呻吟着，胸脯很响地撞在一起又分开。

我相信，如此这般再来上二十回，说不准真能把内尔从我的身体里完全清除出去。

她的身体轻轻滑落到地板上。我们倚着箱子坐在一起，像猴子一样把虫子从裆部弄出来。我问她，拉包尔之行怎么样，她告诉我，她在那儿遇见了萧伯纳的侄子，他是南部领地的一名地区专员。我们不禁想，这位专员的大文豪舅舅会不会以这片领地为题材写一出戏剧呢？我对她说，光是上星期在南垓发生的那些事就足够讲上好一阵的了。我把贼往身上抹油，还有文浚－马里跑到卡拉万蚊帐里去的事都讲给她听。

“为什么没人大半夜来我这儿呢？”她说，“那些土著人都是很有礼貌地划着船就过去了，难道我这船就这么不显眼，难道它看上去像一根刚伐下来的木头吗？”

“巴纳比的船跟你这条一模一样。”

“他的是绿的。”

“只要觉得有什么东西跟政府有关系，他们就会敬而远之。但你若是总摆出现在这种姿势坐在这儿，他们的兴趣很快就会被激起的。”

“你真这么觉得？”她的身体滚过来，压在了我身上。什么都不用说了。我吻着她，把她的双腿打开。顶着彼此的躯体，顶着甲板上粗糙的木头，我们又剧烈地动了起来。完事之后，她跑到里面，拿来了雪茄和浴袍。我们抽起了雪茄，一直抽到晚饭时分。

她在船头的烧烤架上烤好了澳洲肺鱼，我们就着芥末和她从库克敦带回的一瓶香槟吃了起来。这时，从河对岸忽然传来一阵打斗声和水被搅动的巨响。在薄暮中，我依稀分辨得出那是两只鳄鱼在互相撕咬。我能看见鳄吻高高露出水面，巨口张开，接着，左边那只把它的牙齿朝另外那只脖子上的厚皮狠狠咬了下去。两只鳄鱼缠斗在一起，双双沉入水中。过了一会儿，水面才恢复平静。

“那是什么呀？鳄鱼吗？”

她边问边眯着眼往那边瞧。我知道她视力很差，可我从没费心想过她的眼镜哪儿去了，也从没想过要把马丁的眼镜送给她。

第二天天还没亮我就走了。河水阴沉沉的。河两岸安静极了。分手的时候，她送了我一杯咖啡和一盒焦糖。以前她都会送我一瓶威士忌，我觉得这回她送我甜点是在表示对我的不屑，是把我给降级了。可我没管那么多，回去的路上，我把那些糖一根接一根舔了个干干净净。

16.

接下来的几个星期，我没到塔姆湖去。在此期间，我的工作进展得颇为顺利。我也开始邀请别人到我的住处来玩，但不像内尔每天早上请到他们家去的人那么多，每次只有很少几个。我请泰凯特全家来吃过一次晚餐，吃的是我们打的野猪，还有梨子罐头。泰凯特好说歹说他们才相信罐头不是什么不祥之物，吃了不会有事。他奶奶很喜欢罐头里的梨子和甜汁。走的时候，他们兴冲冲地把空罐头盒也拿了回去，那欢喜劲儿就好像我给了他们每人一百英镑似的。我还请凯舒－万帕——就是那个不愿同我讲话的老太太——和她侄孙女一起来喝过茶。她们不是很喜欢茶。我告诉她们，加点牛奶味道会好些。我还向她们解释了牛奶是什么，她们听了直笑，因为她们从没见过牛。又过了几天，提万图宣布说，等到下一次满月出来时，他们要举行一次完整的传统 Wai 仪式，以庆祝他儿子取得的成绩。我当时立刻感觉到一丝属于我自己的纯粹的幸福感。

本来日子也许会这样一直过下去：我在南垓工作，有空便往塔姆湖跑上几趟—— 一直到七月，我原打算在那时离开。可就在提万图宣布要举行 Wai 仪式的第二天，泰凯特从集市上回来，给我带回一张内尔写的字条。

17.

长长的尖叫声把他们俩给惊醒了。随后，密密麻麻的喊声不绝于耳。她不知道现在是几点。天黑压压的，一点儿光亮都没有。

每逢紧要关头，芬就会变得手脚更加利落，也更狡猾。他一溜烟地从楼梯上蹿了下去，不见了。她赶紧跟了出去。喧嚣声是从女人路那边传来的。芬似乎说了句什么，可她没听清。

他们刚拐过路口，便看见了她最担心的一幕：一大群人围在那儿，都在尖声叫喊。他们在离人群外围五六米的地方停了下来。那群人都在往里看，往麦伦家的方向看。黑暗中她认出了桑乔的长背、约博的粗胳膊，还有艾蒙的小脑袋，可忽然又都不见了，因为他们都在动，都在人群中挤来挤去，还大声叫喊，声音大到连她的视觉都受到影响了。许多人甚至把项链、手镯、腰带、臂环，还有发箍都从身上摘了下来，统统扔到地上。他们相互搂抱着，哭着喊着，一个劲儿地往密密麻麻的人群中心挤去，那儿有事情正在发生。

芬抓住她的手，靠近她。然后，他将她的手攥紧了，一头挤进人群中。“我们一定得……”他说，后面的话她没听清。他们的手被挤开了。所有的人都在往里挤，她跟着人群一起被推搡着。她也曾试图推回去，固守自己那点儿立足之地，但无济于事。她一度怀疑里面正在发生的事是否值得她继续这么挤下去。可此时，她已身不由己，她被塔姆部落爆发出的巨大合力揉了进去。令她不解的是，为什么这里没几个她认识的人，而且几乎没人认出她来。人们一个个歇斯底里、异常兴奋，他们狂热的身体散发出的鼻息和汗味使这里弥漫着难闻的酸臭味。她猜，人群中间一定放着一具小男孩的尸体。她唯一的希望是男孩的年龄不是太小。上帝啊，求你了，不要再让那么小的孩子死了。她不知道自己有没有把心里的想法大声喊出来。她闻到了呕吐物和血的味道，但她觉得那不是她自己的。她已经能看到前面有火光在闪。接着，她终于看见了他们，麦伦和另外一个穿绿裤子的人。他们都站着，而他正紧紧搂着她。她一边吃力地兜住他，承受着他全身的重量，一边在哭，仿佛她正抱着一具孩子的尸体，可那人并没有死。他光着的脊梁上有好几道很深的疤，比他在成人礼上落下的伤疤要来得新，而且粗糙得多，没有任何花样和讲究。可他并没死。

“见信速来。”内尔在给我的字条上说，“赞本回来了。”

18.

庆祝赞本归来的活动持续到了第四天夜里。芬回家的时候全裸着，身上还涂了层厚厚的油，闻起来像发臭的奶酪。他说自己刚才在和好几个人跳舞，有耶稣，有他的曾祖母，还有比利·卡德瓦拉德。

内尔正在用打字机给海伦写信。“比利·卡德瓦拉德是谁？”她问道。

“你看，我说是真的吧？这个名字我是编不出来的。他是个小孩子。”他朝门外看了看，仿佛那些舞伴尾随他到了家门口。他的头发上挂满了染了色的土珠子，皮肤上的油彩沾上了从火里飞出的灰烬。他叉开双脚想要站直，可身体仍在晃来晃去。他纯粹就是一堆肌肉和骨头，像个土著。他从来不会对致幻剂说不。无论别人给他什么，他都会喝，会吃，会用鼻子吸。“你知道吗？我觉得——”他身体猛地一晃，头发上的珠子响成一片，他冲她笑了笑，仿佛刚刚觉察到她在屋里，“我妈妈也许能行，她也许能编得出来。”

“你知道那小孩是什么人吗？”

她觉得他的眼神有些异样。

“知道。”他往她跟前凑了凑，他身上的味道让人没法闻。他有话要说，却似乎不知该如何开口，或者不知道要不要开口。“性交。”最终他说道，“我要性交，内尔，真正的性交。”

幸运的是，他的阴茎没搭理他那茬儿。

“不是为了要——”他拉长语调，似乎没找到接下来想说的字眼。孩子，她猜他想说的是这个词。

他把身子往旁边一闪，仿佛那股恶臭是从她身上发出的。他接着又凑过来，重新将她上下打量了一番。

“你还在工作啊，内尔·斯通？敲，敲，敲，你就知道敲。有那么多话要讲吗？一天到晚都当你的内尔·斯通不觉得累吗？”他似乎忽然间来了说话的兴致，“那台该死的机器发出的声音其实就是你他妈脑子里的声音。”他的拳头狠狠砸在了打字机的键盘上。字母飞了起来，拧在了一起。没容她细看，他又一把将整台打字机掀翻在地。机器侧着落了地，银色的扶杆当时就断了。

他转身从屋里走了出去，下楼的时候身子摇摇晃晃，仿佛他的动作不由自主，而是有人用线牵着他做的。当初，她和他刚刚一起考察了一个月，就有个阿纳帕部落的老人过来对她讲，像她这样孤身一人和丈夫待在一起不安全，他还自告奋勇说可以给内尔当哥哥。她和芬当时都一笑了之。可到头来她果然需要一个哥哥。尤其是在孟般亚的时候。假如那时她身边有个哥哥的话，她的孩子说不定现在还在。

她关上灯，打算睡觉。她心跳得厉害。她做了几次深呼吸，心跳还是没能缓下来。她怕他真的会回来。

她爬起身，把脏衣服又穿上了。从赞本回来前三天开始，万吉就再没洗过衣服。

那天河滩上的人比她料想的要少，只有五十来个，其中有二十个在跳舞，其他三十多个人都围在跳舞的人四周。跳舞的全都是男人，头发上挂着和芬一样的珠子，身上系着一种极其特别的、只用于礼节性场合的葫芦。这些葫芦和人的阴茎像极了，二者的线条和形状如出一辙。舞蹈的主题就是这些葫芦，就是要让它们跳起来，转起来，朝女人们挺起来。而女人们则三五成群，在周围心不在焉地看着，脸上一副困惑和腻烦的神色，就像男人们在脱衣舞俱乐部里待久了一样。芬也是一身同样的打扮，挤在其中，转动着身体，身上的葫芦和他舞伴的葫芦互相碰撞，发出咔嗒咔嗒的响声。但他跳得不如其他人顺畅。这时，所有吹笛子的乐手都已睡觉去了，只剩下一个敲鼓的，身体歪向一边，手偶尔在鼓上拍几下。有些女人仍在唱歌，或是用石子或木棍打拍子。绝大多数人都头挨着头躺下交谈，几乎没在看跳舞。赞本并未在这堆人中出现。

方才芬回家时那股疯狂劲儿在这里被放大了。庆祝活动已经有些变味了。男人们一个个铆足了劲儿，异常兴奋，有些人几乎站不直。另一些人则在一个劲儿地转圈，仿佛想从自己的躯壳里逃脱出去。空气中似乎弥漫着一种无声的绝望，和孟般亚部落仪式上那种愈演愈烈、让她误以为他们马上要彼此拔刀相对的愤怒不同，这儿的绝望感并不会让人觉得他们想杀人，而是想自杀。仿佛女人们对他们没有兴趣、赞本的失踪以及雨水的不足，所有这些都是他们的错。

她坐在一个叫赫拉那的女人身边。赫拉那给了她一些 kava（用灌木根茎制的酒）和芋头。她把笔记本打开。这已经是第五个晚上了。整个过程她一眼都没落下，应该没什么需要补充的了。她仿佛又听到博厄斯在笑话她：一切都可以成为素材，包括你自己的烦恼和无聊；你永远都不会看见两个完全一样的事物，千万别以为你见过，其实你并没有。我这是在工作，她提醒自己。她就是用这种方式鼓励自己再去看，看得更仔细、更远。赫拉那在盯着她。她学着内尔的样子，拿起铅笔，先咬咬笔尖，然后装作要把整支笔全吞进嘴里。坐在她旁边的朋友们被她逗得哈哈大笑。

跳舞仍在继续，但已没有花样和起止可言。芬还抽空冲她笑了笑。他的气早生完了。她觉得自己马上就要睁着眼睡着了。这时，她忽然注意到离舞场左边不远、靠近水的地方似乎有光在闪。她盯着那儿仔细看了看。那是一道极微弱的橘红色的光，就在岸边一块往外突出的岩石上方。她站起身，装作漫不经心的样子往那边走去，好像她正要回家。可接着，她却猛地往灌木丛里一拐，直奔那块岩石而去。透过树叶看到的那一幕，让她明白自己的判断是对的：那是一根点燃的香烟，而在它上方还耸着一个依稀可辨的人影。

在她考察过的所有土著人里，她还从未见过一个喜欢离群独处的先例。孩子们从很小的时候开始，就被告诫不能那么做。如果你孤身一人，妖精会趁机把你的魂魄摄走，敌人会把你掳去。如果你孤身一人，你的思想也会变得邪恶。在他们的文化中，甚至还有告诫人们不能那样做的格言。在塔姆部落，人们最常讲的一句话是“连猴子都不会单独外出”。岩石上的那个人就是赞本。他和塔姆部落其他的人不一样，他不是蹲着，而是坐着，他把膝盖稍微往上收了收，然后把上身伏在双膝之上。他的眼睛正凝视着河对岸的某处。他有一身发达的梨状肌肉，那是用给矿工们吃的大米和罐头牛肉喂出来的。鞋子弄出的动静总会比光脚走路的声音大些，他应该听得出是她，可他并没有转过身来，而是又把烟举到了嘴边。他身上仍穿着矿山上发的绿色长裤，没有其他装饰，没有珠子，也没有骨头或贝壳。

在外考察，能碰上这么一个消息提供者太难得了：他在部落文化中长大，后来因故离开过一段时间，因此他能从不同的角度来检视他的族群，能把他们的行为方式与其他人群进行比较，尤其这个人还曾有机会接触西方文化——她想不出有谁曾有幸在这么偏远的地方遇到过这么棒的信息提供者。

她想朝他走过去。这种机会也许不会再有了。可她感觉他想一个人待着。她觉得她已经十分了解他的人生经历：最初他是位少年英雄，后来被花言巧语骗上了黑奴船，在矿山里遭受了非人的待遇；而冒险逃回来之后，他想方设法要将发生过的这一切都瞒着他的家人，因为在他们眼里，他是胜利归来的。但她很清楚，你觉得自己了解的东西从来都不是真的。而她就是想从他那儿了解事情的真相。所有这些从他嘴里说出来会是什么样呢？她想，光他一个人就够写一本书了。

她还没来得及动，他突然转过身来，直直地看着她，让她走开。

她往回走了一半，才忽然反应过来，他刚才讲的不是塔姆语，不是洋泾浜，而是英语。

19.

三月十五日

为赞本归来举行的庆祝活动简直没完没了。每天早上我都在想，他们恐怕已经把河里所有的鱼、山上所有的肥鸟和野猪都逮光了；即使食物未被耗光，他们的身体也该精疲力竭、难以为继了。到了晚上，我又会想，说不准明天一到，一切都会回归正常：太阳一出来，女人们就会到湖上去打鱼；到了上午，我以前那些访客又会登门；去集市交易的人们又会纷纷出发，去忙他们的生意。可这一切都没有发生。他们仍在整天整天地睡觉，因为他们整晚整晚地熬夜。每天太阳快下山的时候，鼓声便会重新响起，火堆也会重新燃起来，相同的一夜将会重新上演：吃，喝，跳舞，叫嚷，唱歌，还有哭泣。

邻村有人刚去了一趟海边，并从那儿学了几种新的沙滩舞回来。此前，跳沙滩舞是不为部落里老一辈人所允许的，可这个星期，大家却都学会了。他们部落原来的标准舞姿里有使劲儿快速抖动阴茎这种极其逼真地模仿性交的动作。与这种动作相比，新沙滩舞简直就像Hokey Pokey[①]一样无伤大雅。他们相互在身上描画了一些非常复杂的图案，这些图案我在他们最贵重的陶器上都没见到过。每个人都穿戴着他们最漂亮的衣饰，身上挂了一串又一串贝壳。贝壳串碰在一起叮叮作响，弄得你说话时得使劲儿嚷嚷别人才听得见。

虽然我五天之内已经做了满满五十本记录，可我却觉得无聊透顶。我知道我是个另类，我对这种狂乱、幻象和公开的偶像崇拜已经厌倦。可我知道，对我们人类学家来说，能亲眼看见这种部落文化的象征性事件是个可遇而不可求的机会。然而，我对眼前的人群没有信心——好几百人挤在一起，没有认知，只有最原始的冲动：吃喝和性。可芬却认为，只有抛掉你原有的思维模式，你才能接受一个新的，一个群体的、集体的思维模式。这是一种令人兴奋的人与人的关系模式，这种模式我们早已在追求个人主义的过程中丢失

① 幼儿舞蹈，在英语国家很普及。

了，除非遇到战争。而这其实也正是我的观点。

更何况我已急不可耐地想要接近赞本，我想和他交谈，或者，照班克森的说法，我想向他发起进攻。麦伦已经答应我，等庆典一结束，她就会帮我争取采访赞本的机会。她一个劲儿地向我们表示感谢，我似乎无法让她相信，其实我们跟她儿子的回归没有丝毫关系。

我想，要是班克森在赞本回来之前没离开该多好啊。那样就会有人陪我说说话，而且，这个人不会一大早就因为吃了牵牛花的种子和一种叫 honi 的东西（天知道还有些什么别的玩意儿）而处于极度亢奋的状态。我写了张字条给泰蒂，让她去集市的时候帮我交给基奥纳部落的人。可她却一直没空去集市。这个星期以来，村里还没有人出过湖。

我越来越觉得为赞本举办的这场庆典像头野兽，它会变，会吃，可就是不会离开。

20.

等我赶到时，一切都已结束。我熄了马达。村里听不到任何庆祝的声响。沙滩上，乌鸦和秃鹰在争食死野猪身上的肋骨；旁边不远处，一群苍蝇正大肆围攻芋头皮和水果皮。篝火坑已经凉了下来，被人踩踏过的沙地上，到处都是半埋半露的装饰用的小珠子和羽毛。空气中弥漫着筋疲力尽的味道。

湖水比我上次来时要低，而炎热却爬升到了新的高度。我把船拖进草丛里藏好，扛着马达和一桶备用汽油走上了进村的路。

在前往他们俩住的屋子的路上，我一个人也没碰到。对这种安静我很熟悉，这是村里方方面面都已消耗殆尽后才有的安静。我并不觉得错过这场庆典有什么大不了的，因为我知道，内尔做的笔记肯定无可挑剔。可要想得到最重要的信息，还得去采访赞本。

在男人们住的那些房子中间，有一栋的入口处悬着两条人腿，仿佛这位老兄未能坚持到进屋便倒在了地上。这一幕不禁让我对自己的体能储备有了清醒的认识。我觉得我的身体已经很久没像现在这么健康过了。想起上次来时我轰然倒地的样子，我不禁笑出了声。我把马达和汽油在他们房子底下藏好，又折回沙滩去取我带来的大行李箱。我站在他们的楼梯底下，轻轻唤了一声。假如他们已经睡着，我不想吵醒他们。没人答应，我沿楼梯爬了上去。原来，他们俩都在那间大蚊帐室里，正坐在各自的打字机前。

所有内尔的照片，不管是教科书上的，还是她那两本传记里面的，甚至包括那些在考察时拍摄的，都未能捕捉到她真正的风韵。因为你根本看不出你刚进门时她身上的那股活力和满腔喜悦。假如我只能保留一张她的照片，我肯定会拍下那一刻的她，就是她看到我进门的那一刻。

“你来了。”

“这回我只能待三个月。”我边开玩笑边把手里的大箱子提起来。在这间狭小的屋子里，我的箱子显得更大了。

芬已经在往她那边瞅了，她脸上没了刚才那种不设防的表情。她在我脸上吻了吻，吻得那么简略，我还没有任何感觉便已结束。然后她退后一步，就在那儿站着。她身上散发着赫姆斯利花园般的气息，那是刺柏和金链花的清香。

“你看上去真像个有绅士派头的人类学家。你只缺——等等，等等！”她蹦起来，一闪身从这间蚊帐室蹿到了另外一间，回来时手上拿着帽子、烟斗和相机。“来！这里太暗了。”

“内尔，看在上帝的分儿上，他才刚进屋。”芬坐在椅子上说，算是跟我打过了招呼。他看上去糟透了，眼睛下面发黑，皮肤又干又薄，像老年人一样，衬衣的前襟被汗湿透了，紧贴在胸口。

“这绝对是个经典。”她说，“可以当作他回忆录的封面。”

她硬逼着我扛着箱子下了楼梯，又让我背靠着他们家前面那棵罗望子树站好。她从路上拾起一片长棕榈叶，将它披在我肩膀上。

“现在，再把烟斗叼上。”

我咬紧烟斗，做了个鬼脸，我在尽量模仿我在查特豪斯公学时的一位干瘪消瘦的老教师。

“就要这个样子！”她笑得太厉害，都没法拍照了。

“唉，天哪，还是我来照吧。”

芬走下楼梯，为我拍了三张照片。然后，我们又让内尔戴上帽子，拎着箱子，咬着烟斗，也拍了几张。这时，正好有人从我们旁边路过，芬把他叫住，向他借他的挖土棍和粗重的项链。那人颇不情愿地把东西递给他，然后在一旁惴惴不安地瞅着芬用他那些东西摆拍。

内尔已完全康复。据我观察，她的伤口已经痊愈，走路时的一瘸一拐也已经不那么明显了。她的嘴唇和小孩子的一样红润。塔姆部落的饮食显然很适合她，她的身体变得更加丰满圆润，她的皮肤看上去和肥皂一样光滑。我有种冲动，我想抚摸她，想触摸寄寓在她身上的那个完整的生命。对这股冲动我得时时刻刻严加管束。

“你的那些勇士怎么样啦？”我们一起爬上楼梯的时候，芬问我。我觉得这是一句没有意义的寒暄，通常，当一个人在想别的事的时候才会这么问。小时候逢年过节我从学校放假回家，父亲问起我在学校的情况时就是这么个问法，而我也知道，他其实正在想他的某组细胞或是动物尾巴上的羽毛。

我告诉他们，基奥纳人已答应为我举行一次 Wai 仪式。

“太棒了。”内尔说，“我们也能去看吗？”

“当然可以。”很久都没有过什么事能让我如此期盼了。

“这里的活动已经结束了。”芬说。

“你采访他了吗？”我说。

“芬觉得，对他我们应该慢慢来，最好是等他主动来找我们。”

“真的？”这倒是很让我吃惊。因为在他们那套恃强凌弱的人种学研究方法论中，我真的很难找到有什么东西能与“慢慢来”联系得上。他们办事从来都是趁热打铁，所以我的第一反应是怀疑他们在骗我。对此我深感惭愧。

进到屋里，芬给我们倒了些饮料，那是一种发酵过的樱桃汁。他笑了一声。“除此之外，好像我们也没其他选择吧。”

“他让我走开。”

“我们得给他点时间。”芬说，“眼下他还把我们和矿山里的人当作一路货色呢。”

“他应该跟我们这些真正懂他那段经历的人好好谈谈。”

“内尔，难道你不知道他都经历过什么吗？”

“我当然知道。他曾与贪得无厌的西方人签下卖身契，成了他们的奴隶。”

“在哪儿？哪座矿山？待过多久？据我们所知，他原本只需要待三个月。就说那个经营埃迪河矿山的叫巴顿的家伙吧，他这人还是挺不错的。我敢打赌，他的管理方式比较合理，如果赞本去的是他那座矿山的话。”

“据我估计，他走了有三年了。麦伦用来计算时间的叶子都还在呢。”

“她那些叶子？”芬朝我转过身来，“我们刚到这儿的时候，叶子的数量只有现在的一半。根本就没法知道他走了多久。”

“巴顿也不是什么好玩意儿。他经常搞鳄鱼派对，你知道吗，芬？”我不懂她是什么意思。“他用鳄鱼下注，让他的仆人去送死。”

“那纯粹是瞎扯，你知道的。你那里面装的是什么东西，班克森？我记得你上次来没带帆布背包啊。”

“明顿来送过一趟邮件，有不少是你们俩的。”

我砰的一下把扣钩打开。芬的五封信我都放在背包的侧兜里。内尔的邮件，一共一百七十四封，将其余空间都占满了。

“斯凯勒·芬威克。”我把薄薄的一包信递给芬，“对不住，伙计，全在这儿了。”

“没事儿，我习惯了。”

看上去，她对一下收到那么多信同样很习惯。我原以为见到这么多信，她会有惊讶或喜出望外的表现，可是没有。她接过箱子，马上开始井井有条地整理堆得如同小山似的信件：家信放左边，与工作有关的放右边，朋友写的放中间。她几乎不在任何一封信上停顿，只看一下回信地址，然后就把它们堆在一起。偶尔会有一个寄信人的名字让她脸上露出一丝微笑，可每一次她似乎都在期盼手上的信是来自别的什么人。芬拿着他的信进了工作室，坐在桌前把信拆开。

我在沙发上坐下，从内尔那堆杂志里拿了一本出来——《纽约客》。这杂志我还从没看过。封面是一幅画，画的是游客们在巴黎一家咖啡馆的情景。画上的日期是一九三二年八月二十日。画的透视角度被压得很平，桌子看上去是在空中飘浮，人们的脸也成了几何形状，很像毕加索的画法。连香烟产生的烟雾都呈黑色旋风状。在烈日底下连着赶了七小时的路，我此刻的确有些乏了，虽然我想把杂志翻开看看，可双手沉甸甸的，只是把杂志合着攥在手里。那幅画非常动人，但我之所以这么觉得也许只是因为我已经很久没看到过西方艺术了。同时，它也让我心中充满了渴望和怀念：菜单、酒瓶，还有红白相间的方格桌布。一个侍者来到我身后，问我想吃点儿什么。乳鸽，我说。然后，他又转身问内尔，内尔说，小乳鸽[①]。我们哈哈大笑，然后我就醒了。

我还担心刚才笑出了声，但内尔正在看信，似乎一点儿也没听见。我感觉胸口和嗓子里有股异样的气流，暖烘烘的，憋在那儿无处发泄。乳鸽和小乳鸽。杂志底下，我稍稍有些勃起。

“班克森！”芬走过来推了推我，“我要给你看样东西。”

我晕晕乎乎地站起身，跟着他来到外面，下了楼梯。

“她看信的时候，最好离她远点儿，真的。”他说。

“为什么？”

他无奈地把头一摆。“眼下，每一个疯狂的美国人都会给她写信，他们希望得到她的建议和赞许。不管什么东西，只要有她的名字在上面，就像是盖了一个法力无边的金印。还有就是海伦。”

芬在举行仪式的房子跟前停了下来。房子前面那张狰狞的巨脸在我们头顶上方高耸着，从它嘴里往外耷拉着的那条带刺的黑舌头足有两米长。

“海伦是谁？”

“弗朗茨·博厄斯老爸的另外一个学生，精神不太正常，很忧郁的一个人。我让内尔不要再见她。内尔给她写三十封信，才能收到一封回信。可内尔永远都不长记性，她总是担心会发生最糟糕的

---

① Squib，不超过二十八天大的小鸽子，和squab（乳鸽）发音相近。

事。你没见她在背包里翻来翻去吗？那是在找海伦的信。我估计这次连一封都没有。”

我想告诉他，另外还有个包裹。左上角用粗线条画的框里写的是海伦的名字和地址。“对不起，看来我不该把邮件带来。”

“能早点过了这道坎儿自然最好。”说完，他朝房子里的人嚷了一嗓子。

我们爬上楼梯，从那张表情狰狞的面具的巨口底下走了过去。前面还有第二个入口，比第一个窄，两边涂成了红色。我发现它原来是另一座雕像底下的部分。这座雕像是个剃着光头、长着一对巨乳的女人。她就耸立在我们头顶上方，腰肢逐渐变细，双腿分开。我们即将穿过的这个入口正好是她呈猩红色的巨大阴户。芬走了过去，一句话没说。

我却不着急过去，而是仔细研究起它的构造来。

“你看，”他对我说，“我还是很遵守他们的保密规定的。这里从来没有女人进来过。所以，你在这儿看到的东西都不能跟内尔讲。不然，她又会激动得不行，到头来却是白忙活一场。”

男人举行仪式的房子里面与剑桥大学的俱乐部没多大区别。人们一样是压低了声音讲话，三三两两聚在一起，都很轻松随意。但非会员就不一样了。即使像芬这样到哪儿都如鱼得水、能让别人听从他吩咐的人，现在也在这栋长长的房子中间紧张地挪动着脚步。他的眼睛在调整，在适应，他在找一个叫坎那普的人。坎那普是塔姆部落里负责艺术品的人。哪件东西该留，哪件该卖掉，甚至卖价、装船、送货，还有办理退货这些事，全由他说了算。他曾和一个基奥纳部落的女人在一起住过一段时间。芬一找到他，他就口若悬河地跟芬聊起了塔姆的艺术，并且不厌其烦地跟芬解释为什么塔姆艺术比基奥纳和这一地区所有其他部落的艺术都要卓越和优秀。坎那普是那种会想方设法让你注意到他、不达目的不罢休的人。他的基奥纳语说得很好。他拥有的知识，以及他能说多种语言的能力，都让我感到惊讶。我像在野外考察时一样做了大量笔记，可同时，我完全不知道这些能不能派上用场。这栋大屋子里面非常昏暗。芬进到里边，很快就不见了。过了一会儿，我才意识到从我身后传来了声音，越来越大，像是有人在争吵。起初，我担心这争吵是因为我擅自进了这栋屋子引起的；可后来，当我从坎那普直盯着我的目光中挣脱出来，我才发现，原来他的注意力都集中在屋子最里面，也就是芬所在的那个黑乎乎的角落。我看不清他在那儿干什么，跟谁在一起。

“刚才怎么回事？”在回去的路上，我问他。

“没什么。”

“你在那里面干吗？”

“没干吗，就是歇歇，在等你。”他显然是在撒谎，并且无意掩饰。

21.

我们回来时，屋里已点上了灯。内尔坐在地板上，周围摆了一圈信，腿上还摊着一本很大的日历。

芬往她身后的沙发上猛地坐了下去。“你的诺贝尔奖到手了没，内尔？”

“斯大林的老婆死得很蹊跷。约翰·莱亚德[①]和多丽丝·丁沃尔勾搭上了。”

“他不是在柏林和一个什么诗人在一起吗？”我边说边在角落

① 约翰·莱亚德（1891—1974），英国人类学家和心理学家。

里的椅子上坐了下来。

“据说，他情绪变得非常沮丧，连自杀都毛手毛脚的没成功；于是他跑去奥登的公寓，想让奥登帮他做个了断。据利奥尼说，奥登一度有些动心，可最后还是把他送去了医院。后来，他飞回了英国，然后就在那儿把多丽丝从埃里克手里抢走了。”

多丽丝和埃里克·丁沃尔都是伦敦大学学院的人类学家。众所周知，他们俩奉行开放式婚姻。

“我们十一月有什么安排？”她问芬。

“我他妈哪知道。怎么啦？”

“他们邀请我在国际代表大会上做主题演讲。”为了照顾芬的情绪，她尽量控制着她的声音和语调。

“太棒了！”我尽量带着美国式的热情说，“这是很高的礼遇啊。”

“他们还邀请我出任博物馆的助理馆长，会在古堡的角楼上给我安排一间办公室。”

“对你当然是好事，内尔。但我们的银行户头怎么样啦？”

她谨慎地朝他笑了笑：“还不错。”

“这是那谁寄来的，对吧？”芬边说边用脚趾在海伦寄来的包裹上点了点，“你还没打开啊？”

“没有。”

芬转过身机警地看了我一眼，仿佛我应该懂那是什么意思。可我并不懂。

“来，内尔。”他俯下身去，把包裹放在她腿上，“打开看看吧。说不准能派上什么用场呢。”说着，他把包裹上绑着的那根很粗的灰色麻线解开了。

打开外面的棕色邮递包装纸，里面是个盒子。盒子里有薄薄一沓稿纸，不足三百页。纸张都很平整，边角完全对齐。我们站在那儿，不禁心生敬畏，仿佛一不留神它便会开口说话，或是腾起烈焰。内尔做过同样的事：她把数百本笔记本魔术般地压缩成了一沓干净利落、互不纠缠的纸片，将海量的具体资料分门别类按顺序整理好，写成了一本书。而这些是芬和我都未能做到的。在我们俩看来，这样的改造工程几乎是不可能完成的。

在那沓稿纸的最上面有张字条，是用小粗字体写的。

亲爱的内尔：

终于写完了。希望你和芬都能有时间看看，也不用太着急。今天我拿给爸爸看了，我知道他肯定会让我把整个夏天都用来修改它。如果芬对我对斗布的描述有什么异议的话，请他一定知无不言。我刚刚收到你从孟般亚寄来的第一封信。听上去那儿太可怕了。我相信，你现在一定已经把他们调教得差不多了。

爱你的海伦

他们俩盯着那张字条看了很久，仿佛他们看到的是满满一张纸的留言。可沉默背后并不平静，正好相反。他们三人，内尔、芬和海伦之间，仿佛正在进行一场我听不见的对话。

“我们就看看呗？”我说，“我去泡茶。”

“下午茶时间到了！”芬模仿剑桥端茶小姐的声音说，“赶紧泡去。”

“我们一起看吗？”内尔说，她刚从恍惚中回过神来。

“为什么不呢？”

我已经等不及了。我渴望接触新的想法，新的思想。在屋子另一头狭小的角落里，我挤在拜尼身边，尽可能不喧宾夺主，飞快地把茶泡好了。

我刚把茶壶和杯子在箱子上摆好，内尔便读了起来。海伦在前几页里便开宗明义地指出，西方文明缺乏对其他种族的习惯和文化的理解，这是这个世界上最大也最严重的社会问题。在前二十页中，她旁征博引，把哥白尼、杜威、达尔文、伏尔泰、卢梭等人的思想，甚至林奈的“野人”概念引用了个遍，把全世界相关理论的演变和发展捋得清清楚楚。她断言，所谓纯正民族的种族遗传概念是一派胡言；文化并不依靠生物学因素传承，西方文化更不是文化发展的最终结果，而我们对原始部落和社会进行的研究也并非对我们人类自身起源的研究。

在第一章中，她就用简明真挚的语言写下了许多我们这代人类学家意识到了但从未如此清楚地诉诸笔端的信条。我们一开始读便再也停不下来。我们轮流往下念，如饥似渴地聆听她的话语，感觉她这本书仿佛就是为我们而写，特意为我们而写。它似乎在向我们传递一个强烈的信息：坚持住，你们一定能行！你们的工作十分重要！你们的时间绝对不会白费！

最令人兴奋的药物也不可能比她那几句话对我产生的影响更大。刚读了没几章，拜尼就站到我们跟前，大声说着什么。原来，他一直在提醒我们该吃晚饭了。我们索性把书带到了餐桌上。餐桌上已铺好桌布，一盘盘食物也已摆好。芬担起了继续为大家念书的责任，吃一口念一段。我估计这顿饭我们仨都没怎么好好吃，因为拜尼离开的时候连招呼都没打，也没洗碗碟。

芬站在狭小的厨房里继续念着，内尔和我则在洗碗。当他念到海伦指责马利诺夫斯基把他的特罗布里恩[①]人当普通原始人对待时，他几乎尖叫了起来。他抬起头看着我们，眼里跳动着兴奋的神色。“是我听错了还是真的？在这三页书里，她把弗雷泽、斯彭格勒和马利诺夫斯基全都批了一遍。”

我们不约而同地大笑起来。她破除迷信时的果敢、她的勇气以及她的抱负，都令我们头晕目眩。芬继续往下念。她同意，相对于西方文明，对原始社会的研究要容易一些，这就像对达尔文来说，

---

① 西太平洋新几内亚岛东南所罗门海小岛群。

为建立他的理论，从研究甲壳虫开始要比从研究人类开始容易得多。

“胡说！”内尔冲着那页稿纸叫道，“在甲壳虫这个问题上我和她争论过无数次了。每一次都是我赢。可她还是把这段话塞了进去。”她从头发里不知什么地方摸出一支短铅笔来，打算把最后那句删掉。

“嘿，别呀。”芬边说边把她拦住，“让她把想说的全都说完，你别现在就把人家的东西给删没了。”

我们坐回到沙发上。我拿出一壶从基奥纳带来的“酒”，那东西喝起来像带甜味的橡皮。芬把书稿递给我，我接着念了起来。这一部分写的是新墨西哥州的祖尼部落，该部落发展出一种与北美其他部落截然不同的生活方式和“生活态度”。其他部落经常靠毒品和经过发酵的仙人掌汁来获得飘飘欲仙的体验。

“我现在就有点飘飘欲仙的感觉。”芬说，“这该死的酒，劲儿还挺大。”

内尔没说话，她在小本子上飞快地写着什么。她杯里的酒已喝掉一半，她的脸红扑扑的。她的铅笔顶上是湿的，因为她刚咬过。

其他部落跳起舞来，不跳到口吐白沫、癫痫发作或者眼前出现幻觉决不罢休，而祖尼部落的舞蹈却有条不紊地改变着自然的节拍。“随着他们不知疲倦的舞步，空中会逐渐聚起一堆堆一片片的薄雾，压在雨云之上，把雨逼出来倾泻到大地上。”

内尔一边听一边点头。“太美了！”她说。

“糟透了！”芬指着那一页蹦了起来。“就是这儿。她不能越过这条底线。不能这么写。这样一来她的可信度就全没了。”

“可她正是要给我们带来这样的时刻。”内尔说，“对文化内涵的真实体验。”

“可那不是真的。她清楚得很，光靠跺跺脚是唤不来雨的。”

“当然，芬。可她这是从祖尼人的角度把他们对这一切的看法记录下来。”

“还是太草率了，有哗众取宠之嫌，经不起学者的检验。依她的水准，不该犯这样的错呀。”

最后这句话一说出口，内尔只好把嘴闭上了。

“你觉得呢，班克森？”芬问道，“在地上跳跳舞就能把天上的雨给招来？真正的科学家能靠艺术和想象说事吗？”

我的选择是继续往下念。接下来那部分讲的是斗布部落。芬是唯一一位考察过斗布的人类学家，海伦对该部落文化的描述全都基于他发表在《大洋洲》杂志上的专题论文，以及她在纽约对他进行的一系列访谈。我原以为芬又要开始吹毛求疵了，可没想到，当海伦在文章中把斗布部落描述成一个无法无天、生性邪恶、毫无信义的社会时，他却在大加赞赏。海伦写道，在斗布村镇的中心，没有对所有成员开放的舞蹈广场，只有一片墓地。那里也没有公共花园，每个家庭在各自的硬土地上种植番薯。他们认为番薯的生长靠的是魔力，而且只能靠魔力。他们相信，每到夜里，番薯的根茎便会在土里窜来窜去，只有咒语或者解咒术能将它们引回家——每家每户园子里作物的长势完全取决于魔法，而非播下的种子的数量。

“这不可能是真的。”内尔拍着稿纸说道。

“你是在怀疑你亲爱的朋友海伦，还是在怀疑你丈夫，还是两个人都怀疑呢？”

“你在你的论文里不是这么写的。这些是你告诉她的吗？”

“当然。”

“你真的认为斗布部落的人看不出播种数量和农作物产量之间有关系吗？”

“我真这么认为。”

我急忙往下念。由于食物短缺，他们总是处于半饥半饱的状态，因此斗布部落的人发展出了许多与种植相关的迷信思想。他们认为，番薯不喜欢玩乐，不喜欢唱歌、笑或任何形式的快乐，但是在园子里性交对促进作物生长倒是必不可少。男人死了，人们会怪罪他们的妻子，因为他们相信，女人睡着以后，她们的灵魂可以脱离肉体，做出致人死命的举动。因此，男人对女人怀有很深的恐惧。但同时，男人又如饥似渴地想要得到女人。假如没有监护人，女人们很难逃脱男人的追求和攻击。他们表面上非常拘谨，不公开谈论性，其实他们的性行为非常频繁，据说满意度还很高。男女双方都必须对他们的性生活感到满意，这点对斗布人来说非常重要。念到这里，我觉得浑身的皮肤热得发烫。幸亏芬全部的注意力都集中在海伦的遗词造句上，否则他肯定会拿我打趣。他们还有很多种咒语，最重要的是能让人隐形的那种，主要用在偷窃或与人通奸时。

“这种咒语他们教过我，”芬说，“我现在都还记得很清楚。说不准哪天真能用上。”

“斗布部落的人，”海伦总结说，“一直就这么生活，即使是宇宙间最为丑恶的想法，他们也不会去抑制。”

“在我读到过的所有部落里面，我想他们是最令人恐惧的了。”我说。

“我刚遇见芬的时候，他情绪有些不稳定。”内尔说，“他眼睛当时都成这样了。”她边说边用手将两只眼尽可能往两边扯。

“在那两年里，每天我都会被吓得够呛。”他说。

“我绝对坚持不了那么久。”我虽然嘴上这么说，心里却觉得这些斗布部落的人听上去和他很像：他的偏执，他的黑色幽默，他对快乐的质疑，以及他行事的隐秘。我不禁对他的研究产生了怀疑。倘若只有一个人称得上是研究某个特殊族群的专家，那我们读他写的分析报告时，了解到的究竟是这个特殊的族群呢，还是这个人类学家本人？和往常一样，我觉得最让我感兴趣的不是别的，是那二者的交集。

不知什么时候，芬拿出几盒沙丁鱼和杏子罐头。我们直接用手抠着吃。我们的肠胃忽然变得和我们的头脑一样饥饿。这时，我们三个都已把各自的笔记本拿出来，将给海伦的评论和给自己看的笔记全都写在上面。我们边念边写，边吃边争论，屋里的东西都被弄得脏兮兮的。

假如你能看到当时我们脸上那副神情，你可能会说，我们是不是都兴奋得快要疯了。你说的也许是对的，海伦那本书让我们觉得，我们真的能把星星从天上一颗一颗摘下来，然后重新塑造一个新世界。我第一次领悟到该如何把基奥纳部落的情况写成书。我甚至立刻拟出了一份粗略的大纲。我在笔记本里记下的那寥寥几个字让我觉得很多事都变得可能了。

芬念到最后几页时，天空中已泛起浅紫色的光亮。海伦在书的最后强调了这样一种认识，每种文明都有自己独特的目标，并将引导社会朝那些目标前进。她把人类的全部潜能描述成一个大圆弧，每种文化分别拥有那道圆弧上的某些特质。这最后几页不禁让我联想到：焰火晚会收场时，无数焰火弹被同时送上天空，一个接一个绽放开来。她还断言，由于西方文化对私有财产极为看重，实际上我们的自由所受的限制比原始部落里要多得多。她还说，对一种文化中占统治地位的特质进行真正的讨论通常是不被允许的。比如，在我们的文化中，对资本主义或者战争进行严肃认真的探讨就是不被允许的，这意味着这些特质已具有强制性，而且已经发展过度。如今，同性恋和发呆被认为是不正常的。而在中世纪，有人曾因为发呆被奉为圣徒，因为当时的人觉得，发呆是人最高层次的生存状态。同样，在古希腊，柏拉图曾清楚地指出，同性恋是“通往美好人生的一个极其重要的手段”。海伦还宣称，行为的统一会导致对环境的不适应，而传统则会发展成精神变态。她书中的最后几句极力主张接受文化相对论，包容不同文化之间的差异。

“只有真正的离经叛道者才写得出来。”芬一边说，一边将书稿最后一页放下，“而且是个极其偏执的离经叛道者。结尾那几句有些歇斯底里，都快失控了，她把这个世界说得好像马上就要完蛋了一样。”

内尔发现我正盯着她看。“怎么啦？”

“你的样子好像是在同时考虑九个不同的问题。”

“确切地说，是四十三个。趁我们的脑瓜还没爆炸，还是赶紧上床睡觉吧。”她走下楼梯，将一扇大芭蕉叶垂下来挡住底层的阶梯，这是让来客止步的意思。“好啦。打烊了，明天什么时候开门再说吧。”

芬把最后几口味如橡皮的酒倒进嘴里。酒沿着他的下巴往下滴，他用手背擦了擦。他脱下衬衣，伸到胳肢窝里揩了一把，才把它扔到那堆等着万吉来洗的脏衣服里。

“走，我们回贝德福德郡去，我的夫人。”芬学着我的英国口音，挽起她的胳膊，两人一起往他们的卧室走去。“晚安啦，晚安。”

我来到他们的书房，我的垫子铺在那里。我感觉自己像是人家豢养的宠物，一到夜里就被往外赶。我睁着眼躺在那儿。外面的动物醒得更早，把树枝碰得哗哗直响，在树叶之间磕磕绊绊地窜来窜去，时不时发出一声尖叫。我听见猴子发出的唧唧的声音，人的咳嗽声、呼噜声、唠叨声和叫喊声。女人们向她们的船走去，传来啪嗒啪嗒的脚步声、桨声和水面上荡漾的歌声。锣声、责骂声、笑声、湖鸥扎进水中的声音，以及狐蝠猛地摔进树丛中的声音，纷纷进入我耳中。终于，我睡着了。我梦见自己在海上的一块浮冰上，像土著人一样蹲着，在冰上刻一个巨大的符号。我画的是两道线，线与线在中间交叉，它代表整段的思想。冰已经开始融化，尽管我刻得很深，而冰却渐渐化成了雪水。我的脚滑落到海里。

一醒来我就听见写字的声音，那是铅笔在纸上移动的摩擦声，还有手随着笔一起挪动时发出的轻微的沙沙声。我翻过身，本以为坐在厨房餐桌旁的会是内尔，没想到是芬。他没停顿，也没察觉到我在看他。他身体俯得很低，离纸非常近，专心得脸都走样了——他屏住呼吸的时间太长，最后从鼻孔里往外呼气的时候便发出很大的响声。多亏是我亲眼所见，不然我会以为他正坐在厕所里呢。这时，卧室里也有了动静，他马上停下来，把纸收拾好，拿起来便出屋了。

内尔走了出来，她身上穿的应该就是她睡觉时穿的那身衣服：宽松的棉质睡裤和一件淡绿色的衬衣。她用炼乳给我俩冲了两大杯咖啡，然后在芬刚才坐的地方坐了下来。我也不知道现在是早上十点还是下午四点。光从四面的缝隙和小洞钻进来，没有特定的方向。我感觉自己像一个正赶上学校放假的学生。她把两只脚收起放在她坐的椅子上，杯子则搁在其中一只膝盖上。我在她对面坐下来。我们俩之间摆着海伦的那份书稿。

她用拇指把书稿的一角摁得往下弯，然后再让书页慢慢回归原位。“她总是在写书，有那么一段时间，我开始觉得她也许永远都写不完。我还以为，照这么下去，我的进度会超过她呢。可现在，跟她的这本书相比，我的书简直就像小孩子到辛辛那提玩了一趟回来后用纪念品做的剪贴簿。她书中的一些思想真可以说是振聋发聩。看来，当我忙着采集漂亮的小石子的时候，她早已盖起一座雄伟的殿堂。”

我的身体仍能感觉到梦里那股紧张，那个我试图在融化的坚冰上刻出的标记。她的志向是要盖一座殿堂，而我却在为刻出一个标记而焦头烂额。想到这儿，我不禁觉得有些好笑。

“你在笑话我自艾自怜。”

“没有。”我突然想起她给我讲过的故事，就是她躲在衣柜里往母亲衣服上吐口水那个。此刻，我能清楚地看见那个四岁小女孩的模样。

“你有。”

“我没有。”我不由得笑了，“因为我和你的感觉一样。”

“不，不一样。你瞧你，感觉很放松，很惬意。嘴快咧到耳朵上了。”

“据我看，今天一早芬已经开始盖他自己的殿堂了。”

“写东西？”

“写了好多页呢。”

她很惊讶，却并不怎么当回事。“那些他花大力气去刨根问底的东西，到头来都成不了气候。现在明明有赞本这么个人，他却不愿帮我在他身上下功夫。我甚至连男人住的房子都还进不去。可我越是埋怨，他越是抵触，照这么下去，即使再过五个月，我们要离开这儿的时候，我可能都采访不到他。”

“我去跟他谈谈——”

“别，拜托你别去。那样的话他会知道我们聊过这事，事情会更糟的。”

我真的想帮她，想为她做点什么。我把昨天看到的举行仪式的房子的第二个入口告诉了她，不过讲得十分委婉。

“你是说你们是从她的阴唇中间走过去的？”她边说边去拿她的笔记本，“这种事他永远都不会告诉我。”

“他可能也是不想破坏他们的禁忌吧。”

“芬根本就没理会过什么禁忌，也不应该去理会。我们都在努力拼凑出这种文化的全貌，而我的合作伙伴却有事瞒着我。”

她把铅笔削尖，让我再给她详细地讲一遍。她问了很多问题，我们进而讨论了女阴以及塞皮克河流域的许多部落都使用女阴图像这一现象。讨论结束时，我觉得，尽管和我的谈话远不能与采访赞本相比，但我也让她颇有收获，她的情绪变得好些了。而我自己也觉得，能同这样的女人一起进行考察是件令人振奋的事。我们的话题回到了桌上的那部书稿上。我们把第一章又通读了一遍，并在书稿的空白处写下了注解。我们把开篇陈述修改完，来到书房，准备在打字机上打出来。书房里的两张桌子紧挨着摆在一起。我将我们刚才写的大声念出来，她负责打字。然后我们再继续读下一章。我们俩默默地读着书稿，在某些段落，很多时候是相同的段落，我们会停留一阵，因为要给海伦写评论和注解。有好几个小孩爬上楼梯进了屋里，他们根本就没理睬挡在楼梯口的那扇大芭蕉叶。他们坐在蚊帐外头看着我们，时不时还模仿一下我们发出的奇怪声响。

芬回来的时候，我们已经读到了斗布部落那章。见我们俩单独在一起研究海伦的书稿，他不是很高兴，直到内尔让他给我讲斗布部落的故事时，他的愠怒才消了下去。有个斗布部落的人笃信自己的隐身法术非常灵验，于是偷偷溜进女人的房子，可结果呢，每次刚溜到门口就会被挖土棍迎头痛揍一顿。讲完这个故事，他又把他离开斗布之前一位巫医教给他的爱情魔法讲给我听。毫无疑问，他觉得，他之所以能在坐船回家途中那么快便和内尔一起坠入爱河，完全是那个魔法的功劳。

内尔出去做例行访查了，芬和我则在举行仪式的房子里赶上了一场切割礼的最后部分。接受切割礼的是个不到十二岁的男孩，他不住地哀号，一群年龄稍大的男孩则将他死死摁在一根圆木上；几个成年男人在动手割他，他们先在他背上和肩膀上割出上百道口子，然后往每个伤口里滴柑橘做的混合剂，这样皮肤便会肿胀，伤疤会往外凸起，皮肤上的纹样看上去才会和鳄鱼皮一样。小男孩的血在圆木上流得到处都是，连木头的切面都被浸黑了。割完之后，他们在男孩身上涂上油和姜黄根粉，再从头到脚抹上白色黏土，然后才把仍旧哭个不停、处于半昏迷状态的他抬到一个相对隔离的地方，直到他痊愈为止。

我和芬来到沙滩上。尽管此前我已目睹过几十次这种在人身上切割出图案的场面，可今天再次看到依然做不到无动于衷。我觉得双腿发软，跟海绵似的，胸口也像被灼烧过一样，火辣辣地痛。我记得，我们俩就那么坐在沙滩上，谁也没说话。

那天晚上，部落里的人都聚在一起，为食物存储棚进行祷告。庆祝赞本归来的活动都快把存储棚里的食物消耗光了。尽管我们都聚集在存储棚旁边的狭小区域里，我和芬身边一米半以内却一个人都没有。而内尔，她胳膊上搂着一个小女孩，背上背着一个，腿边还围着好几个。大人们都穿戴着他们各自宗族奉为图腾的植物。人们往每个棚屋里都搬进一对番薯，然后一起祷告，祈求它们迅速繁殖，还唱起了很长的歌谣和祷词，祈求祖先的佑护。我感觉很热，也站累了，切割礼上的那一幕带给我的恶心感尚未消除。在树林中的某个小屋里，有个小男孩正在独自哭泣，他疼得都快晕过去了。

芬轻轻捅了我一下，我顺着他的目光往人群边上看去。那儿有个男人。尽管我对他一无所知，我也得说他显得与众不同。他身旁还站着其他人，有和他岁数差不多的男人，还有一个女孩。可只有他看上去孤零零的，与四周格格不入，那种气质我在其他土著人身上从未见过。仪式快结束的时候，有人让他站到存储棚的门口去，他却没动。大家纷纷劝他，还有人拿来一串用植物块茎穿的项链挂在他脖子上。他飞快地抬了下头。他似乎是在强忍着，才没把脖子上那串沉重的项链给扯掉。本来最后一段祷词应该由他来念，但他不肯念。过了一会儿，麦伦走上前替他念了。

回家的路上，我们都在谈论他。对于他的性格倾向，内尔与我深有同感，而芬却觉得我们俩反应过度。在他看来，赞本不过是一个离家几年之后刚回家的年轻人：他有些迷茫，正努力寻找新的人生方向。内尔想马上对他进行采访，她让芬去那几栋男人待的房子里找他。芬劝她说，赞本还需要一段时间才能安顿下来，等他适应以前的生活节奏之后再去采访他，效果会更好。

22.

我现在有了一位专门的传记作者，是个小伙子。他从来不把衬衣扎在裤子里，还戴着副厚厚的眼镜。我母亲刚给他上过茶，他便开始向我提问。他真正的问题其实只有一个，而且这问题他每次来都会问到，有时会等到最后，有时则开门见山，有时会藏着掖着在中间捎带着提一下，也许他以为那样我就会一不留神着了他的道。这个问题就是：你是怎么想出网格理论来的？我自己也想了很久，为什么我不愿回答这个问题。一是因为惭愧，尽管惭愧二字远不能解释我不愿回答的深层原因；二是因为我们的幼稚和无药可救的愚昧，我们对德国乃至整个世界的命运都一无所知，目前也很难去真正理解；还有就是，因为我不知道，倘若我们没想出网格理论，没共同经历过那些事，倘若我没有留下，而是回了基奥纳，后来那些事还会不会发生？

事情发生在我到塔姆湖后第三天的夜里。那天，我们的幸运之神降临了。

当时，我们又一次围坐在厨房的桌子旁。我们刚刚把海伦的书从头至尾又读了一遍，三个人一起动手，在书稿的边边角角填满了各种评语。

“我一直在想，一定有什么办法能用图表把所有这些都绘制出来。”内尔说。我见过她的笔记本，那里面各种各样的草图和图表比比皆是。

“你的意思是？”其实我知道她的意思。因为我看见过，也梦见过。

“用图把那个弧表示出来？”

“是定位。”她和我不约而同吐出了那个字眼：定位。

“就是说，假如一种文化在某方面的影响力特别突出，一定是以牺牲其他方面作为代价的。”

她一边说，我一边画下了第一条线。

以牺牲其他方面为代价。我觉得她这句话简直就是从我心底掏出来的。同时，我画下的那条轴线也让她思如泉涌。我甚至不清楚，此刻我脑子里的想法究竟是她的还是我自己的，但我能感觉到艰冰已开始融化，我生出一种紧迫感。我把轴线从中间切分为两段，正如我在梦中所做的。

不知怎的，芬也完全听懂了，他指着那页纸的顶端，也就是竖轴线最上面的部分说道：“孟般亚。”然后又指了指最底下，“阿纳帕。”

我们向那张纸发起了进攻。每人手里都握着一支铅笔，脱口而出，大声叫喊，在坐标轴的四个区域内先填上部落名，然后是国名。在此过程中，为了统一标准，对坐标轴的四个方向做出定义，我们可能有过一些短暂的停顿，但我实在记不起来了。在我的记忆中，我们完全是循着本能前行。我们全都同意，美国人和孟般亚人一样，应该划归北方，而意大利人和阿纳帕人应划归南方。西方是祖尼部落，东方则是斗布和北美其他酒神部落。我们不得不为拜宁部落新增了东南方，而基奥纳则放在东北方。最后，那张纸已经不够画了，我们便在四边各加了一张纸，并用无花果汁液把五张纸粘在一起，然后又争先恐后地把各自的想法写在新加上去的几张纸上。我们的身体都俯得很低，相互之间挨得非常近，胳膊相互交叠着。嘴里和身上散发的恶臭让我觉得自己仿佛又回到了英格兰，仿佛我正在和我那两个兄弟一起忙着他们的设计方案，比如说做鸟笼，或是为马丁精心编排的话剧制作背景和幕布。

最后，我们为区域内所有坐标点都设置了定义。我们为北方文化设定的特征是富有侵略性和占有欲，强大有力，成功，有野心，自私自利。内尔说，这也是这个网格系统的识别标志。相比之下，南方文化则更多的是反应型和滋养型的，敏感，善解人意，厌恶战争。至于西方文化，则像那些太阳神阿波罗式的经理人，不动声色，追求高效，务实。东方文化更注重精神，性格内向，对生活中的疑问而非答案更感兴趣。

芬的性格决定了他不会无限期地沉迷在这种集体思考中。他只参与了其中一部分，便把我们推到一边，仿佛想要透口气。内尔本来还想试着把全部四个象限都用荣格的心理类型理论给定义出来，可芬一把将她的铅笔从纸上给打飞了。

“你根本就没搞懂。”

“那您给解释解释呗。”

“它比你鼓捣出来的这个玩意儿要复杂多了。总共应该有十六种最常见的组合。”

她把笔记本翻到新的一页。“哪十六种？”

他不告诉她。

“你还没把塔姆部落放进去呢。”我说，想替他们缓解一下尴尬的局面。

“说呀。”内尔对他说。

他摇了摇头。

“芬，接着说呀。”

塔姆部落是有意被漏掉的。

“我怎么想重要吗？你的话才算数呢。”

“你什么意思？”

“我的意思是，”他双手握拳，攥着他的铅笔，“我的意思是，咱俩都在这儿装模作样地演戏。表面上我们是在合作，可其实我们心里都明白，外界对塔姆部落的了解最终完全取决于你对这个部落的认识。”他转过身来对我说，“她自以为对塔姆的男人很了解，她以为他们也和西方女人一样自高自大，喜欢八卦。她以为她发现了性别角色的倒置，可她从未花时间去了解和接触那些男人。她也从没有像我一样，和他们一起造船，一起盖房。我做的那些笔记，她连正眼都没瞧过。”

“你哪有什么笔记！你几乎什么都没给我看过。”

“我一天之内就给过你十八页关于性交叉的血缘分布情况。”

“可结果呢，连最基本的前提都是错的。”她低下头看了看我们那些连成一片的纸，呼吸稍稍均匀了些，“写一本你自己的书吧，芬。把你的想法写出来。”

“可谁会读呢？同样的主题还有内尔·斯通的大作在等着呢。”他把铅笔朝屋子那头扔了过去，“我他妈写和不写有什么区别？”说完，他往椅子里一瘫。

“假如你忘了我们来这儿的目的，什么都不做，那你才真是他妈的没用呢。”内尔把他的铅笔摔到桌上，“你把塔姆部落的男人在上面标出来，女人由我来。”

内尔在等他先来。等了好一阵，谁都没出声，芬这才站起身，把塔姆部落的男人标在侵略性和艺术性兼有的东北方。内尔则将塔姆的女人标在了西北方。

鉴于我们把男人和女人分隔开来，所以一轮新的绘图便就此开始。在这个过程中我们发现，尽管文化的整体特征通常以男性为代表，但在该文化内部，女人却能弱化这种特征。

“就好像内置的恒温调节器。”内尔说。

芬仍有些抵触，想继续生他的闷气，可他其实和我们一样，已经被这个想法折服了。我们聊起了那些我们认识的女人，聊起了她们与西方男人的咄咄逼人不同的行为方式。时间就这么过去了。拂晓前，天空中传来轰鸣声。我们跑到外面，想看看是不是那个日子又到了——雨季真正开始的日子。但事实并非如此。天气闷热而潮湿，我们都觉得睡觉前去游个泳会很不错。

我们游完泳，正从沙滩上跌跌撞撞地往回走时，忽然有人说了一句：“同样的分类方法是否也适用于单个的人呢？”

剩下的路我们是跑回去的，因为我们想建构一个新的网格体系。我至今都还保留着最开始的那张纸，它皱巴巴的，是我们头发上滴下的湖水把它弄成那样的。

	北方 坚毅固执 强烈的占有欲 好斗 追求成就感 喜好竞争 武断自信	
西方 务实 重管理 线性思维 重组织 非黑即白，无灰色地带 有条理 外向	+	**东方** 富有创造力 有艺术天赋 注重精神 不喜欢明确的界限 不循规蹈矩 内向
	南方 有同情心 敏感 善于变通 感情丰富 容易被说服 服从	

把人安置到这个框架里很容易。我们从有名并且个性强烈的人物着手：东方有像精灵一样如梦如幻的尼金斯基[①]；西方则是动辄大动肝火要惩罚别人的迪亚吉列夫[②]；北方有胡佛；埃德娜·圣文森特·米莱[③]则在南方。我们还把同事、朋友甚至亲戚也放了进去。趁着芬和内尔在为一个叫莱奥妮的人该放在东北方还是正东方争论，我悄悄地把马丁和海伦一起放在了东方，而把约翰放在西北方，紧挨着内尔母亲的名字。内尔发现了。

“那你母亲呢？”她说。

“地道的北方人。”

她笑了，仿佛她早料到是这样。

“那我们自己呢？”芬说，“我们总得把自己也放进去吧。”

“你是北方，我是南方，班克森也是南方。”

“哦，你真行。”芬说。

“她这是在损我吧？”我赶紧说，想缓和一下气氛。

“怎么会呢？”他指着代表南方的那片区域说，“在内尔心目中，能位列南方的全都是完人呢。看看和你在一起的都有谁吧，有博厄斯，有她奶奶，还有她那位在这个世上连一句话都没说就死了

---

① 瓦斯拉夫·尼金斯基（1890—1950），俄罗斯芭蕾舞演员，国际舞坛奇才，被誉为“世界第八奇观”的男舞者。

② 迪亚吉列夫（1872—1929），俄罗斯芭蕾舞动作设计者、舞台监督。

③ 埃德娜·圣文森特·米莱（1892—1950），美国诗人。

的小妹妹。”

“打住，芬。”

“对不起，我不是你要的那种善解人意的傻瓜蛋，随时随地猜得透你的心思，把你每一处伤、每个被虫子咬过的地方都照顾到。”

“这不是在讲我们俩，芬。”

“当然他妈的不是。”

“我们还是接着——”内尔说。这时，从我们上方的茅草屋顶突然传来一阵嘎吱嘎吱的巨响，还有老鼠四处逃窜的声音。她的声音被盖了下去。

“有蛇。”芬说。

蛇沿着柱子飞快地滑下来，不见了。

“我讨厌蛇。”我说。事实上，光是听到蛇的声音我都会想吐。

“我也是。”她说。

“你们这些该死的南方胆小鬼。”芬说。

随后的一段时间，我们基本上相安无事。

我们继续讨论。太阳出来又落下去。我们都相信，我们正在经历的是一个伟大理论诞生前的阵痛。我们仿佛已经看见我们发明的网格理论被用粉笔写在大学教室的黑板上。那感觉就好像我们正在将一个混乱不堪、没有任何标记的世界梳理得井井有条。就像是解码。就像是解放。内尔和我都谈到，我们似乎从来都与我们自己的文化、它的价值观以及它所期盼的东西格格不入。在很长一段时间里，我们彼此都感觉像是到对方大脑里爬进爬出了一趟。我们还在抽象的层面上谈到了男女关系，即怎样的性格和气质才能融洽相处。内尔说，截然相反的放在一起效果最好，我当即表示赞同，可我其实并不那样认为，而且我希望她也不要那样想。她还说，南方人对爱人的占有欲不那么强烈，他们更倾向于一夫多妻制。

“这就是她对自由恋爱的定义。”芬说，“众多的性伙伴。这你是不是也赞同啊，班克森？”

“不。”在当时的情况下，这是我唯一能给出的回答。

“你看看，你面前就有一个占有欲很强烈的南方人。”他对内尔说。

后来，芬起身去了厕所，他管那儿叫“屎尿间”。她问我：“一个人想占有另一个人，你觉得这正常吗？”

“正常？你不是总提醒我要少用这个字眼吗？”芬在屋里的时候，我尚能勉强克制住自己，一旦他不在，我顿时觉得我要被靠近她的欲望吞噬了。

她笑了，却仍旧不失严肃。“那说本能行吗，或生物本性？为什么有那么多部落，他们可以共享所有的东西：食物、住房、土地、收入……可他们总会闹出这样那样的事来，不是谁的兄弟就是谁最好的朋友偷了他的女人？”

“这倒是真的。基奥纳部落的创世神话讲的就是一条鳄鱼爱上了他的嫂子，然后他们俩一起私奔，创建了一个新部落。”

“你有没有过那种感觉，那种想要占有某个人的冲动？”

“有过。”可我不能告诉她的是，这种冲动刚才就出现过。“也许我并非标准的南方人吧。”接着，为了把话题岔开，我跟她说起了索菲·苏尔丝。索菲是个法国姑娘。在马丁去世后的那个夏天，我和她闪电般地订了婚。后来我提出了分手，她父亲要求我写一封信，证明她还是处女。

“一封证明你没有占有过她的信，可那是真的吗？”

她可真是个爱打听的三八。“那当然，”我顿了一下，“不是真的。”

她笑了：“对你来说，她是酒还是面包？”

“什么意思？”

“艾米·洛威尔的诗，我们上大学的时候都喜欢读。酒令人兴奋，富于感性，而面包则是再普通不过的必需品。”

“酒，我想是。”

“那时间久了会不会变成面包呢？”

“我不知道。”

“并不是都会变的。”

“不，我想不会。”

她把铅笔压在手掌底下，在桌子上搓了搓。然后，她抬起头看着我。“海伦和我，我们是恋人。”她说。

“哦。”那有些事情就好解释了。

她被我那声“哦”给逗乐了。她告诉我，她第一次去听博厄斯的人类学课时，在课堂上认识了海伦。海伦比她大十岁，当时担任博厄斯的研究生助教。她们俩属于一见钟情。当时海伦已婚，因为家在纽约怀特普莱恩斯，所以每星期有好几个晚上会在市区过夜。最初就是她鼓动内尔去基拉基拉部落考察的，可等内尔真的去了，她又生气地写了很多信，责备内尔抛弃了她。再后来，她又一次让内尔大吃一惊：她跑到马赛港去接内尔，并告诉她，自己已经和丈夫分手了。

“可你已经有了芬。”

“我是有了芬，可这更糟。在遇见海伦之前，我可能会觉得，在我们的文化中，男人想占有另一个人的欲望比女人来得更强烈。但现在我觉得，个人气质应该也是一个起作用的因素。”她拿着铅笔，在我们画出的网格上敲了敲。

“对你来说，她是面包吗？”

她缓缓地摇了摇头：“对我来说，所有人都是酒，永远都不会是面包。”

“也许这就是为什么你并不想拥有他们。”

芬出去了一个多小时才回来。回来的时候，他的脸又红又亮，仿佛一直在外面吹冷风。我们俩都没问他干什么去了，继续画我们的网格。这时，芬抬头说了句：“我在想宝宝会是什么样。”

“芬。”

“什么宝宝？”我问。

“我们的小宝宝。”他说。他把身体靠在椅背上，我的惊讶令他十分满意。

我觉得很尴尬，他们俩谁的脸我都不敢看，也不知该说什么好。

“这么说你还没告诉他啰，内尔？不想让他生气？”

难道在她眼里我就是这样的人？会因为这种事情生她的气？难道这就是她所谓的“南方”男人？我从嘴里挤出几句祝贺的话，然后说了句“对不起”，便从屋里走了出去。

我沿着男人路往前走。有几头猪在一幢房子底下拱来拱去地争食，闹得不亦乐乎。天空中几乎没有光亮，究竟是即将日出还是已经日落，我无法确定。这些天来，我一直在白天黑夜地连轴转。此刻，我离自己的工作地点有七小时的路程，天知道我离开那儿有多久了。内尔怀孕了，她和芬又有了一个小宝宝。只要和他们俩在一起，我便能轻易地说服自己：她尚未做出最终的选择。她本人也没少给我那样的暗示——每当我提出一个她中意的想法，她向我投来的目光就会变得灼热。她明白我每句话的意思，甚至会重复我说过的话。当我在网格中写下马丁的名字时，她伸出手指在那些字母上轻轻抚摸。我觉得，在某种意义上，我们已经发生了关系，心灵的性交，思想的性交，言语上的性交——成百上千句言语；与此同时，芬却在睡大觉，在拉屎，或者干脆不见人影。然而，只有他那种性交才能和她生出宝宝来。我的什么用都没有。

走到那排房子的尽头，是个三岔口：一直往前的路通向邻村，左边那条通往水边，右边的则连着女人路。在正前方，我看见树下有两个人影：一个男人和一个女人。两人的影子并没有贴在一起。若不是事先心里有数，我很可能会把那个男人误认为白人，不是因为他的肤色——当时天几乎全黑了，我根本看不清他的肤色——而是因为他的站姿，他身体的重心往前倾得很厉害。走近后，我听见他们俩在争吵，女人一副哀求的口气，男人看见我之后，便朝我走过来，刚走了几步又停下了。他转过身去，对那个女人说了句什么，然后两个人便一道朝女人路的方向走去。赞本，那绝对是赞本。刚才他之所以往我这边走了几步，是因为他把我当成芬了。

我来到沙滩上。那儿空荡荡的。水退得很远，这很反常。人们把船在岸边排成一线，停在地势较高的地方。我的船也在其中。芬的长椅也在沙滩上。难道他已经开始采访赞本了，只是没告诉内尔？我踱了几步，停了下来。就那么一会儿工夫，有东西顺着我的裤管爬了进去。我马上把它抖搂出来，是只蝎子。我使劲儿踩下去，听着它的甲壳和脆弱的骨骼被踩碎的声音，我觉得十分痛快。我赶紧爬上沙堤，往回走。他们屋里的灯仍亮着。我的手刚搭在楼梯上，便听见他们在说话。我走到屋子底下，那儿听得更清楚。

“我看得出来，内尔。这是明摆着的，我看得出来，从你声音里我也听得出来。这是我实实在在感觉到的，不是编出来的。”

“你就会来这套。这就是为什么你是北方人。你总想把别人锁起来。我只不过和别人深谈了一次，你就……”

“哦，”他模仿我的腔调说，“你是南方人，我也是南方人，而他呢，是个浑蛋。这话听上去怎么这么耳熟呢。哦，我三年前也听到过一次。现在，我他妈成了被人扔在码头上的海伦了。”

“你在瞎猜什么呀！”

“对，我是在猜，内尔。而且猜得很准，我本来就是个受过训练的科学家嘛。你们不就是想在我眼皮底下勾勾搭搭吗？”

“这太荒谬了，你自己也知道。”

“我不是你想甩就甩得掉的，内尔。”

“别这样。”

“我可不是——”

“我是认真的。”

“真他妈该死，内尔。”

我走进屋，内尔正在清理我们绘制网格的那些纸。她没抬头看我。

“你回来了。”芬说。

“我得去睡会儿。”内尔说。

其实我也想睡，可我更想阻止他和她躺在一起，拖得越久越好。我倒了些喝的，然后在沙发上坐了下来。沙发正对着他们的卧室。内尔拿了一盏灯走进卧室，在床上很快地写着什么东西，然后便把灯吹灭了。我看着内尔的样子，芬全都看在眼里。屋里太黑，我什么都看不见。可我已经太了解她了，我了解她的乳房，她后背狭窄的骨缝，她隆起的臀部和小腿上的块状肌肉。我了解她断过的脚踝、皮肤上的疤痕，还有她那又短又圆的脚趾。

他告诉我，他收到一位朋友从北罗得西亚寄来的信。那位朋友跟他讲了一件事，说自己的鞋被偷了，为了帮他把鞋找回来，大家在全村范围内发起了一场搜查。略过中间的过程不说，最后鞋子在一头大象的鼻子里被找到了。芬讲故事的水平真不怎么样。

“这太逗了。”我说。

“是挺逗。”他说。可我们俩谁也没笑。

他起身准备去睡觉的时候，我告诉他，我明早就要走了。事实上，我原本想等他们睡着以后就动身。我不在，没有人刺激他，她会更安全。这是我得出的结论。

他重新坐了下来：“不，不，你不能走。”

“为什么？”

“我需要你留下来，我们俩都需要你留下来。我们得完成这个理论。”

“这个你并不需要我，性格分类不是我的专长。”

“我一时也跟你解释不清。”他压低声音，朝卧室的方向瞄了一眼，“但你无论如何得留下。对不起，近来我……”说着，他把头埋进双手之间，指甲来回地挠着头发，发出很响的声音。

“我感觉很糟，我都快崩溃了。再多待一天或者半天，明天下午再走，拜托你了。”

我同意了。因为愚蠢，因为自私。

23.

三月二十一日

脑子里像是有火在烧。我觉得我们像在发掘什么东西，像在重新发现自己，认识自己。多年来我们所受的教育像陈年的油漆一样被层层剥去，暂时无法用笔墨完整地描述它。我不懂这是为什么。我只知道，芬不在的时候，我和班克森的交谈让我感觉有生以来第一次说出了，也听到了，我心里最真实的声音。

24.

我醒来时听到有人在哭。是内尔。哭得很悲伤。我从睡垫上爬起来，推开蚊帐走了出去。我看见她坐在屋前的地板上，怀里搂着一个女孩，就是那天晚上和赞本争吵的女孩，这会儿正哭得浑身发抖。内尔朝身上只穿着内衣内裤的我笑了笑，女孩却旁若无人地继续哭。我走回屋里。女孩终于停下来，喘了口气，内尔瞅准这个机会，对她柔声说了句什么，好像是 Tatem mo shilai，意思是他会回来的。过了好一阵，她们才站起来，内尔帮女孩擦了擦脸，然后带她走出去，下了楼梯。她回来的时候，我已经把长裤和衬衣都穿上了。

“今天早上的故事可多了。”她对拜尼说。拜尼一直待在厨房的纱门后边。我都没注意到。

“跟我说说呗。”我穿过蚊帐，走到桌旁和她坐在一起。她穿的又是那件淡绿色的衬衣，上面还有女孩刚才留下的泪痕。

拜尼拿来了咖啡。我说了声谢谢，他笑了笑，冲内尔说了句什么。

“他说，你说话的样子和他在基奥纳的表兄很像。”说完，她把桌上的一张纸朝我推了过来。

班克森：

我知道你急着回去，可在这个天堂般的地方多待几天又有什么不好呢？对不对？这次错过了，将来也许就没机会了。我没带你一起去，别怪我。内尔得有人陪着。而你这个南方人是最称职的人选。

“他把你的船开走了。”她说，“刚才那姑娘叫乌米，是赞本的女人。他和她分手了，说是很快就要离开这儿，搬到澳大利亚去。他和芬刚刚一起走的。这些天芬总往外跑，全都是和赞本在一起。可他根本没采访他，而是在和他商量怎么把那支该死的笛子弄到手。”

我回想起这些天他动不动就玩失踪，情绪波动得很厉害，的确有些魂不守舍。还有，那天晚上赞本把我误认成芬，朝我走过来时一副老友相见的架势，后来看清楚是我，不是芬，他才缩了回去。

“我真傻，连这都没看出来。”她说，“好几个星期了，他一直在对我撒谎。”

他都告诉过我些什么？他说他知道去那儿的路，说等到下一次满月的时候笛子就会换地方了。他说他要从河的上游进村，这样就不会被人听见，不会有人发觉。我完全低估了他。我还以为他会永远都那么充满惰性，永远都沉迷在曾经丧失的机会和衰运里难以自拔。

“他一定答应给赞本钱了。”她说，“去澳大利亚的钱。”

没有马达，就算现在马上出发，也得花上至少一天才追得上他们。或许可以找一条大点的汽艇把我送到孟般亚去。我站了起来。“我去找人。我们得想办法拦住他们。”

“到了这个时候，你那么做只会走漏他们的计划，事情会变得更糟。”

我没了主意，犹豫不决地待在原地。

“就留在这儿吧，求你了。”

他们已经走了好几个小时。这是我能和她单独相处的唯一机会了。我坐了下来。

“你担心他的安全吗？”

“他带着枪呢。我更担心部落里那些人的安全。”

“他们会不会一路追到这儿来？”

“假如他们亲眼看到是他，有可能。否则，他们可能会先怀疑是其他部落干的。孟般亚有很多敌人。”她把芬的字条撕得粉碎，

“他真该死。”

门口的楼梯底下出现了五六个小孩的头，他们不请自来，转眼已到了楼梯中间，正在爬最后几级楼梯。

她注视着他们，眼中充满了期待。她最懂的是他们。

“我们继续干活吧。”我说。

她招手让孩子们进来。

那天上午剩余的时间，我都在观察这个喜欢观察别人的人。她又一次完全进入了她以往那种角色。她盘腿坐在地板上，孩子们围着她坐成一圈，有三个小孩还非得挤着坐在她腿上。他们在玩拍手的游戏。大家都按同样的节奏拍手，还得依次用叫喊做出某种反应。她一边用左手在大腿上敲着节拍，一边用右手记笔记，轮到她做反应的时候，她居然还能用塔姆语对答。当最小的那个女孩喊出答案时，所有人都被逗乐了，大家笑得东倒西歪。只有内尔没听懂。旁边一个年纪大点的男孩笑完后给她解释了一番，内尔听罢也不禁大笑起来，引得其他人再次笑倒在地。

过了一会儿，她先换了一组人，然后又换上另一组人。不知为何，他们似乎都懂得要按顺序来，要等到她来叫他们。她和别的组在一起玩游戏的时候，在一旁等着的人没有一个过去打断她。整个上午，拜尼都在不停地拿点心给大家吃，所以众人的精力都还挺旺盛。我一直坐在桌边的椅子上注视着这一切，直到内尔同一位老人交谈完，把我叫了过去。她问我是否听说过 Bolunta。我说没有。她说它好像和 Wai 有点相似。那位老人叫昌塔，据说他见过一次。他母亲的名字叫平罗。

“我没听说过平罗这个名字，也没听说过哪个部落有跟 Wai 相似的仪式。”

“他小时候见过一次。”

“几岁？”

内尔问他。他摇了摇头。她又问了一遍。“五六岁吧，他说。”

我算了算那大概是多久以前。在这个地区，他算是相当老的人。他的脸皱缩得厉害，五官塌陷到脸中间，颌骨顶端长着一个大瘤，快和他的左耳垂一般高了。他头发掉光了，牙齿也没了，每只手都只剩下拇指和另外一根指头。他绝对过九十了。他很快就意识到尽管是内尔在跟他讲话，但真正问问题的是我。于是，他回答问题的时候便朝我看过来，他的眼睛很清澈，没有青光眼——部落里其他很多人，包括小孩都得了这种病。

“也是一种部落仪式？”

“是。”

“多久举行一次？”我问。

“我见的次数也不多。”内尔翻译道。她没问他我的问题。她问他，他都看到了些什么。我笑了笑，她冲我耸了下肩，又问了一遍。

他说不知道。内尔提醒他，这么说不行。她事先规定，不允许这样回答。

“我只记得一点点。”

“在那一点点里面，你都看见了什么？”

“我看见妈妈的裙子。”

“谁穿着你妈妈的裙子？”

听到这个问题，昌塔似乎有些难为情。“告诉他这种事很正常，”我说，“告诉他，在基奥纳部落，这很正常。”

她照说了。昌塔清澈的目光在我们俩身上来回扫了好几遍，他不知道我们是不是在开玩笑。“告诉他，是真的，我本人就在基奥纳住过两年。”

可昌塔的疑虑似乎有增无减，他想要退出。

内尔非常谨慎地选择措辞。她又讲了几句，一边说，一边像授课时指着黑板一样指着我。她的语气很庄重，近乎虔诚。

“我看见我叔叔和我父亲身上都穿着求偶的衣服。”他说。

“能描述一下那些衣服吗？”

“玛瑙项链、珍珠母项圈、腰带、树叶裙，都是那个时候女孩们常穿的。”

“他们穿着这些衣服在干什么呢，你叔叔和你父亲？”

“他们在绕着圈走。”

“然后呢？”

“他们就这么一直走。”

“那旁边看的人都在干什么呢？”

“他们在笑。”

“他们觉得那很好笑？”

“是很好笑。”

“再后来呢？”

他说了几句什么，马上又停下来。我们让他接着往下说。

“后来，我母亲从树林里出来了。还有我的姨妈和几个表妹。”

“她们身上穿戴着什么？”

“鼻孔里穿着骨头，身上涂了颜料和泥巴。”

“身体的什么部位涂着这些东西？”

“脸、胸，还有背。”

“她们穿的是男人的衣服？”

“是。”

“像武士？”

“对。”

“她们还穿什么了吗？”

“没有。”

“她们还干别的了吗？”

“其他的我没见着。”

“为什么没见着？”

“我走了。”

“为什么？”

他沉默了。眼眶里有泪水在打转。这显然是一段痛苦的回忆。我觉得我们该打住了。

“女人们穿的是什么来着？”内尔又问了一遍。

他没回答。

“女人们穿的是什么？”

“我已经说过了。”

“你说过吗？”

又是一阵沉默。

“那天是不是有什么事让你不高兴了？”

“阴茎葫芦。”他低声说，“她们身上都系着阴茎模样的葫芦。我跑开了。那时候，我还是个傻小子，什么都不懂，就走了。”

“基奥纳的女人也是这么穿戴的。”我告诉他，“看了是会让人觉得不舒服。”

“基奥纳人？”昌塔看着我，如释重负。然后，他笑了，笑得很大声。

“什么事那么好笑？”

“那时我真是个傻小子。”说到这儿，他又大笑起来，“我母亲身上系了个阴茎葫芦。”他的嗓音变尖了，脸皱得更厉害了，只剩下一双湿乎乎的眼睛和发黑的、光滑的楔形上齿龈。他似乎正在把体内的紧张和压力释放出来。

内尔也跟着一起笑。我不确定刚才究竟发生了什么：谁在提问，问的又是谁的问题，他明明不愿再往下谈，而且这是他保守了一辈子的秘密，我们最终是怎么把这个故事从他嘴里掏出来的呢？Bolunta。内尔曾说过，其实他们很想把自己的故事讲出来，只是不知道该怎么讲。我上过这么多年的学，又考察过这么多年，可真正让我受益的教育正是内尔在这一天传授给我的。在我后来的职业生涯中，这种锲而不舍的作风让我受益良多。

午饭过后，她拿出袋子，收拾了几样东西。

“你要去考察？”

“我今天不会搞那么久。我不去邻村，只到本村的女人路去看看。”

“别为了我改变你的计划。我去找坎那普。跟他一起四处转转。”

“真抱歉，你瞧芬这事儿办的。他把你的船开走，你哪儿也去不了。”

“我也不是哪儿也去不了。假如我真想走，我可以花钱让人把我送回去。”一不留神把实话说了出来，我不禁有些脸红。

她笑了。她站在那儿，身上穿着件撕破的衬衣，罩着下面宽松的棉布长裤，肩上斜背着手工编织包，美极了。“记得把你的烟带上。”说完她便走了。

坎那普想让我给他讲讲赞本和芬去打猎的情况。他们都是这么以为的——芬和赞本是去打野猪了。他把我带到男人屋那边。进去之后，他告诉我，男人们都在谈论他们俩的这次远征。我坐在厚厚的藤垫上给众人递烟，很快便赢得了为数众多的朋友。昌塔也在。每次我们的目光相遇，他都会爽朗地大笑起来。尽管坎那普努力替我翻译，可他毕竟是勉为其难，因此我只听懂了他们的谈话中一些很小的片段。因为赞本不在，他们觉得可以随意谈论他。有些人还因为自己没被邀请参加这次行动而觉得受到了轻视。总的来说，他们都觉得赞本走了是件好事。他们都说，他丢失了灵魂。他人回来了，却把魂给丢了。他曾经性如烈火，可回来的这个人却已心如死灰。他们说，他完全变了个样。他这次出去，就是要找到他的灵魂，把它重新放进自己的躯体。他们向他的祖先们恳求，唱诵着他们冗长的名字，并向地下和水中的神灵祷告。我看着他们如此虔诚地向他们的神祈祷，乞求他们把赞本的灵魂送回他的躯体。眼泪从他们紧闭的双眼中涌出，汗珠成串地淌在他们的胳膊上。我心想，还从没有人替我祷告过呢，不管是用这种方式还是什么别的方式。

我没听见她上楼。当时我正在打字机上敲当天的笔记。

“我喜欢听这声音。”她站在蚊帐外面说。我吓了一跳。

“希望你不会介意。如果我不赶紧把笔记敲出来，用不了多久它们就全成纸糊糊了。”

“我的也一样。”她咧嘴冲我一笑，那么阳光，那么可爱。

“我马上就完。”

“不着急，反正机子是芬的。”

她走进卧室，从里面搬出另一台打字机来。她把它摆在跟我的桌子紧挨着的那张桌子上。我想集中精神，可我分明知道她的双腿就在桌下，我的左边。她的手指正把纸张塞进打字机的滚筒。

她辨读自己的笔记时嘴唇会轻微颤动。她开始打字了，速度可以说是奇快，我并不觉得惊讶。那声音能让我收摄心神，我们俩敲字的响声交织在一起。我注意到，每敲完一行，她都要用手把纸往上推一下。那是台很不错的机子，鸽灰色的机身，乳白色的键盘，可角上却凹进去一块。银色的臂杆也齐根折断了。

她把纸从机子上摘下来，迅速填进一张新的。

“我感觉你并不是在敲什么成文的东西。”

她把第一页递给了我。上面根本没有分段，也几乎没有标点，每行之间的间隔小到不能再小。塔维坐着一动不动她眼睛低垂几乎要睡着了身体还在摇晃穆答玛在仔细地替他捉虱子把虱子弹到了火里她的指甲在他发丝间穿梭发出嘶嘶声一幅温柔关爱祥和的圣母怜子图。

我低头看了看我自己写的：通过与昌塔的交谈，鉴于他的家乡平罗离基奥纳很近，我们应该可以得出一个结论，在这个地区周边还有其他部落也有过打扮成异性举行仪式的习俗。

"你这是在写前卫小说吧。"我说。

"我只是想，一年以后，当我再读到它的时候，它能让我回到当时的情境中去。此刻我觉得重要的东西也许到那时已变得不重要了。假如我能把今天下午我和穆答玛、塔维坐在一起时的那种感受原样记录下来，那将来我就可以回顾所有的细节，而不是只有我现在觉得足够重要的那些东西。"

我试了下她的方法。我对昌塔做了一番完整的描述，他的肉瘤、他没有指头的双手，还有他清澈的双眼。我把我记得的我们之间所有的对话都写了下来，内容比我原先记的笔记要多得多。可笑的是，先前记笔记的时候，我还觉得该记的已经全都记下来了。我喜欢听两台打字机发出的声音；它让我觉得我们像一支乐队，正在奏出奇怪而动听的乐曲。它让我体会到一种归属感，让我觉得我们的工作非常重要。她总能让我觉得我们的工作很重要。这时，她忽然停了下来。她在看我。"别停，"我说，"听你打字我脑子会更好使。"

把手头的工作做完之后，我们吃了些鱼干和剩下的西米煎饼。从门口能看见外面在打闪，还夹杂着隆隆的声音，我以为那是在打雷。

她点上蚊香。我们端着各自的茶杯，在门口坐了下来。

"鼓声，"她说，"为芬和赞本敲的。他们这是在为他们俩祈求一个平安的夜晚。"

我把从男人房里听到的以及他们希望赞本能找回灵魂的谈话都告诉了她。我们听到人们正在往鼓声周围聚集。有几个女人从我们屋下走过，她们的孩子落在了后面，其中有一个还拿着个针织娃娃，那一定是内尔送他的。闪电仍在北边的山岭后头继续，只不过没出声，月亮很快就会从那个方向升起来了。我感觉在这个世界里我也终于有了一个小小的容身之地。

我们谈起了我们的网格理论。

“环境决定性格，文化也一样。”她说，“有些人在一起能相互激发出对方的某些性格特征。你不觉得吗？比方说，假如我丈夫也说，‘听你打字我脑子会更好使’。我就不会因为我强烈的工作欲而感到惭愧。有人能影响你的成长，这种感觉并不常有。你在看什么呢？”

我其实没看任何东西。我只是尽量不去看她。月亮尚不见踪影。除了闪电出现时那几秒，外面连湖水都看不见。然而天空在变化。我能感到有什么东西，一股和凉风类似的东西，正吹向我的胳膊和脸。可那不是风，连微风都不是，那只是一阵让人感觉不一样的气流，仿佛有人在三米之外把冰盒的盖子短暂地打开了一下。我伸出手，想去感受它，仿佛它是应我的呼唤而来。可朝我的手袭来的却是一阵大风。突然间，树木开始颤抖，长在房屋四周的草被风刮得唰唰直响。

“我们到沙滩上去求雨吧。”她说。

“什么？”

“我们也跟祖尼人一样，跳舞求雨去。”

说完，她走下楼梯，跑到了路上。我跟了过去。我当然会跟过去。

我们俩谁也不知道真正的求雨舞该怎么跳，可我们会即兴创作。据她说，在祖尼语中，雨叫 ami。其实我们这算作弊，因为雨已经开始下了。一切都变得那么快，在我们的头顶，高大的棕榈树被风吹得就像一团泡沫。天空变得又低又暗。可我们仍在沙滩上，一边跺着脚一边喊着 ami，喊着所有我们知道的能代表雨、湿或者水的字眼。这时，周围的一切都变得更暗、更冷，风也变得更猛烈了。记忆中雨的感觉，真正的雨的感觉，在大雨到来之前的几分钟终于出现了。我们仰着脸，把双臂尽量伸出去。巨大的雨点砸在我们全身，我们皮肤上的虫子通通被砸到了地上。

雨水砸在湖面上，发出阵阵巨响，我的耳朵过了好几分钟才勉强习惯。在旱季，你根本意识不到大自然有多么收敛。而现在所有的声响、所有的气味都回来了，狂风和湿气把它们全兜了出来，花草、根茎，还有树叶，都在尽情释放着它们浓郁的气息。雨水越钻越深，就连湖本身也开始发出一股刺鼻的泥岩气味。内尔看上去更娇小、更年轻了，我很容易便能想象出十三岁时的她，九岁时的她，那个宾夕法尼亚州农场上小女孩的模样。除了盯着她看，我什么都忘了。我几乎没意识到我停止了讲话。“我觉得我们该进去了。”她说。

我以为她是说该回家了。可她转过身去，解开了裙子，把它扔在沙子上。她往水里蹚去，身上只剩胸罩和一条宽松的短裤。“我不会游泳，你最好赶紧下来。”

我飞快地脱掉我的衬衣和长裤。湖水比空气暖和，那感觉像是两年来我第一次洗澡。我浸到水里，水没到我的脖颈，我让我的脚在水面上漂着。湖面宛如一张银箔，任由雨点像锤子一样砸在它上面。

她真的不会游泳。我以前怎么都没注意到呢？我用手一左一右地划着水，而她只会笔直地站在那儿，脚踮来踮去。我当然想自告奋勇教她，想趁机搂着她，就像当年我母亲在剑桥的河里搂着我一样。我想感受她的身体在我怀中的分量，想用手指感受她胸罩的轮廓，想在她露出水面时感受她那条又薄又湿的短裤。即使不真的去做，我也能感受到，能逼真地感受到。为了把这股冲动强摁下去，我觉得我必须游得离她远点儿，然后再游回来，听听她在滂沱大雨中究竟在说些什么。

我们从水中爬上岸接着跑回家的一路上，大雨一直在往下浇。我们钻进各自的蚊帐室，在黑暗中换上了干衣服。我从贮藏柜里找到一些看样子已有些年月的澳大利亚饼干。她问我是不是从来就没有不饿的时候。我说，那我的身材比你的还整整大了一倍呢。这句话引得我们又开始讨论起我们俩的身高相差多少。后来我们干脆靠着柱子量起身高来，我们用铅笔刀在柱子上分别刻好标记，然后再计算二者的差值。我把丈量用的卷尺展开，举了起来。刚游了那么久的泳，我的手指头都还是湿的。四十三厘米。

“同样的长度在水平方向上看着要长一些。垂直看感觉则没那么明显，对吧？”

我们站在那根柱子旁。她量身高的时候作弊了，她踮着脚，头使劲儿往上伸，雨点正重重地撞击着我们头顶上方的茅草屋顶。我真不知道，除了把她举起来送到我的唇边，还有什么别的办法能让我吻到她。她笑出声来，仿佛我的心思全被她听见了。

我们回到沙发上坐了下来。不知怎么，我跟她说起了多蒂姑姑、新森林，还有一九二二年我到加拉帕戈斯群岛的那次旅行。“我父亲本来希望，那次旅行会让我成为一名生物学家，可结果我获得的唯一一个有价值的发现是，我的身体，它爱上了炎热湿润的气候。你的可就不一样了。”她的胳膊就在我旁边，我差一点儿就伸出手，让手指轻轻拂过她那有疤痕的胳膊。

“我母亲家是宾夕法尼亚州种土豆的农民。我继承了他们的特点。你真该看看我在冬天是什么样。越冷我的精力越充沛。”

我笑了：“你那样子我想不想看还不一定呢。”但我其实很想看。没有什么比那更让我想看了。

她又跟我说了许多她那些种植土豆的祖辈的事，以及他们是如何从大饥荒中活下来的。这令我想起了叶芝的诗《吉里根神父谣曲》。我们俩一来一往地念起了那首诗。

一战以后，布鲁克、欧文和萨松[①]的大部分诗歌都被我背得滚瓜烂熟，我对他们的诗如此熟悉，以至于我开始觉得那些诗是约翰

① 三人均为一战时期的诗人。

或马丁写的。马丁的确写过诗。那些战争诗人和我的兄弟，还有我的青春岁月完全融合在了一起。当我念到《冷酷的心灵》[①] 一诗中“眼泪的流淌也并非没有尽头”那句时，我觉得自己都要哭了。但我没有。哭的活儿由内尔包了。

如今，我不愿时常回忆当时的情形。因为每到最后，我都会因为当时年轻懵懂的我没有干脆利落地上去吻她而感到心痛。我觉得我们还有时间。我觉得，无论如何以后还会有机会。这是爱最容易犯的错误。或许是唯一的错误。“我有时间，你也有时间”[②]，虽然我从未对艾略特感兴趣过，可他这句诗此时却在我耳边响起。内尔已经结婚了，而且有孕在身。即使我吻了她又能怎样呢？即使那天晚上我吻了她又能改变什么呢？一切？还是什么都改变不了？不可能知道了。

我们念着念着便睡着了。最后是谁在念，念的是谁的诗，我都记不清了。后来还是小塞玛和阿米尼使劲儿戳我们的腿才把我们弄醒。

---

① 英国诗人爱德华·希利托（1842—1948）的名诗。

② 摘自艾略特的名诗《J. 阿尔弗雷德·普鲁弗洛克的情歌》，诗中写道：“我有时间，你也有时间，还有时间去犹豫一百回，去憧憬和修正一百回，在吃面包片和喝茶之前。”

25.

次日早晨一切如常，孩子们在她腿上来来往往，大家在玩打手势的游戏，不时爆出一阵笑声。拜尼给我拿来了咖啡，我开始在她的打字机上工作。几个小男孩正透过蚊帐好奇地打量里面。昌塔没来，我更多的是在回想我和他的谈话。我在纸上敲下了更多的问题，打算下次过来的时候问他。

内尔突然把所有人都赶出屋子。这也太早了点儿吧。

“怎么啦这是？”我问她。

“妈妈们都没来。”她说，“今天一个成年女人都没来。”她开始收拾她的旅行袋。她身上穿着我第一次遇见她时她穿的那件蓝裙子。“肯定有事。上个月也发生过一次，可她们不让我进去。这次我可不会听任她们对我不理不睬了。我下午茶的时候回来。”她说完便走了。

下午茶的时候芬可能都回来了。

我靠摆在书架上和书架周围的书打发了几个小时。他们俩竟然带来了这么多书，有我从没听说过的美国小说和获奖的人种学著作，还有一些来自加利福尼亚和得克萨斯州的名字怪异的社会学家和心理学家写的书。那完全是另外一个世界，此前我对它的存在几乎一无所知。他们还有成堆的杂志。我读到了罗斯福当选总统，还读到了被称为回旋加速器的玩意儿，那其实就是一个原子加速器，它迫使粒子绕圈盘旋，待加速度超过一亿电子伏，它们便会分裂，形成一种新的镭。要不是坎那普过来问我想不想去钓鱼，我也许会留在屋里读上一整天的书。

我跟着他来到湖边。天空一片晴朗，阳光正毫无阻碍地洒下来。可地面被昨夜的风暴弄得坑坑洼洼，到处都是巨大的残枝和败叶，坚果和尚未成熟的硬水果也落了一地。我们一路上脚下嘎吱嘎吱地响着，踩着这片狼藉来到沙滩上他的船边。湖面上已经有很多船，但划船的全都是男人。我问他，为什么今天出来捕鱼的都是男人，没有女人。

他笑着说，女人们正忙着呢。他似乎想给我更多暗示，却欲言又止。“女人们今天都疯了。”他说。

我们检查完渔网便把船划了出去。塔姆的男人是天生的手艺人：制陶，绘画，面具制作。可那天下午我却发现，他们实在是一帮糟糕透顶的打鱼仔。他们一直在互相争吵和埋怨。他们的手指把脆弱的植物纤维做的渔网捅出了一个个窟窿。他们似乎搞不懂抓鱼的笼子是怎么用的，他们说话那么大声把鱼儿都给吓跑了。我在旁边一边瞅着他们一边乐，但与此同时，我自始至终都在留意远处湖面上的动静。在那片摇曳的波光中，我的船随时都可能会出现。

回到岸上，我格外兴奋。我盼着和内尔一起喝茶，盼着和她一起度过剩下的最后一段时光。可坎那普想先把船冲洗干净，虽然他一条鱼都没逮着，他还是觉得船里有鱼腥味。此外，船里还有一处漏水的地方需要补上。我们便到他家里去取树汁做的干胶。路过内尔的房前时，我叫了一声，但没人答应。

待我们回到沙滩上，她正站在齐踝深的湖水里，双手搭在眼前，往远处的湖面上眺望。她听见坎那普的说话声，便回过身来，看着我们。她的双臂落了下来，搭在身体两侧。

“刚才他们跟我说，你走了。”

“走了？”

“对。昌塔说，你上了船，走了。”

“我跟坎那普一起捕鱼去了。”

“哦，感谢上帝。”她一把拉住我的衣袖说，“我还以为你找他们俩去了呢。”

“已经太晚了吧。”

坎那普朝他的船走了过去，我没跟过去帮他。因为内尔还没把我放开。她拽着我的衣服，凝视着那件纯白衬衫上的丝丝缕缕。此刻的她跟往常有些不同。

“我还以为你上贝蒂那儿去了。”她说。

“贝蒂？”

“因为她有船。”

我早把贝蒂和她的船给忘了。我跟芬说起过她，这我也早忘了。

“对不起，”她笑着对我说，她的样子像是哭过。她松开我的衣服，伸出手飞快地擦了擦脸。“今天这一整天实在是古怪极了，班克森。”

我无法把目光从她身上移开，她仿佛正在施展魔法，正在经历某种演变。在我眼中，她是那么本色、天然，毫无遮掩，仿佛我们俩之间已发生了很多事，仿佛时光正往前飞跃，而我们已经成为恋人。“发生什么事了？”

“我们先回屋去。”

我抱歉地冲坎那普耸了耸肩，也不知道他懂不懂我的意思。在那一刻，什么也不能把我和内尔分开。我担心地朝远处的地平线投去最后一瞥。空的。我还有一点儿时间。一路上我都紧跟在她身后。

我们没有喝茶。她倒的是威士忌，我们隔着厨房的桌子面对面坐着。“不知道你会不会相信我的话。”

“我当然信。”

她站起身来。“对不起，我觉得我应该先把所有东西写出来。”她走到她的桌子跟前，往打字机里塞了一张纸。我等待着那疾风骤雨般的敲键声响起。但没动静。她走回桌边，重新坐了下来。“我想，可能我真的需要告诉你。”她长长地啜了一口威士忌。她的喉咙非常可爱，未受到热带气候的损伤。她放下酒杯，直直地看着我。

“如果我告诉芬这些，他一定不会相信我。他肯定会说是我编的，或是误——”

“你就说吧，内尔。”

“今天，我一走上女人路就觉得安静得反常，和上次她们不让我进去的时候一模一样。于是我直奔最里面那栋房子而去。那房子上面的三个烟囱全在往外冒烟，所有窗户都关得严严实实。趁着还没人过来拦我，我把窗帘推开，立刻有一股又烫又臭的湿气往我脸上扑来，仿佛里面是个气味难闻的蒸汽室。我捂着嘴，刚想把鼻子伸到门口透透气，这时，麦伦把我拽进了屋里。她把我随身带来的篮子放下，告诉我，今天的这个仪式叫明雅那，而她们决定让我留下。

明雅那，她对我说，这个词她还从未听说过。等眼睛适应屋里的黑暗之后，她发现，她们正在灶台上的几口锅里用很少的水煮一种黑乎乎的、圆形的东西。屋里挤满了女人，人数比平常多得多。没人在修补绳子、编篮子或给婴儿喂奶。里面一个小孩都没有。几个女人在照看灶台上的锅，其他人则在周围的垫子上躺着。每当锅里的黑东西被翻过来，她们便会发出一阵喧哗。那些黑色的东西都是石头，光滑的圆石头，放在陶土做的平底锅里煮。这时，站在灶台边的女人们不再管那些石头，她们从火旁走开，手里端着一直在加热的小盆。每个躺在垫子上的女人和一个待在火边的女人配成一对。一个名叫耶佩的老太太把内尔带到一个垫子旁。“我本来还想去拿放在篮子里的笔记本，可被她给拦住了。她让我躺下。”耶佩在内尔身边蹲下，对扣子没多少经验的她笨拙地解开了内尔的裙子。然后，她把手指往盆子里蘸了蘸。拿出来的时候，她的手指上有一层厚厚的油在往下滴。她把手指放在内尔的脖子上，开始慢慢按摩，边揉边顺着她的背缓缓往下走。因为有那层厚厚的油，她的手移动起来很容易。“在里面所有垫子上，她们都在做着同样的事情。按摩变得越来越深入，越来越快，而那些女人——你要知道，都是些勤劳能干而非娇生惯养的女人。在塔姆部落，有闲暇的反而是男人，他们整天闲坐着，偶尔在陶器或者身体上画会儿画。有工夫闲聊的，也都是男人——那些女人嘴里开始发出咕咕哝哝的声音，后来干脆大声呻吟起来。”

内尔起身去拿威士忌的瓶子，回来的时候，她把椅子挪到了我的侧对面。她把我们俩的杯子满上，然后将她的脚搭在我椅子腿的横木上。“你确定想让我接着往下讲？”

“我确定。”

按摩变成了性爱。耶佩把手滑到她身下，握住她的乳房，用拇指揉她的乳头。接着，她把手移到内尔的臀部，将那个部位一上一下使劲儿来回推挤，然后，又把手指头紧紧压在她的肛门上。这时，其他垫子上的女人们也已经被折腾出动静来了。她们的身体不再被动，而是主动凑近按摩者的手。有些女人甚至试图把手伸到自己双腿之间，或是想翻过身来，但都没被允许。Bo nun，有人说了一句。时间还没到。耶佩回到炉灶旁，用一根带杈的棍子把热气腾腾的石头一一从锅里叉起来。她把那些石头用树皮兜着，然后拎着它们走了过来。垫子上的女人们立刻翻过身来。看见滚烫的石头被一一蘸上了油，女人们都大叫起来。

"好啦，剩下的估计你也能想象得出来。"她说。

"不，我想象不出。我想象力奇差。"

"耶佩把一块石头放在我这里。"她把那件蓝裙子前面的几颗白扣子解开，把我的手摊开平放在她肚子上，"然后拿着它慢慢地画圈。"她的皮肤上仍然有油，仍然是温热的。我的手在她绷紧的肚子上画圈，我尽量画得很小，速度也很慢，其实我想抚摸她每一根骨头，每一寸肉体。我想让她全身每个部位都和我紧紧贴在一起。

"接着，她的手慢慢地往上移，一直移到锁骨，然后沿着锁骨移动。"我依言而行，我的手蹭到了她的乳房（今天没有胸罩），它比我想象中还要丰满。我的手经过长途跋涉终于到了她的锁骨，在骨脊上徜徉了几个来回。"然后又重新往下，在乳头上来回走了好几趟。"她的眼睛在看我。我也看着她。我们都没垂下眼帘，或把眼睛闭上。

女人怎样才会得到性满足，对我来说，这一直都是个奥秘，答案是你得在那些极其细微之处用心。而那些细微之处在哪儿，她知道的也不比我多多少。

“接着，她把石头侧起来，然后拿着它往下……”

我吻住了她。或者，据内尔后来说，我一把抓住了她。怎么抚摸她我都觉得不够。我根本不记得我脱过衣服，不管是她的还是我的。可后来我们俩都光着身子，我们边笑边抚摸着对方。她的手伸了下来，握住了我。她笑着说：“没有石头硬，但也够用了。”

“啊，我总算放心了。”她说。我们的身体仍旧黏在一起，上面斑斑点点沾着些虫子和尘土。

“放心什么？”

“还记得穿着靴子的大象吗？”

“墨迹测试？”

“那其实是张性测试卡。你应该联想到一些和性有关的东西才算正常。可你却说什么穿着靴子的大象。我还真有点担心你呢。你听，那是什么声音？”

声音正从各个方向传来——沙滩、菜园，还有女人区后面的那片原野。

我脱口而出：“是人的声音。”

“今晚是性爱之夜。”她说，“很显然，男人们感觉到了来自那些石头的威胁。在举行明雅那仪式的当天夜里，男人们需要重拾信心，需要确认女人们仍旧需要他们。”

“可着劲儿地确认。”

那天夜里我们根本没睡。我们移到了我的床上。我们的身体紧紧贴在一起，聊啊聊。她告诉我，塔姆人相信，爱是从肚子里长出来的。所以，当他们为爱伤心时，他们会抓着自己的肚子到处走。“你在我肚子里。”这是他们示爱时最亲密的表达方式。

我们都明白，芬随时都有可能回来。可我们谁也不提这码事。

“孟般亚人会把生下来的双胞胎都弄死。”她对我说，这时天已经快亮了，“因为两个宝宝意味着他们来自两个不同的爱人。”这是她唯一一次在我面前提到怀孕的事。

拜尼上来的时候我们谁也没听见。他肯定已在那儿站了有一阵了，估计是想给我们些时间，让我们出窍的灵魂能重归肉体。因为当他终于站出来时，他说话的声音很大，而且很不耐烦。“内尔，内尔。”他的嘴碰到了那层薄薄的、朦朦胧胧的蚊帐。“芬 di lam。”他说，“Mirba tun。”

她像被蛇咬了一样“腾”地跳了起来。拜尼说完便下楼了。“他的船已到湖中心了。”

“扫兴。”

“是，真扫兴。”她跟着说道。趁她在伸手找裙子，我又摸了摸她的背。她停下来吻了吻我。当时我居然在想，应该不会出什么事。我真蠢啊。

其实我们不用那么着急。等我们赶到岸边，船离靠岸还有很远。即使刚才我们留在床上，再做一次爱，时间也来得及。

“他干吗这么早就把马达熄掉？”我知道，现在他的任何一点儿错误都逃不过我的眼睛，“我觉得他是想给我们来个突然袭击。”

那天早上阳光不是很亮，但内尔仍把手遮在眼睛前面。空中似乎根本没有太阳，天压得很低，露出金属般的色彩。虽然没下雨，可我觉得吸进去的都是水汽。我多么希望她能向我伸出手来，要我，可她却像只海岛猫鼬一样僵直地站在那里，盯着湖中那条看上去像个小点儿的船缓缓朝岸边开过来。我摸了摸她脖子后面，有短发从她辫子里挣脱出来。我觉得自己已经门户洞开，撤掉了一个男人所有的防御。

“上帝啊，千万别让他真的拿到那支笛子。”

船上的人的轮廓逐渐清晰起来：船尾坐着一个，中间站着一个。可他们毕竟离得太远。我想和她一起回到床上去。我恨自己只能站在这里干等，等着他回来，把她从我身边夺走。我也恨拜尼，我恨他让我失去了最后几分钟宝贵的时间。其实，如果不是他站出来，很可能芬进屋的时候内尔还被我搂在怀里呢。

拜尼和几个男孩在远处的沙滩上边笑边谈论着什么。我敢肯定，他们是在回味昨晚的事，在把那些事讲给赞木听之前，他们先预演一遍。

内尔在眯着眼眺望。她忘了戴眼镜。“你看到什么啦？”她问道，“听他们的意思，这趟打猎收获还挺不错的。他们在说，芬他们打到了一只大家伙，可能是野猪或者雄鹿。”

起初看上去还真像那么回事：这趟打猎收获甚丰，在我那条窄窄的小船的船头，有只猎物正瘫作一堆。

这时，拜尼的几个伙伴中有一个突然尖叫起来。与此同时，我也看清了他所看到的。

船中间立着的并不是某个人，而是根又长又粗的柱子。船尾正在划船的人是芬。而起初看上去像动物尸体一样瘫在船头的竟然是赞本。

“你看见什么啦，安德鲁？”内尔带着哭腔问。在我的记忆中，这是她唯一一次直呼我的名字。

我一把将她搂过来，贴着耳朵轻声告诉了她。我们身后开始响起尖叫声，而且再也没断过。我那只船的两侧沾满了血迹。待船靠近了，拜尼和另外几个男孩立刻冲进齐脖子深的水中，纷纷朝赞本伸出手去。他们挺直胳膊，把他的身体高高举起，从船上抬下来，往岸上走去。

芬嘴里反复念叨着一句话：Fua Nengaina fil。我不懂那是什么意思。在水花泼溅的声响和人们的痛哭声中，赞本被送到了麦伦跟前。她刚刚一路尖叫着狂奔到沙滩上。她抱着儿子，母子俩一起瘫倒在湿沙子上。他身上已经不再流血，他的皮肤像漂木一样苍白。内尔从我身边跑开，径直朝麦伦走过去。她伸出双手，想去搂麦伦，可麦伦身子一抖，将她甩开了。麦伦一边哭一边抓着赞本的身体使劲儿摇晃，眼泪、唾液和汗水随着她的动作不住地往下淌。她似乎以为，只要她摇得足够使劲儿，时光就能倒流，一切就能回到从前。

芬蹲在内尔身边的浅滩上。他的脸比我记忆中的要窄，窄得像把刀，能把空气割开。他的前额仍是白的，可其他部位都沾有血迹。连衣襟上都有血，而且已经凝固。

“Fua Nengaina fil.”他仍在大声冲他们叫喊，仿佛他还在船上，离他们还有好几百米远。他正在向麦伦解释着什么，眼泪将他脸上已干涸的血痕冲刷出一条条白道。可是，当意识到说话的是他，麦伦立刻发出一声动物被撕咬时才会发出的尖叫。她伸出双臂，把他从她儿子的尸体旁边推开。

“这不怪我，内尔。我们中了他们的埋伏。克坎班部落的人事先有埋伏。”

我看到了尸体上的箭伤：太阳穴上一处，胸口一处。射得干净利落，非常准。

沙滩上的人聚得越来越多，我们被围在当中，大家都想挤进去看赞本。我被挤得几乎喘不过气来。这时，在我们身后的某个地方，有人敲响了狭缝鼓，声音哀痛而洪亮，绵延不绝。这是在敲丧钟，湖上所有的人和神灵都能听得见。

我在芬旁边蹲了下来。“他们看见是你干的了吗？”我问。

他将他那一片狼藉的脸抬起来，看着我，似乎想挤出一丝笑容。“没有。没人看见我。我隐形了。”他朝内尔转过身去，说：“我念了咒，可以隐身的。”

内尔仍想去扶近乎歇斯底里的麦伦。她想扶起她，安慰她。

“他们有没有看见你带着他们的笛子跑了？”

“他们看不见我。只看得见赞本。”

“他们如果看见你了，一定会追过来的。”

“他们没看见我，班克森，内尔。”他把内尔的脸扳向他自己，他说，“内尔，对不起。”他头一偏，软软地搭在她的胸口。他呜咽起来。四周声音嘈杂，没人能听见他的哭声。

我从人群中挣脱出来，去找我的船。船已经漂到河下游去了。我把船朝通向他们家的那条路的方向拖了过去。笛子用毛巾裹着，外面用绳子捆得紧紧的，那绳子本是海伦用来捆她的手稿的。笛子有男人的大腿那么粗，我把它搬出来，然后把船翻了个个儿。血和水汩汩地往沙子里流。我把船按原样放好，直起身来，忽然觉得一阵头晕，便又坐了下去。我身边所有人都悲痛欲绝，他们聚在一起，哭泣，哀号，吟唱丧歌。女人们的皮肤上，前一天抹上去的油仍闪闪发亮。

几个我不认识的男人朝我的船走了过来。他们年纪稍长，每人身上都抹了葬礼上要抹的泥浆。其中一个人开始检查船上的马达，他没用手去碰它，而是与它保持着一段距离，仿佛生怕它突然轰隆隆发动起来。另外两人却直奔笛子而去，马上开始解捆在外面的绳子。

“天哪，班克森，别让他们碰它。”芬伸手去抓那包东西，那两个人却把它往回一拽，他扑了个空。芬再次往前一扑，一只手扯住它，另一只手则使劲儿推那两个人。

“悠着点儿，芬。现在你可得悠着点儿。”我轻声说了一句。

身材最高大的那人开始发问，问题一个接一个，问得很急却很到位。芬一一郑重作答。其间他整个人一度似乎要崩溃了。看样子他是在道歉，很长的一段道歉。可身材最高大的那人显然没心思听他来这套，他摆了摆手，然后指着那支笛子。芬对他说了声“不”。他又问了一遍，芬更清楚地说了声“不”。谈话到此结束。

他们走开之后，芬对我说：“他们想把笛子和赞本一起埋了。”

“这是你最起码应该为他们做的，因为——”

“把它埋到地下，让它就这么烂掉？我费了这么大劲儿才把它弄到手！”

“眼下你不能再把他们惹急了。”

“哦，眼下不行是吧？”他模仿着我的口吻尖刻地说，“这里好像是我的部落吧？你什么时候也成这里的专家了？”

“已经死人了，芬。”

“你就别管了，行吗，班克森？拜托你别插手，行不行？”他抬起笛子，费劲地把它扛走了。

方才那三个人已走到沙滩另一边。在那里，狭缝鼓周围聚集了一大群人。此时，鼓声已经停住，鼓手们在听那三个身上抹了泥浆的人说话。

我知道他们在商量什么。他们已经知道，芬并没有带赞本去打猎，而是带他闯进了一场埋伏。而且，芬居然不愿同赞本死去的灵魂分享战利品。而没有那支笛子，赞本就无法入土为安，就会给他们惹事，给他们捣乱。因此，他们必须得把笛子拿到手。我能从他们的眼神里看出来。他们要替赞本复仇，这可能才刚刚开了个头。

我在人群里推搡着，挤到了内尔身边。

她双眼紧闭。麦伦已经冷静了下来，任由内尔轻轻抚着她的后背。

“我们得离开这儿。我们得马上走。”我的脸贴着她的太阳穴，我的嘴唇触到了她的发丝。我说：“真的。我们必须得走。”

她的眼睛还是没睁开，她说：“我们不能走。现在不行，不能就这么走了。”

“听着。”我一把抓住她的胳膊，“我们必须马上上我那条船，走人。”

她猛地将身体从我的掌握中挣脱出来。“我哪儿也不去，我不会就这么扔下她。”

“这里不安全，内尔。谁都不安全。”

“我了解他们。他们不会伤害我们。他们和你那个基奥纳部落不一样。”

“可他们想要那支笛子。”

“给他们好啦。”

“可芬不会给他们的，内尔。除非他死了。”

“我们不能就这么走了。他们是我的朋友。”她声音哽咽起来。她什么都了解。她了解他们的神，了解他们的赔罪方式——可她也了解芬冷酷无情的占有欲。

她那张娇小的脸上沾满了血和沙粒。此时此刻，对我，对我的一片苦心，她仿佛恨之入骨，仿佛她从未像现在恨我一样恨过任何人。她又抗拒了一阵，才被我带出人群，来到沙滩上。

更多的人正从路上往沙滩上赶。我看见了昌塔、坎那普，还有小卢阔，他正大喊着寻找他的弟弟。但是并没有人过来阻拦我们。聚在鼓边的那些人看见我们走开，也没追过来。

芬坐在椅子上，身边倚着那支笛子。内尔径直走进卧室。他跳起身，跟在她身后，也打算进去。

“别进来。”

“内尔，我有件事得告诉你。”

“我不想听。”

“我跟阿巴彭那莫谈过。笛子是他们送我的。这笛子是他们送我的礼物，它本来就是我的。”

“你觉得我现在还在乎它是谁的吗？为了它，你折进去一条人命，芬。赞本死了。”

“我知道，内尔。我知道。”他瘫倒在地板上，紧紧搂住她的双腿。

我心里升起一股由衷的厌恶。“起来，芬，”我隔着蚊帐说，“赶紧收拾行李。我们马上就走。”

我找到我的船，把它拖到一片稍小一点儿的沙滩上。他们俩在那儿等我。我们把我的行李箱、他们的旅行袋和箱子都装到船上。刚才，我在睡觉的垫子旁找到了她的眼镜。趁芬没注意，我把眼镜递给了她。她没有别的表示，只是把眼镜重新戴上，然后转过身，朝另外那片沙滩望去。村里所有人都聚集在那里。

“别把他们的注意力招过来。”我轻声说，“赶紧上船。”

芬扛着他的笛子上来了。“汽油用完了，你知道吗？”他说，听那口气仿佛是我把事情办砸了，“回来的大半路程我都是用手在划。”

这样挺好，我心说。我正好可以和你老婆多待一会儿。

“我这里还有一壶，”我说，“你把我的船偷着开出去，忘记把它带上了。”

我把油管与油壶接在一起，然后压下泵杆。一次成功。马达立刻转了起来。有几个小脑袋抬起来，往这边看。那是几个在水中嬉戏的孩子，他们听到了马达的声音。

“Baya ban！”小阿米尼站在浅水中朝我们喊。

内尔站起身，也朝他们喊道：“Baya ban.”她的声音低沉而嘶哑。

“Baya ban.”

“Baya ban.”

“Baya ban！”内尔仍然在喊。我想叫她停下，可远处那片沙滩上聚集在鼓旁的人们似乎没有听见她的叫喊声。

内尔用颤抖的声音唤着每个小孩的名字。他们的名字都很长，因为那里面包括了他们的宗族、母系以及父系祖先的名字。她叫啊叫，忽然，叫声止住了，取而代之的是她断断续续的哭声。我们的船离岸边越来越远，孩子们纷纷跟着往深水里蹚，激动地朝我们的方向拍起水花，嘴里还嚷嚷着我听不懂的话。

去吧。去跳你那美丽的舞蹈，参加你那美丽的典礼去吧。我们会把逝者安葬好的。

天空如此低沉，如此阴郁。有那么一刻我方寸全无，连船该朝哪个方向开，怎么才能开回河里都想不起来。后来，我才想起那条夹在山岭之间的狭窄水道。我把油门一推，马达的轰鸣声立刻把他们的声音盖住了。船身往上一拱，然后便向前冲去，从黑色的湖面上疾掠而过。

一进塞皮克河主河道，我们立刻招手拦了一条船。那船是从格拉斯哥开来的，里面坐了满满一船传教士。他们一个个跃跃欲试，正打算把他们自己还有他们的宗教播撒到这片地区的每一个角落。我能感觉到，一见到我们，原本踌躇满志的他们顿时有些动摇。

“你们这是刚打完仗，是吧？”他们中有人勉强问了一句。但等我们爬上他们的船，他们又全都缩了回去。我们也没给他们太多谈话的机会。只是他们中有人买下了我的船和马达，出的价远高于它们的实际价值。内尔劝我别卖，直接回基奥纳去。可我已拿定主意，要和他们一道去悉尼。我需要这笔钱。芬正在向开船的人打听怎么把他们剩余的东西运回去。我对她说，我甚至可以跟她一起回纽约，只要她愿意让我跟着。她把眼睛紧紧地闭上了。她还没来得及回答我，芬已回到了他紧挨着她的座位上。

26.

我们住进了悉尼乔治大街上的黑宝石旅馆。内尔坚持要自己住单间。店员在账目栏里是这样登记的：内尔·斯通，安德鲁·班克森，斯凯勒·芬威克。看到他俩的名字被我的隔开，我觉得很高兴。另外一件让我高兴的事是，我看到内尔拿到了她自己的钥匙，319号房间，比我和芬的房间要高一层。

我们连澡都没顾上洗，先到联邦银行去了一趟，然后又直奔一家名叫“白星”的售票点。内尔和芬在那儿办妥了两份去纽约的通行许可。我原本在想，他们也许得等好几个星期才能等到舱位。可没想到，因为倒霉的经济，眼下绝大多数班轮都有一半客舱是空的。

这是售票处的工作人员告诉我们的。“SS卡尔加里号”邮轮四天后就出发。他们将一沓纸币顺着柜台推了过去，那钱看上去跟假的似的。虽然天气很凉，屋里仍有电扇在转。风一阵阵地朝我们吹来。内尔在衬衣上套了件毛衣，这让她看上去像个女大学生。一切都让我觉得不对劲儿：这里的电扇、硬地板，售票处那个男人梳得笔挺的头发和他的领结，用化学品处理过的皮革的气味，还有薄荷糖的味道。我也想要一张同样的邮轮票。或者，撕碎她的票，带她回基奥纳去。

我们无法忍受在黑宝石旅馆的高墙密室里待着，也无法忍受坐在人来人往的餐馆里，于是只好选择了散步。我努力适应各种噪声，适应来来往往的行人和路上的交通，还有四周好几百张臃肿的、粉红色的脸，从那些人嘴里飙出的澳式英语在我听来已成了讨厌的嘈杂之声。甚至连路边店铺的招牌和广告牌也让我受不了。“您的燃气冰箱就是它了，太太。”“生命中最棒的东西都在这张玻璃纸里。”诸如此类。尽管如此，我还是强迫自己把每段广告都读上一读。

曾经熟悉的东西忽然变得新奇和陌生，这种感觉我以前也曾有过。那是在我结束第一次考察归来之后。可这一回我的感觉却是厌恶。如今，我比以往任何时候都看得更加清楚，眼前这些街道是那些道德沦丧的懦夫们为他们自己建造的。那些人依靠边远地区出产的橡胶和糖，或者是铜和铁，赚得盆满钵满，然后回到这个地方。在这里，不会有人怀疑他们从事的勾当和他们给工人的待遇，更不会有人质疑他们的贪婪。和他们一样，在这里，我们三个人同样不会受到指责。甚至永远不会有人问我们是怎么闹出人命来的。

芬还没来得及看清房间号码，我已抢先选了 219 号房间，它正好在内尔楼下。次日一早，我听见她的房门打开又关上，便飞快地穿好衣服，下楼去了吃早餐的餐厅。他们尚未开始提供食物，餐厅里几乎是空的，只有内尔一个人坐在角落里。她双手捧着茶杯，那样子仿佛她捧的是一个椰壳做的大杯子。我坐在她对面的位子上。我们俩都一夜没睡。

“比跑到外面去更糟糕的事只有一件，就是待在屋子里。”她说。

我有好多话想跟她说。我想让她承认我们俩之间已经发生了一些事，而且我们也任由事情发展到了这一步。我还想告诉她，芬一开始就明白无误地告诉过我，他的目标就是那支笛子，我本来能阻止他，可我什么也没做。我所做的唯一一件事就是趁他不在的时候上了他老婆。可我不想就这么坐在这儿告诉她，我想和她一起躺下，将她搂在怀里告诉她。“那天一看到那张字条，我就该马上动身去把他追回来。”

“你不可能追上的。”她的手指沿着茶杯的边缘轻轻滑动，“而且，你也根本不可能让他改变主意。”她身上仍穿着那件毛衣。聊了这么久，她尚未抬头看过我一眼。

“我唯一想要的就是像那几天一样和你待在一起。”我说，“我从未这么急切地想要过任何东西。”最后这几个字把我自己都惊着了。它们是那么真实，令我不禁心旌摇曳。见她没有任何表示，我又说："我一点儿都不后悔。真的是太完美了。"

"可它值一条人命吗？"

"什么东西值一条人命？"芬问。他刚从我身后的侧门进来。

"你那支笛子。"内尔说。

他眉头一皱，仿佛她是个言语放肆、举止莽撞的毛头小子。他让刚走过来的侍者给他搬来一把椅子。他已洗过澡，刮过脸，闻上去像个西方人。

我们又去散步了，去了一趟新南威尔士美术馆。我们看了朱利安·阿什顿的水彩画，还有一个原住民树皮画展览。我们在一家咖啡屋坐了下来，那里有桌子摆在户外，就像《纽约客》里画的那样。我们点了一些我们已经有好几年没见过的食物：小牛肉，威尔士兔肉，意大利细面条。但谁也没好好吃上几口。

在回黑宝石旅馆的路上，我注意到内尔走路时跛得厉害。

"不是我的脚。"她说，"是这鞋，我有两年没穿过了。"

刚好我们路过一家药店。我故意落在后面，闪身进了店里。柜台后面的女孩看上去有点像原住民，在当时的悉尼，这样的店主颇为少见。她把药递给我，没说话。

"给老婆买药的钱我还是有的。"芬把我推到一边，把钱递给她。

回到酒店，服务员递给我们一张字条，是悉尼大学的人类学家克莱尔·伊内丝写的。她邀我们共进晚餐。

“她怎么知道我们在这儿？”内尔说。

“我昨天给她打电话了。”芬说。

他要跟她谈笛子的事。

“晚餐？我们这身打扮怎么去呀，芬？”

“往那边隔两个门就是服装店，女士。”服务员说，“美发和美容店街对面就有。准保给你收拾得漂漂亮亮的。”

出租车把我们带到了双湾。克莱尔和她丈夫住在那儿，就在红叶池上面。

“漂亮，真漂亮。”芬把头伸出窗外，冲着那排临水的豪宅一个劲儿地说，他把头缩回车里，“克莱尔很有长进嘛。她嫁了个什么人哪？”

“采矿的，我想是。银或者铜。”内尔说。自打我们收到这份邀请，这还是她头一次开口说话。

芬冲我得意地笑了笑：“班克森不爱听殖民者讲他们的钱是怎么来的。”

晚宴规模不大。一共九个人，大家围坐在估计是客厅里的一张小桌旁。正式的大餐厅在屋子另一头。主人告诉我们，今晚只有四对夫妇和我这个从英国来的随宾，正式餐厅太大了。谁也不知道该怎么解释我出现在这里的原因。我既没打算回家，也没完成我的考察。我们根本就没好好考虑过这件事。这也让我们意识到，我就这样毫无来由地跟着他们，一直跟到了这儿。我觉得，我一直在等芬开口问我："你为什么还黏着我们，班克森？为什么你他妈的就不能让我们自己待会儿呢？"这个原因他心知肚明，就是我爱上了他的妻子。他随时都可以把我的心思说穿，他甚至可以在伊内丝的豪宅里当着那么多人的面这么做，可他没有。相反，他只是说："他一直在生病，癫痫发作。我们觉得他该找个大夫看看。"

于是大家花了很长时间来讨论悉尼的医生，以及请谁来治我神秘的热带病最合适。后来，芬逐渐把话题转移到我们取得的"突破"，也就是我们发明的网格理论上来。那天晚上的大部分时间，我们都在努力替出席晚宴的宾客和大家都认识的熟人在网格中找相应的位置。在座的有位留大胡子的客人，他在拉包尔做项目的时候认识了贝蒂；另一位客人曾在剑桥和我父亲一起上过动物学课程。而克莱尔似乎认识每一位我们说得出名姓的人类学家，就连我们系在三个别的国家折腾出的那点小道消息她也如数家珍。

芬在这群新认识的宾客面前异常活跃。他给大家讲起了他曾给我讲过的孟般亚那些故事。我在一旁注视着他，看着他轻轻转动手里的酒杯，用纯银的蚝叉享用大虾，心安理得地让其他宾客用镂空雕刻的打火机为他点烟——而这正是几天前我看见的那个在沾满另一个男人鲜血的树皮船旁边吓得跟孙子似的人。此刻我终于明白，他所有的悔恨都是装出来的。他谈兴正浓，正在他生平最大的舞台上尽情施展着身手。而在他大快朵颐的同时，我和内尔却在一旁惊愕不已。

我的座位被安排在伊莎贝尔·斯维尔夫人旁边。我们到那里的时候，她丈夫亚瑟已经喝得酩酊大醉。他醉得说不出话，还用一种类似狗在网球场上追逐网球的愚蠢方式关注着我们的谈话。斯维尔夫人一直缠着我，她问了许多关于基奥纳部落的问题，可我回答的时候她并没有在听。她问的问题是散乱脱节的，并不能引发真正的交谈。她的左腿从晚礼服的开衩处露了出来，跟我靠得越来越近。等到甜点端上来的时候，她那条腿已和我的腿紧贴在一起。她会把嘴唇凑到我耳边跟我说话，或者突然令人费解地大笑一声，一边笑还一边把头夸张地向后一仰，还有，她会抓着我的手看我指甲底下的黑泥——她所有的举动和仪态都在向在座的人表示，我和她已迅速建立起了亲密的关系。内尔直接冲我鄙夷地看了好几眼。当我看到因我而起的表情从她脸上一闪而过时，我发现我心里居然有些得意。而此时，在桌子另一头，芬正低声与克莱尔·伊内丝谈着什么。

晚餐过后，伊内丝上校邀请所有男宾观赏他收藏的古代兵器。而克莱尔则带着女士们到后面的露台上喝助消化的饮料。我缓缓跟在男人队列的最后。我听见芬正压低嗓音告诉上校，他手里也有一件十分罕见的史前古物。听到这儿，我立刻转身往回走。我在厨房前边的狭窄走廊里碰到了内尔。我一把握住她的手腕，把她拦了下来。

“你在文明社会里挺能混的嘛，尤其在女人跟前。”她说，“你就别再装了。”

“拜托你，别无中生有行吗？”

她的脸忽然变得苍白起来，憔悴得厉害，就像我初次见到她时一样。

“你跟着我，”我说，“跟我一起回基奥纳。回英格兰。只要你跟着我，你想去哪儿我们就去哪儿。斐济，”我绝望地说，“巴厘岛，都行。”

“我一直在想，刚到塔姆部落的时候，我们都以为赞本是神，是圣灵，是个法力无边的死人。可现在他真的成死人了。”她还想说些什么，可声音被堵住了。她朝我偎依过来。

我把哭泣的她紧紧搂住，抚摸她松开的头发，发丝微微有些缠结。“跟我一起留在这儿。或者，让我跟你一起走。”

我的头被她扯了下去。我吻到了她。那吻是温热的，咸的。

“我爱你。”她说。她的双唇紧贴着我的。然而这意味着“不”。

回城的一路上她都沉默不语。到了旅馆，她直接回屋，跟我们俩谁也没说一句话。

芬拿着上校送他的一瓶白兰地对我摇了摇：“再喝点儿？对睡眠有帮助。”

我不相信他睡眠有问题，可我还是跟着他进了他的房间。我并不想去，但我总觉得我们俩应该能想出一个解决的办法。如果基奥纳部落的男人遇上这种情况，他会给另外那位伙计开价，几根长矛、一把斧子，外加一些槟榔，那人的老婆就是他的了。

芬的房间跟我的差不多，只不过是在楼道另一头。同样是刷成绿色的墙，单人床上铺着白色的编织床罩。床头的托盘里摆着两只玻璃杯。他往里面倒了些白兰地，然后递给我一杯。

他的旅行袋都敞着放在窗户边。那笛子不在里面。屋里没有壁橱，也没有衣柜，门边倒是有个放衣服的带抽屉的小箱子，可那里面肯定容不下那笛子。

“在床底下。”他把他的杯子放回托盘里，然后把笛子从床下滚出来，露出半米长。它仍被毛巾裹着，外面捆着细绳，绳子已经松了。反反复复包上又打开似乎已经让他厌烦了。

“它太漂亮了，班克森。比我印象中还要漂亮。上上下下都刻满了雕纹。”他弯下腰去解绳子。

“别，别解开。我不想看。”

“不，你一定得看。”

他说得对，我是得看，因为我想证明他在撒谎。与世隔绝的孟般亚部落居然会有一套用于书写的表意文字？不可能。尽管很想当面戳穿他，但我还是不想给他这个在我面前显摆的机会。“我不想看，芬。”

“你自己决定吧。现在不看，以后就得等到锁在玻璃柜子里展出的时候才见得到了。克莱尔和上校都说，博物馆我可以随便挑，只要我愿意。”他坐在床上，指着靠墙摆着的一把黑色椅子说，“把那把椅子拉过来。”

被毛巾裹着的长笛躺在我们俩之间的地板上。我两口就把我的白兰地喝完了。我打算离开，可没等我起身，芬又把杯子给我满上了。

“它不是我偷来的。”他说，“我们离开之前两天，他们在晚上举行的一个仪式上把它送给了我。他们还教我如何保管和喂养它，我正是在往它嘴里喂鱼干的时候发现木头上刻有文字的。阿巴彭那莫告诉我，有本事的人才学得会。我就问他，那我算不算有本事的人。他说算。后来，克坎班领着他的三个兄弟闯了进来。他说，那笛子历来都是属于他们宗族的，不是阿巴彭那莫的，说罢，他们扛起笛子便走。阿巴彭那莫手下有好几个人要追出去，可我知道，如果那样事情就不好收拾了。所以，我把他们拦住了。我保住了一方和平。阿巴彭那莫的儿子把他们藏笛子的地点告诉了我。我想，以后我还可以再来。因为我知道，不把它搞到手，我是不会走的。我不能就这样对这个人类之谜弃之不理。但我希望用和平的手段把它讨回来，我不想有人为此受到伤害。”

看来他的这个打算是完全泡汤了。我还记得，一开始他曾想拉我和他一起干，想让我为了他的非分之想而送命。那条船上趴着的尸首本来有可能是我。

“他们怎么没朝你射箭啊，芬？”

“我跟你说过。我念了斗布部落的咒语。”

“芬。”

我看得出，他是真的希望我相信他这套鬼话，可与此同时，他又不想让我因为不信而失去兴趣。他就像一个不想被独自留在黑暗中的小孩。“我觉得赞本想死。”他说，“我觉得他是自己想死。”

“什么？”我说。

“头一天夜里，我们在村外的树林里睡了几个钟头。我醒来的时候，发现他正拿着我的左轮手枪。”

“他拿枪对准什么了吗？”

“没有，就拿在手里。我不觉得他是想杀我。他可能是在鼓起勇气朝自己开枪。我把枪从他手里拿开，之后他再没碰过它。我们选好进村路线之后，一直等到日落。他行动非常隐蔽，没有弄出一点儿声响，肯定是个出色的猎手。可等我们拿到笛子以后，他却变得漫不经心，似乎希望村里人发现我们。虽然我们离村子很远，可我们还是被几条狗发现了。本来，我对得手之后顺利回到船上很有把握，我们也的确做到了。可上船以后他却不愿躺下，他开始尖叫，大声胡言乱语。我本可以把他摁倒在船里，可我还得启动马达，驾船把我们俩从那个地方带出去。我真搞不懂他。我都答应他了，不论这件东西能为我们弄来多少钱，反正有四分之一归他。

他说的这些有多少可信很难说。但我觉得，不管可不可信，现在都不再具有任何意义。赞本已经死了。“SS 卡尔加里号”明天中午也要起航了。

“我看到你和她在沙滩上了。”他说，“我早知道会发生这种事。我没那么蠢。你知道我会去，我也知道你一定不会拦我。可你不能像对别的女孩一样对内尔。她自己说她是南方性格，可那个网格里面根本没她的位置。她属于完全不同的类型。你一定得相信我。”

“她是什么类型？”

“要连这都让你知道，我他妈不是太惨了吗？”

我再次站起身来。这次是真的。他也站了起来。

“那支笛子我无论如何得弄到手。”他说，“你难道还不懂吗？得有一个平衡。男人不能没有实力，那是不行的。我将来怎么办，就跟在她屁股后头写几本小册子，跟他妈回声一样重复她的话，附和她的话？我得干件大事。而这笛子就是。这玩意儿浑身上下都是故事，用它来写书再好不过了。”

“用血做的墨水写，芬。”

回房间的路上，我看见走廊那边就是通往三楼的楼梯。我犹豫了一下，还是走回了自己的房间。开门进屋的时候，我尽可能地轻手轻脚，一来因为她很容易就能听见我屋里的动静，就像我能听见她的，我不想把她吵醒；二来我也不想让她知道我一直都在和芬喝酒。我穿衣躺在床上，盯着天花板——那白色的石灰泥墙似乎在不住地旋转。屋里悄无声息。我希望她已经入睡。我觉得床比前几天舒服了些，虽然头有些犯晕，但芬说得对：白兰地能让我很快入睡。我飘飘悠悠进入了梦乡。

一阵砰砰的敲击声把我从梦中惊醒。声音越来越响。接着，她的房间门开了。我能听到脚步声，还有嘈杂的嗡嗡声。先是在门口，然后便充满了整个狭小的房间。随着他们的声音越来越响，他们的脚步也越来越快，就在我头顶上方来回移动。突然，有东西砸在了地板上。我想都没想，身体已经冲上了楼梯，来到她房门前，在门上猛拍。

“你男朋友到了。”我听见芬在里面说。

“让我进去。”

走廊对面有个男人从房间里出来，说了一声：“能不能小点声，你们？”

门开了。

内尔身穿睡衣，躲在床那头。

“你没伤着吧？”

“我没事。”她说，“拜托，别让人家把我们从这儿赶出去。”

“内尔要到警察那儿去告我。她要把我送进监狱去，好让你成为她下任男仆。可你们全他妈给我休想。”他俯下身把烟点着，接着说道，“土著杀了个土著，没有谁会因为这事把我关进监狱。还有那支笛子，跟雅典帕提侬神庙的石雕总没法比吧，可除了几个多愁善感的希腊人，还有谁在乎埃尔金是怎么把那些石雕弄到手的？”①

“我只是想告诉这里的总督，孟般亚和塔姆两个部落很可能会发生骚乱，如此而已。”她的声音很单薄，让我感觉很陌生。

“内尔。”我说。

听到我的声音，她猛地摇了摇头：“拜托你回去睡吧，班克森。把芬带出去，你们都走。”

芬没再抗拒，跟我一起出了房间。

下到二楼，我问他：“刚才到底怎么回事？”

“没什么。两口子拌嘴而已。”

我一把揪住他，将他猛地推到墙上。可他却很放松，仿佛对这一招已经习以为常。“刚才我听到很大的响声。那是什么声音？砸在地上的是什么？”

“天哪，她的行李包而已。本来搁在床上，我把它扔地板上了。”他等了等，看我是不是有放开他的意思，然后才把他的房门打开。

我回了自己的房间，在房间中央站了很久，一直望着天花板。但在那天晚上剩下的时间里，我再没有听见别的声音。

次日一早，我房门外摆着一只酒店专用的洗衣袋，里面装了近半袋东西。我把它拎到床上，将里面的东西逐样拿了出来：

---

① 19世纪初，英国外交官埃尔金伯爵从奥斯曼帝国买下帕提侬神庙的大理石建筑装饰和雕刻，运回英国。这些雕塑现存于大英博物馆，有“镇馆之宝”之称。

一双皮鞋，一把玳瑁梳子，一个银手镯，还有她那件已经起了皱的蓝色晚礼裙。袋子最底下还有一张给我的字条。

你已经为我们做了这么多，我都不好意思再开口让你帮这个忙了。能不能麻烦你回基奥纳的时候把这些带给泰凯特，让他下次去塔姆湖的时候把它们给捎过去？手镯是给拜尼的，梳子给万吉，裙子送给萨利，鞋给麦伦。记得让他转告麦伦，就说她在我肚子里，永远都在。泰凯特的表妹知道那句话用塔姆语怎么说。

你让我走吧。什么都别说了，否则事情会更糟。就让我自己来解决这件事吧。

码头上，巨大的邮轮巍然矗立。我帮他们搬完行李，又帮他们叫了搬运工。

“这是你最后的机会了。”芬对我说。他已经把笛子裹好，外面捆得紧紧的。他小心翼翼地把它支在地上，然后和我握手。

我朝她转过身去。她的脸那么娇小，那么僵硬，那么悲戚。我们拥抱在一起，我紧紧地抱着她，抱了很久。“我不想让你走。”我在她耳边轻声说。

可我还是让她走了。让她就这么走了。他们上船了。

27.

我回到了基奥纳。我不声不响地消失了这么多天，作为惩罚，泰凯特很是让我吃了些苦头：头两天，他没开口跟我讲过一句话。倒是有几位老太太代他郑重地教导了我一番。除此之外，其他人似乎都不怎么在意。孩子们重新开始跟着我四处转悠，有的求我同意他们把我保留的猪牙戴在头上，有的则等着捡我扔掉不要的东西并以此为乐：空锡皮罐，旧打字机上的色带，还有用完了的牙膏皮。雨季终于来了，河水涨了，却尚未溢过河堤。女人们披着尖树叶做的斗篷在园子里干活，孩子们则在泥里建造出看上去像是城市的玩意儿。

他们终于举行了一次答应过我的Wai仪式。尽管我曾就此进行过很多采访，向上百个基奥纳人提过上百个有关这个仪式的问题，可我还是全弄错了。我根本没意识到它有多复杂。它不仅有淫秽下流的一面，同时自有它的历史性和悲剧色彩。这个仪式涵盖的情感极其广泛，比我第一次目睹它时所认识到的要广泛得多。在仪式上，他们把部落的鳄鱼起源以及他们食人族的历史表演了一番。为了能让祖先们短暂地起死回生，他们纷纷戴上了祖先的黏土死神面具。女人们身上涂满了打仗时涂的油彩，腰上系着阳具形状的葫芦。她们穿着芦苇裙，四处追逐男人。追到之后，她们会把他们紧紧压住，然后将自己光着的屁股在他们腿上蹭来蹭去，在基奥纳部落，最大的侮辱莫过于此，而这一幕却令全场观众为之欢声雷动。我和泰凯特还有他的家人坐在一起。我将仪式一一记录下来，同时，我还把身旁这些人的反应也尽可能详细地做了记录。那天晚上，我靠着我屋里那棵桉树一直熬到深夜。我给内尔写了一封长达二十五页的信。这封信她要到夏天才能收到。

两天后，我走了。

我都已经安排妥了。明顿会来接我，他先带我去塔姆湖，再把我送到安戈拉姆去。然后我自己再做安排，从那儿回悉尼。泰凯特同意和我一起去塔姆湖。他去了可以住在他表妹那里。

明顿提前到了。他精神头不错。可等我们把所有行李装上船，他见泰凯特也要上船，不乐意了。

“慢着。”他说，“他们不能上我的船。”

我暗自庆幸我还没付钱给他。“那我叫罗比来接我好了。”罗比是另一个船夫，价钱比明顿要贵。我开始把我的东西往船下搬。

“他不能坐在女客们坐的地方。”

“他想坐哪儿就坐哪儿。”

泰凯特可能听懂了我们的谈话，但他没让我看出来。我们就坐在女客们坐的地方。那只黑宝石旅馆的洗衣袋摆在我们中间。

要把整件事的来龙去脉向泰凯特解释清楚并不是件容易的事。因为他常去塔姆湖看他表妹，所以他也认识赞本。我把芬告诉我的赞本的死因和芬自己没被射死的原因说给他听，他听完后说，他还从没听说过有人想让自己被杀死——在基奥纳，他们连“自杀”这个词都没有——而且，像芬这样的白人，居然觉得自己也能做到隐身，泰凯特很是嘲笑了他一番。泰凯特说，如果孟般亚部落的人胆敢朝芬射箭，那他们村所有的人都会被关进监狱。所以，他们当然只冲赞本射箭了。

明顿从未去过塔姆湖。我们指引着他在那些狭窄的湾汊中穿行。我原本担心他会因为我们叫他把船开进这种地方而大发雷霆，可他却一个劲儿地说：“这他妈真是疯了，老兄。”他一边说一边咧着嘴笑。然后，我们开出湾汊，来到湖面上。他给船加速，带着我们从黑色的湖面疾驰而过，速度比我的船快得多。这么快就到了，我还没准备好呢。

湖水的水位很高，沙滩只在离岸上的草很近的地方露出窄窄一道。蚊子变本加厉，船刚慢下来，便有一大群蚊子劈头盖脸地扑过来。我已经能看见他们住过的那幢房子的屋顶。在蓝白色的布门帘后面，如今已没有了内尔的身影。我感觉这似乎是不可能的。

汽艇的巨响引起了人们的注意。我还在帮明顿系船，泰凯特的表妹已领着全家热情地过来接他了。她不是每天早上去内尔家的那些人中间的一个。据内尔说，她很害羞，因为她清楚自己是从外面部落来的，所以不愿接受采访。这时，我注意到有好几个上了年纪的老人在岸边的路上站成一排，正朝我们这边看过来。他们手里并没有拿长矛或弓箭等武器。这让我松了一口气。泰凯特也注意到了那些人。我们俩对视了一眼，他便让他表妹去把麦伦和另外几个人找来。

我知道，如今，在这个村里我是不受欢迎的。泰凯特和我就在沙滩上等着。过了很久，他们终于来了。他们一起往这边走，相互间离得很近，麦伦走在中间，僵着脸，面无表情。她和萨利身上都涂着服丧的泥巴。

我们在沙滩上蹲下来。我开始分发内尔的礼物。

拜尼把给他的银手镯套在胳膊上往上推，直到它紧紧箍在他胳膊肘上方。而万吉一接过给他的梳子，便立刻大声呼唤他那帮朋友。

他从人群中挤出去，一晃就没影了。我把晚礼裙从袋子里往外抽的时候，萨利不禁长吸了一口气，仿佛我从袋子里抽出来的是内尔本人。她把裙子随手放在身旁的沙子上，却又将手搭在上面，仿佛怕它溜走似的。她和麦伦两人各有一根手指的顶端结着痂。为了哀悼赞本的死，她们把一根指头从中间关节处截断了。

我把装鞋的袋子递给了麦伦。她过了很久才把脸转过去看了看，也没动手把里面的东西拿出来。她的目光依然严肃。我真替内尔庆幸，她不用亲眼看到这凄惨的一幕。我让泰凯特的表妹告诉他们，内尔非常抱歉，她愿意做任何事来弥补给他们造成的损失。我还告诉麦伦，内尔把她牢牢地装在肚子里了。听到这儿，麦伦的表情明显有些松动，但她仍然一动不动。泪水从她眼里淌出来，在她脸上已经干掉的泥巴上冲刷出一道道深色的印子。她连擦都没擦一下。

拜尼说要跟我私下谈谈。我们便朝沙滩那边走了几步。他操着内尔教他的英语说："芬是个坏人。"接着，似乎怕我没听懂，他又用洋泾浜重复了一遍："芬不是好人。"在这之前，我并不知道他会说洋泾浜。

我点了点头。可他仍不满意，又改用英语说："他打她。"

这肯定是真的。我回想了一遍那些坏掉的东西：她的脚踝、眼镜，还有她的打字机。

我离开的时候，麦伦穿着她那双棕色皮鞋站在那儿，萨利则把她的晚礼裙当围巾一样系在身上。而那几个年迈的男人仍站在岸上朝下看。

泰凯特把我们的船往外一推，然后我们互相道别。我们俩都不觉得这会是一次真正的告别。它的确不是。我后来还回过基奥纳许多次。

明顿打了倒挡，我们的船缓缓驶离沙滩。我已经拿定主意要给我母亲发一封电报，让她多汇点钱过来。我要从悉尼直接到纽约去。我不会再等了。汽艇攒足了马力，飞快地朝湾汉的方向驶去。

“这个部落好像不是很好客嘛。”明顿说，“在岸上站着的那几个土著都是一副瞅准机会就要给你点苦头吃的架势。”

28.

四月?日

我终于办到了。就让他以为我已葬身于大洋深处了吧。眼下，我正躲在三等舱的图书室里聊以度日。真奇怪，我们俩在船上相识，如今又在船上分手。唉，让他发怒去吧。就让他在无垠的大海上尽情发泄一番吧。不会再有人陪他了。因为明天到了亚丁我就要下船，然后沿原路返回悉尼。他既是酒，也是面包，他已经被我牢牢装在肚子里了。

29.

到了悉尼，我得知两星期内都不会有船。我只好无聊地打发时间。我在黑宝石旅馆辟出一间工作室，可最终也没做成什么。我经常光顾一家名叫“猫和小提琴”的酒吧，只是我去的次数太多，时间也太早。母亲汇给我的钱已经到了。我没告诉她，我的船只会在利物浦停靠两天，我只能在那两天同她见面。我也没告诉她，我打算去美国。

在前往美国的船起锚的前一天，我终于鼓起勇气到美术馆又看了一次树皮画展览。我不过是想把我们一起走过的地方再走上一遍，在我们一起站过的地方再站上一会儿。我估摸着，此时她多半已经抵达欧洲大陆。我又一次从给她买药膏的店门前路过，还有那家纽约客咖啡馆。穿过美术馆大厅的时候，我忽然听到有人叫我的名字。

“哎哟，你这澡洗得可够干净的，我都快认不出来了。”

原来是斯维尔夫人，就是在伊内丝家参加晚宴时坐在我身边的那位女宾。她立刻挽住了我的胳膊，没再搭理与她同行的那些人。我闻得到她身上的香味，不是基奥纳女人身上或者我最初遇见内尔时她身上那种潮湿的植物气息，而是一种无机的气味，是用来盖住那种植物气息的。

我们上楼到了展区。她开始发问：我在这儿待多久了，打算什么时候走，说什么明天也不能走，难道船票不能改期吗？马上就要走进展厅了，她忽然盯着我，脸色十分沉重。如果不是亲眼见到，我无法想象她那张脸竟然容得下如此沉重的表情。她说：“听说你朋友的妻子出事了，我也很难过。”

“你说什么？”我的嘴唇刹那间变得像橡胶一样软。事实上，我整个身体似乎都在崩溃。

她用手捂着嘴，使劲儿摇头。她吸了口气，说她很抱歉，她还以为我早知道了。

“知道什么？”我冲着那间巨大的展厅高声问道。

大出血。就在他们到达亚丁之前。斯维尔夫人把手轻轻覆在我的手上。我真想把它给扇开。

“你知道她怀孕了吗？”

“双胞胎。”说完，我背过身去，“她说可能会是双胞胎。”

从美术馆出来，我直接去了克莱尔家。她不在。我在她那幢巨大的豪宅里一等就是好几个小时。钟敲响了，狗叫个不停，仆人们匆匆跑动，仿佛整个世界都着火了。她一回来便发现我脸色不对。她把手里的包裹一扔，叫人赶快把威士忌拿来。我原本还抱有一线希望，是伊莎贝尔·斯维尔智力有限，把事情搞错了。但几秒钟后，克莱尔把我最后的希望也给浇灭了。

“他们止不住血。”她顿了一下，似乎在考虑我能否承受这么多。我紧盯着她的眼睛，缓缓吸进一口气。“更糟糕的是，芬坚持要海葬。她父母知道后气极了。他们觉得他是想掩盖什么。他们已经对他和那条船的船长提起了诉讼。这一切真是太戏剧化了。”听上去，关于内尔的死，她已经听腻了。

她又给我倒了杯酒。在她走动时带起的微风中，我又闻到了这些女人身上那种人造的气息。她露骨地向我暗示，她丈夫出门了，好几天都不会在家。

此刻，我唯一想做的就是叫辆车把我送回旅馆去。但我似乎不该开这个口，只好默默地坐着。每次把酒举到嘴边，我都暗暗祈祷，祈祷我手中的杯子不再颤抖。我似乎已无力将空气吸入肺里。我不禁想起了芬和内尔在船上初遇时的情景：我喘不上气来，她说。再后来，我整个人都不行了。尽管不是南方性格的人，克莱尔还是尽她所能给了我一些照顾：她陪我聊天，并令人尴尬地在我胳膊上轻轻抚摸。等我稍好一点儿，刚能站起身，她便立刻把我塞进车子，送回了市区。

30.

在“SS维迪克号”上，我时而在甲板上徜徉，时而凭栏而立。除了大海，我不与任何人交谈。有好几次，我真的觉得我看见了她，就在远处的海面上。她正盘腿坐着，惊讶之余还冲我咧嘴而笑，仿佛我刚刚走进她屋里。还有几次，海水和天空一样昏暗，仿佛蕴藏着无限凶险。她就在那儿。可我不知道到底是哪儿。芬把她扔进了海里。她甚至都不会游泳，虽然我对此至今都半信半疑。我把身体朝栏杆外面探了出去，冲着无垠的世界大声呼喊。我不在乎旁人会不会听见。我多么希望约翰和马丁也能来跟我一起喊。每当我身心崩溃的时候，耳边总会响起他们俩的声音。可这一次他们却声息全无。

他们是在替我难过，替我震惊，连平时的玩笑都不忍再开了。

我们的船开进了爪哇海。月亮圆鼓鼓的。

内尔给我讲过一个故事。曾经有个孟般亚部落的人想把月亮杀死。他发现妻子每个月都要出一次血，于是便指责她有了另一个丈夫。妻子听完笑了，告诉他，所有的女人都会嫁给月亮。那我一定得把月亮杀了，男人说。于是，他上了自己的船，出发了。许多天后，他终于到了那棵树跟前。月亮用拉菲亚树皮做的绳子把自己拴在这棵树最顶端的树枝上，然后从那儿跳到天上去。你给我下来，我要把你宰了，男人冲着月亮喊道，因为你把我的妻子给偷走了。月亮闻言大笑。每个女人最开始都是我的妻子，月亮说。所以，应该说是你偷了我的妻子才对。这番话让男人更生气了，他沿着树干爬到最顶端的树枝上，伸手去扯那根拉菲亚树皮做的绳子。可他扯不动。于是他开始顺着绳子朝月亮爬去。很快，他累得连胳膊都抬不起来了，他已经从树上爬出去很远，但和月亮的距离却并没有变近。赶紧松手吧，月亮对他说。男人浑身上下已没有一丝力气，他松开手，掉了下去，正好落在他自己的船里。他摇着船回了家，从此和世间其他所有男人一样，与月亮分享他的妻子。

身材高大、若有所思、有些轻度精神错乱的英国男人总能令一些女孩春心萌动，浮想联翩。有个从什罗普郡来的女孩跟我黏糊了一个星期左右，最后终于明白了：我的阴郁，我的沉默寡言，永远都不会孕育出热烈的爱情告白。于是，她便同一名爱尔兰士兵好上了。

我坐的船相继抵达又驶离科伦坡、孟买和亚丁。刚从苏伊士运河开出来一天，我无意中发现了我们在讨论网格理论时写下的那些笔记，它们被我塞在了一个行李箱的角落里。我不记得我曾把它们放在那里。实际上，我敢肯定不是我放的。我把它们拿出来，一张张摊平了，铺在我客舱里那张桃木桌子上。这是件疯狂的作品，沾满油污且皱巴巴的纸上被三种不同的潦草笔迹写得满满的。此刻的我疯狂依旧，又开始工作。我很快便把专题论文写了出来，以往我写东西从没这么快过。在我奋笔疾书的过程中，他们一直都和我在一起，他们俩都在。他们给我建议，向我提问，反驳我，挖苦我，最终才表示认可。我感觉这辈子从未对哪件事这么确信过。我想替她把这件事办好，想尽我所能将在塔姆湖的那些时刻、那些场景一一记录下来。我原以为我的写作会一直持续到这次旅程结束。可刚到热那亚，我就写完了，并把手稿寄了出去。在书稿上，我把我们三个人的名字全署上了。

论文在接下来那期《大洋洲》杂志上发表了。在之后的一年里，有好几部出版的文集都将它收录在内。我们的网格理论一度被好几个国家列为课堂上必讲的内容。我甚至听说，在一九四一年的柏林，欧根·菲舍尔[1]将它的德文译本选入了他为第三帝国开列的书单。不过，他给它加了一个尾声，他声称德国人属于北方人种，不屈不挠的北方气质更优越，我们的网格理论为纳粹证明其种族优生保健计划的必要性提供了进一步的证据。看到这篇专题论文能与孟德尔和达尔文的著作并列，我得到了别样的安慰。要不是知道有纳粹书单这回事，当初战略情报局找我帮忙的时候，我也许就不会把我了解的塞皮克流域的情况提供给他们，也不会去帮助营救藏在卡明蒂明波特的那三名美国特工。如果那样的话，奥林比村也就不会被屠村了。唉，不说了，我也只能这么想想，并以此向他们谢罪了。

过了热那亚，我们在直布罗陀又停了下来。最终到了利物浦。

真奇怪。隔着约八十米的距离，而且有两年半没见了，你居然还能从拥挤的人群中一眼认出那个熟悉的身影。她激动得连头上的白发都偏在了一边，双手不由得抬起来捂住了嘴。

是，她给我寄过口气强硬、没有一丝商量余地的信，她威胁过我，要剥夺我的继承权，她还长篇大论地向我灌输过硬科学的必要性。可此时此刻，她扑在我怀里，哭得像泪人一般。

“她真没想到你还能活着回来。”开车送她来利物浦的那位朋友向我解释道，“她做过好多噩梦。”

---

① 欧根·菲舍尔（1874—1967），德国人类学家。

在挤得水泄不通的码头上，我就像根竹竿，支撑着我的母亲，那些我在船上从未遇见过的乘客从我们身边走过，投入别人的怀抱。整整四十七天，除了大海，我没同任何人讲过一句话。从悉尼开始，我甚至连一觉都没睡过。母亲终于平静下来了，她告诉我，我的气色差极了。她把我带到她朋友的汽车旁，让我和她一起坐在后座上。她紧紧地握着我的手。尽管我从没在信里跟她提过我经历的那些事，她却似乎什么都知道。英格兰熟悉的焦油味和煤烟味扑鼻而来，那股冷冷的湿气也已附在我的骨头上。黄昏将至，“SS 维迪克号”上的灯已经全亮了。后天一大早，它将扔下我，继续穿越另一片无垠的大海，一直到纽约。透过车上的风挡玻璃，我朝大海投去最后一瞥。海面像一块厚实的肌肉，褶皱丛生，焦躁不安。已被它吞噬的东西，就别指望它会再吐出来。

31.

我去过美国，只去过一次。想要完全避开这个国度并不容易，但这么多年我也坚持下来了。我谢绝过许多次邀请，也婉辞过许多教职，可这次他们寄来的通知上说，美国自然历史博物馆将于一九七一年春季隆重推出太平洋民族展厅。通知的第一页上附有一张土著部落举行仪式的房屋的照片，下面还引用了我的一段话，那是从我最新出版的介绍基奥纳部落的书中摘录的。看到这些，我觉得这一趟是非去不可了。

活动正式开始之前，我获准可以先私下进去参观一番。我们轻轻地走在铺着地毯的地板上，和我同行的有博物馆馆长、董事会主席，还有几位大捐款人。他们一边走一边观察我，以及我对展品的反应。展品中有来自巴厘岛的皮影戏木偶、毛利人的旗子、摩洛族的盔甲，还有一组演示所罗门群岛上的村镇的立体模型。模型后面有个书架，书架上摆着一本《基拉基拉部落的孩子》。那本书高踞在书架上，像神明一样俯瞰下界。

“哦，是这儿，”我们又拐了一个弯，馆长开口说道，“这就是你曾经待过的那片地方。”我真的惊呆了。他们用了整整一个侧厅来介绍塞皮克河流域的部落。多年以前，我把我保留的几件基奥纳部落的物品捐给了博物馆，没想到竟然还有机会再见到它们。现在，它们就像多蒂姑姑的甲壳虫，一个个被固定好，贴上标签，摆放在玻璃柜里。这里有：我那些涂了油彩的用椰子壳做的杯子、我的棍子和用蜗牛壳做的导航图、我的贝壳钱币，还有我离开之前他们送我的几尊泥塑。玻璃下面还展出了一九三三年十一月那期《大洋洲》杂志上印着网格理论专题论文的那几页，只是应我的要求，都撕成了碎片。旁边有个告示牌，上面提到，一九三二年圣诞前夜，发明网格理论的三位作者在安戈拉姆不期而遇，后来纳粹将我们的理论移花接木挪为己用，还提到后来我拒绝了所有重印这篇论文的请求，以及我曾恳请将该论文从全世界所有教学大纲中删掉。告示牌上还说，我的这些举动反而令该书的人气有增无减。在撕碎的几页《大洋洲》杂志的旁边，还摆着几本我的著作和内尔的出版商根据内尔在新几内亚所做的笔记整理出版的书。该书比她的第一本书更成功。

另一块告示牌对内尔在海上的死，芬随后的失踪，以及我漫长的学术生涯都做了介绍。整个展览没有一件展品是博物馆从内尔和芬那儿得到的塞皮克河流域部落的原物。但最近有个年轻的人类学家追随他们俩的足迹，带回众多来自阿纳帕、孟般亚和塔姆等部落的器物。

芬的确消失了。这么多年过去了，我的熟人中没有一个人有他的消息。只有一个叫埃文斯·普里查德的人自称见过他一次。埃文斯说，他觉得他三十年代末在埃塞俄比亚的奥莫河畔见到的一个人就是芬。当他叫出芬的名字，那人却往后一缩，马上就离开了。

眼泪不是流不尽的，我对自己重复着这句话。我就这样从那些展台旁一一走过，走完了那么长一段距离。我走过一张被放大了的巨幅照片，那是芬给我和内尔照的，我当时正扛着我的行李箱，嘴里咬着他的烟斗，头上戴着他的帽子，肩上搭着西谷椰树的叶子。我提醒大家快点儿走，否则根本看不完。我来到一张塔姆部落的死亡面具跟前，不禁停下了脚步。为了重新塑出面部特征，他们在骨骼上垫了层泥，还从活人的头上取来头发，粘在面具的头顶。泥巴呈现出干掉的米黄色，白色的勇士条纹从鼻子上下来，穿过脸颊，然后绕嘴唇一周。每只眼窝里都嵌着一枚椭圆形的小玛瑙贝壳。贝壳底部朝上，那道长缝加上齿状的边缘像极了一双紧闭着的、被睫毛盖住的人眼。另外还有五枚玛瑙贝壳像皇冠一样摆在面具的前额上。我的目光顿时被这排贝壳吸引了过去。肯定有什么东西不大对劲儿。正中间那枚最大，可实际上那根本不是什么贝壳，而是一颗纽扣，一颗完好无损的圆形乳白色纽扣。它正好镶在泥巴面具的前额上。我禁不住伸出手去想抓住它，手撞在了玻璃上。玻璃没碎，但发出砰的一声巨响。我身边随之变得鸦雀无声。

“这里面有你认识的人吗？”其中一位捐款人说，其他人都颇为紧张地笑了起来。

那颗纽扣的扣眼里还留着一绺淡蓝色的线。我强迫自己从这儿离开，朝下一件陈列品走去。那不过是一颗纽扣和一小绺线。可它是从那件我曾亲手解开过的皱巴巴的蓝色晚礼裙上拆下来的。

鸣谢

虽然这是一部虚构的作品，但它最初的灵感来自简·霍华德一九八四年出版的传记《玛格丽特·米德的一生》，以及后来我读到的所有关于人类学家玛格丽特·米德、里奥·福琼和格雷戈里·贝特森的书籍。一九三三年，他们三人在当时还被称为“新几内亚领地”的塞皮克河流域共同生活了几个月。我借用了他们这段经历，但我讲述的是一个不同的故事。

书中提到的大多数部落和村庄都是虚构的。您在地图上是找不到塔姆或者基奥纳部落的，但我把当年米德、福琼和贝特森实际考察过的那些部落的细节用到了书里，那些部落是：Tchambuli（现在的名字是 Chambri）、Iatmul、Mundugumor 和 Arapesh。书中提到的《弧形文化带》一书的原型是露丝·本尼迪克特的著作《文化模式》。

下列书籍为我的写作研究提供了巨大的帮助：

Naven by Gregory Bateson;

With a Daughter's Eye: A Memoir of Margaret Mead and Gregory Bateson by Mary Catherine Bateson;

Patterns of Culture by Ruth Benedict;

The Last Cannibals by Jens Bjerre;

Return to Laughter by Elenore Smith Bowen;

One Hundred Years of Anthropology edited by J.O.Brew;

The Way of All Flesh by Samuel Butler;

To Cherish the World: Selected Letters of Margaret Mead edited by Margaret M. Caffrey and Patricia A.Francis;

Sepik River Societies: A Historical Ethnography of the Chambri and Their Neighbors by Deborah Gewertz;

Women in the Field: Anthropological Experiences edited by Peggy Golde;

Margaret Mead: A Life by Jane Howard;

Papua New Guinea Phrasebook by John Hunter;

Kiki: Ten Thousand Years in a Lifetime;

An Autobiography from New Guinea by Albert Maori Kiki;

Margaret Mead and Ruth Benedict: *The Kinship of Women* by Hilary Lapsley;

Gregory Bateson: *The Legacy of a Scientist* by David Lipset;

Argonauts of the Western Pacific by Bronislaw Malinowski;

Rain and Other South Sea Stories by Somerset Maugham;

The Mundugumor by Nancy McDowell;

Blackberry Winter: *My Early Years* by Margaret Mead;

Coming of Age in Samoa by Margaret Mead;

Cooperation and Competition Among Primitive Peoples edited by Margaret Mead;

Growing Up in New Guinea by Margaret Mead;

Letters from the Field, *1925–1975* by Margaret Mead;

Sex and Temperament: *In Three Primitive Societies* by Margaret Mead;

Four Corners: *A Journey into the Heart of Papua New Guinea* by Kira Salak;

Malinowski, *Rivers*, *Benedict*, *and Others*: *Essays on Culture and Personality* edited by George W.Stocking Jr.;

Observers Observed: *Essays on Ethnographic Fieldwork* edited by George W.Stocking Jr.;

Village Medical Manual: *A Layman' s Guide to Health Care in De–*

veloping Countries—Volume II: Diagnosis and Treatment by Mary Vanderkooi MD

我还要感谢以下这些人仔细阅读了此书初稿并提出了极有见地的建议：

泰勒·克莱门茨、苏珊·康利、萨拉·科比特、凯特琳·古泰尔、安雅·汉森、德布拉·斯帕克，还有我姐姐莉萨、我的经纪人朱莉·巴雷尔、威廉·博格斯、杰玛·珀迪，还有我亲爱的编辑伊丽莎白·施米茨。我还要感谢摩根·昂特金、德布·西格、查尔斯·伍兹、凯蒂·拉伊西安、艾米·亨德利、朱迪·霍特森，还有格罗夫-亚特兰迪克出版社的每一个人。莉莎·贝克韦尔在人类学方面的独特眼光对该书最后的几次修改起到了难以估量的作用。我还要感谢那家价格低廉的“海边客栈”，我是在那里于狂喜中完成了最后的修改。还要感谢科妮莉亚·沃尔沃思，那天是她带我去的书店。

我要特别感谢我的丈夫泰勒和我们的女儿卡拉和艾萝依。我爱你们。

图书在版编目（CIP）数据

欢愉 /（美）莉莉 • 金（Lily King）著；马韧译. — 长沙：湖南文艺出版社，2017.2 书名原文：Euphoria
ISBN 978-7-5404-7908-4

Ⅰ. ①欢… Ⅱ. ①莉… ②马… Ⅲ. ①长篇小说－美国－现代 Ⅳ. ① I712.45

中国版本图书馆 CIP 数据核字（2016）第 312283 号

著作权合同登记号：图字 18-2016-229

上架建议：畅销 • 外国文学

HUANYU
欢愉

作　　者：[美] 莉莉 • 金
译　　者：马　韧
出 版 人：曾赛丰
责任编辑：薛　健　刘诗哲
监　　制：吴文娟
策划编辑：许韩茹
特约编辑：陈晓梦
版权支持：辛　艳
营销编辑：仇　悦
封面设计：张　二
版式设计：李　洁
出版发行：湖南文艺出版社
（长沙市雨花区东二环一段 508 号　邮编：410014）
网　　址：www.hnwy.net
印　　刷：三河市华东印刷有限公司
经　　销：新华书店
开　　本：875mm × 1270mm　1/32
字　　数：202 千
印　　张：10
版　　次：2017 年 2 月第 1 版
印　　次：2021 年 7 月第 3 次印刷
书　　号：ISBN 978-7-5404-7908-4
定　　价：38.00 元

质量监督电话：010-59096394
团购电话：010-59320018